KB263439

못 써도
괜찮은
실용글쓰기

못 써도 괜찮은 실용 글쓰기

지음

박인희

백석원

이승규

도서출판 박이정

못 써도
괜찮은
실용글쓰기

1쇄 발행 2008년 8월 29일
3쇄 발행 2012년 3월 5일

지은이 박인희·백석원·이승규
펴낸이 박찬익
책임편집 김민영

펴낸곳 도서출판 박이정
주소 서울시 동대문구 용두동 129-162
전화 02) 922-1192~3
전송 02) 928-4683
홈페이지 www.pjbook.com
이메일 pijbook@naver.com
온라인 국민 729-21-0137-159
등록 1991년 3월 12일 제1-1182호

ISBN 978-89-7878-910-3 (03810)

* 책값은 뒤표지에 있습니다.

차례

서문

못 써도 괜찮다고?

여기 두 명의 야구선수가 있다. 한 명은 150㎞를 넘는 강속구의 투수이고, 다른 한 명은 130㎞ 정도를 던지는 투수이다. 누가 잘 던지는 투수일까? 그런데 올 시즌 성적이 앞사람은 2승 11패이고, 뒷사람은 13승 3패라고 한다. 올 시즌 잘 던지고 있는 투수는 누구일까?

우리나라 사람은 무엇이든지 잘 하려고 한다. 쥐뿔도 없으면서. 그래서 잘 하지 못할 것 같으면 차라리 안 하려고 한다. 글도 마찬가지이다. 잘 써야 된다는 강박관념에 빠진 사람들 같다. 잘 쓰는 것이 뭔지도 모르면서 말이다. 못 써도 괜찮다고 하면, 정말 못 써도 괜찮냐고 되묻는다. 그럼 대답한다.
"못 쓸 수 있으면, 못 써도 괜찮아요. 하지만 못 쓸 줄 알면 잘 쓸 줄도 아는 것인데, 잘 쓸 줄도 알면서 굳이 못 쓰지는 말아요."라고 말이다.

못 써도 괜찮다는 것은 틀리게 쓰라는 것이나 완성하지 못해도 된다는 것이 아니다. 잘 쓰는 것이 뭔지도 모르면서 잘 쓰려고 한 글들은 대개 겉만 번지르르할 뿐 내용이 없는 경우가 많다. 못 써도 괜찮다는 것은 그런 의미에서 잘 쓸 필요는 없다는 말이다. 그렇다면 실용글은 어떻게 써야 할까? 실용글은 목적과 필요에 맞는 내용을 꾸밈없이 쓰면 된다. 실용글에서의 초점은 꼭 잘 쓰는 것이 아니라, 써야 할 것을 다 썼느냐이다. "못 써도 괜찮은 실용글쓰기"는 너무 잘 쓰려고 하지 않아도 되지만 글의 목적에 맞아야 하며, 의도하는 내용이 다 담긴, 한 편의 완성된 글이라는 의미를 갖고 있다.

이 책은 실용글쓰기 책이지만 글쓰기를 익히려는 사람들을 위해 집필되었다. 이 책에서 다루는 다양한 종류의 글들은 실생활에 유용한 것들이다. 혹 실생활과 거리가 있다고 여겨지는 글들도 글을 잘 쓰기 위해서 알아둘 만하다. 그렇기 때문에 각각의 글들을 잘 읽고 어떻게 쓰는지 익힌다면 글쓰기 능력을 향상시킬 수 있을 것이다.

1부에서는 실용글의 개념과 특성을 다루고 있다. 아직까지 실용글쓰기라는 것의 개념은 모호한 상태이다. 사전적으로는 실용글쓰기를 '실제적인 쓸모가 있는 글쓰기'라고 정의할 수 있다. 그런데 실제적인 쓸모라는 것이 도대체 무엇이며, 실제적인 쓸모에서 필요한 글들이 무엇인지가 아직까지는 모호하다. 실제적인 쓸모라는 말은 그 의미의 범위가 너무 넓고 그 안에 들 수 있는 글의 종류가 무척 다양하기 때문이다. 그래서 실생활에 사용되는 글을 차분하게 둘러보고 살펴 실용글의 개념과 특성을 정리해 보았다.

2부에서는 글쓰기의 과정을 다루고 있다. 글쓰기의 과정은 모든 글쓰기의 기본이 되는 내용이다. 실용글쓰기가 여타의 글과 비교할 때 형식적인 면이 두드러질 수 있으나 글을 쓰기 위해서는 글쓰기 과정에 대한 이해가 필수적이다. 무작정 컴퓨터 앞에 앉는다고 글이 써지는 것은 아니다. 글을 쓰려면 나름대로의 방법과 절차를 익혀야만 한다. 실용글쓰기는 기존의 글쓰기 관련 지식에 실제적인 면을 결합시킨 것이다. 그러므로 글쓰기의 과정은 실용글쓰기를 포함하여 모든 글을 쓰려면 알아두어야 할 내용이다. 글쓰기 능력이 부족하다고 생각한다면 반드시 알아둘 필요가 있다.

3부에서는 실용글쓰기의 실제를 다루고 있다. 3부에서 다루는 다양한 종류의 글은 그와 같은 글을 작성할 때 제대로 작성하기 위한 내용이기도 하지만, 그것을 익힌다면 다른 종류의 글을 작성하는 데도 도움이 되는 것들이다. 편의 상 나누어 놓았지만 목적으로 본다면 겹치는 부분이 상당 부분 존재한다. 예를 들어 편지글이라고 해서 편지글로만 여겨서는 안 된다. 공지문도 편지글로 많이 작성되기 때문이다. 편지글에 대해 살펴보는 것은 공지문을 잘 이용하는 방법을 익히는 것이기도 하다. 따라서 다양한 종류의 실용글쓰기를 두루 훈련해 봐야 한다.

4부에서는 문장쓰기를 다루고 있다. 문장쓰기는 실제로 문장을 작성할 때 생기는 궁금증을 풀 수 있는 내용들로 구성되었다. 문장을 쓸 때 궁금증이 생기는 것 중 상당 부분이 어문규정과 관련된 것들이다. 그래서 조금 많다고 생각하였지만 되도록 충분한 내용을 담도록 노력하였다. 4부에서 다루고 있는 것들은 되도록 외워서 글쓰기 할 때 활용하기를 바란다. 외우기가 어렵다면 최소한 실제로 문장을 쓸 때 의문이 나는 점이 생길 때마다 찾아 활용할 수 있기를 바란다.

이 책은 고전문학, 국어학, 현대문학을 전공한 세 사람이 나누어 집필하였다. 전공이 다른 만큼 관심도 달랐다. 하지만 공통점은 대학에서 수년간 글쓰기 교육을 담당하였고, 현재도 실용글쓰기 강의를 맡고 있다는 점이다. 그렇기 때문에 서로의 경험을 나누어 보다 좋은 내용을 담도록 노력하였다. 쓰고 나서 아쉬움이 없는 것은 아니다. 특히 더 다양한 종류의 글을 담지 못했고, 예시문도 많이 보여주지 못한 점이 아쉽다. 하지만 이 책을 통해서 실용글쓰기에 대한 이해와 관심을 높일 수 있으리라 생각하며, 글쓰기 능력을 향상시킬 수 있으리라 믿는다.

배움에는 왕도가 없다고 한다. 글쓰기도 마찬가지이다. 많이 써보는 것만큼 좋은 것은 없다. 쓰기가 어렵다고, 쓰는 것이 불편하다고, 쓸 줄 모른다고, 쓸 필요가 없다고 생각하지 말자. 말하지 않고 하루라도 살 수 없는 것처럼, 읽지 않고 하루라도 살 수 없는 것처럼, 우리의 생활은 쓰지 않고 하루도 살 수는 없다. 그러니 이왕이면 '괜찮은' 글을 써 보자.

　끝으로 자신들의 글을 예시문으로 사용하도록 허락해 주신 분들께 감사드린다. 덕분에 좋은 글을 같이 공유할 수 있어서 얼마나 좋은지 모르겠다. 어려운 출판 사정에도 출판하여 주신 박이정 출판사의 박찬익 사장님과, 책을 예쁘게 꾸며주신 편집실 여러분들도 힘이 되어주셨다. 감사의 말을 전한다.

2008년 8월
저자 일동

Ⅰ   실용글의 개념과 특성

1. 실용글의 개념

말과 글은 우리가 다른 사람과 의사소통할 수 있도록 만들어 준다. 의사소통의 목적은 여러 가지가 있을 수 있지만 가장 큰 핵심은 '필요성'이다. 혼자서는 살 수 없기 때문에 다른 사람과 말을 하며, 다른 사람에게 글을 쓴다.

실용글이 무엇일까라는 물음에 대한 답도 마찬가지이다. 실용글은 실생활에서 필요에 따라 쓰는 모든 글을 말한다. 실생활과 관련이 없거나, 필요하지도 않거나, 글이 아닌 것은 실용글이 아니다. 실용글을 더 정확히 이해하기 위해서 좀 더 깊이 살펴보자.

(1) 실생활

내가 나 아닌 다른 사람으로 살 수는 없다. 또 다른 사람의 삶을 대신 살아줄 수는 없다. 영화*나 드라마에서는 그런 일이 있을 수 있으나 실제로는 불가능하다.

---

* 오우삼 감독의 영화 〈Face Off〉를 보면 어쩔 수 없이 내가 아닌 다른 사람으로 사는 경우도 있다.

그렇다면 '실생활'이란 자신을 둘러싼 모든 삶의 상황으로 이해할 수 있다. 살면서 자신과 관련된 모든 것을 '실생활'의 범주에 넣을 수 있다.

내 삶의 일부이지만 내 뜻과 다르게 살 수도 있는 삶이 있다. 바로 단체의 구성원으로서 삶이다. 단체는 학교일 수도 있고, 회사일 수도 있고, 친목조직일 수도 있다. 단체의 구성원으로서의 삶은 내 삶의 일부지만 단체의 구성원으로서 나는 개인으로서 나와 다르다. 단체가 원하는 것과 내가 원하는 것이 다를 수 있고, 단체가 반대하는 것을 내가 찬성할 수도 있다. 하지만 내가 단체의 구성원인 이상 단체의 뜻에 따라야 하며, 이는 내 삶의 일부인 셈이다.

'실생활'이란 개인으로서의 사적인 삶과 단체의 일부로서 공적인 삶을 모두 포함한다. 그러므로 '실생활'은 이 삶 속에서 개인에게 닥치는 모든 상황으로 이해하면 된다.

(2) 필요

목이 마르면 물을 마시고, 배가 고프면 밥을 먹는다. 이것은 사람이라면 누구나 갖는 본능이다. 그런데 이 본능은 달리 생각하면 원인에 따른 필연적 결과이다. 실생활에서의 '필요'라는 것도 이와 같이 이해하면 된다. 즉 실생활에서 '글을 써야만 하는 목적'이 분명하게 있기 때문이다. 글로 써야 하는 목적이 없는데 글을 쓸 필요는 없다.

실생활에서 글을 쓰는 목적은 하나로 정리하는 힘들다. 하지만 굳이 말하자면 두 가지로 나누어 볼 수 있다. 즉 '정보information'와 '기록document' 때문이다.* 무엇인가를 알고 싶기 때문에, 알려야 하기 때문에 글로 쓴다. 그리고 무엇인가를 기록으로 남기고 싶기 때문에, 남겨야 하기 때문에 글로 쓴다.

실생활에서 '정보'의 측면은 다양하다. 유학을 간 친구의 소식이 궁금해 편지를

---

* 글쓰기의 동기로 전달동기와 표현동기를 언급하기도 한다. '정보'와 '기록'을 굳이 이 둘과 관련 짓다면 '정보'는 전달동기에 가깝고, '기록'은 표현동기에 가깝다.

쓰는 것이나, 여행 중에 부모님께 편지를 쓰는 것, 휴가 중이니 며칠간 우유를 넣지 말아 달라고 현관문에 써놓는 것 모두 '정보'와 관련된 글이다. '기록'의 측면도 다양하다. 죽음을 앞둔 노인이 유언장을 쓰는 것, 결혼 전에 남녀가 결혼생활에 대해 약속하는 글을 쓰는 것, 돈을 빌려줄 때 그 내용을 기록하는 것 모두가 '기록'과 관련된 글이다.

'필요'는 실생활과 관련하여 반드시 글로 남겨야 하는 목적을 말한다. 그러므로 목적에 합당한 내용을 표현하는 것이 '필요'한 글이 될 수 있다.

(3) 글

실용글 역시 글이기 때문에 가장 중요한 것은 어법에 맞아야 한다는 점이다. 어법에 맞지 않는 글은 무엇을 표현한 것인지 알기 어렵다. 실용글은 '정보'와 '기록'의 글이기 때문에 표현이 분명하지 않으면 글 쓴 의도나 내용을 알 수 없게 된다. 따라서 실용글이 '정보'나 '기록'으로서의 가치를 지니려면 어법에 맞춰 표현을 정확히 해야 한다.

실생활의 필요에 따라 쓰는 글이기 때문에 실용글은 특별한 형식이 없는 것처럼 생각하기 쉽다. '필요'로 하는 핵심 내용만을 잘 쓰면 되는 것으로 생각하지만 실용글도 글이기 때문에 대개의 경우 '처음 - 중간 - 끝'의 구조를 갖는 것이 좋다. 그래서 '필요'로 하는 핵심 내용에 맞게 이끌어 가는 부분과 마무리하는 부분도 잘 작성해야 한다. 실용글도 일반적인 글과 마찬가지로 핵심 내용에 맞는 제목을 달아야 하고, 누가 작성했는지, 언제 작성했는지도 남겨야 한다.

그런데 실용글은 어떤 경우 일정한 형식을 갖기도 한다. 예를 들어 편지의 경우 '호칭, 인사, 용건, 끝인사, 날짜, 서명, 추신'의 형식을 갖는다. 편지를 반드시 이 형식에 맞춰 써야 하는 것은 아니다. 개인끼리 주고받는 편지의 경우 형식을 조금 벗어나도 괜찮다. 하지만 공식적인 편지를 쓸 경우에는 정해진 형식에 맞춰 편지를 쓰는 것이 좋다. 형식이 있는 실용글의 경우 형식을 벗어날 경우 인정받지 못할 수도 있으므로 형식을 지켜야 한다.

'글'은 글로서 갖춰야 할 요건을 맞춘다고 생각하면 된다. 어법, 표현, 형식 등을 고려해서 작성해야 함을 잊어서는 안 된다.

실용글은 사실 굉장히 단순한 글이다. 정해진 형식이 있으면 형식대로 작성하면 되고, 형식이 없으면 글의 일반적인 형식을 따르면 된다. 실용글은 다른 글과 달리 실생활의 필요라는 목적이 분명히 존재한다. 그래서 무엇을 써야 할지도 고민할 필요가 없다. 써야 할 것은 분명히 정해졌으니까. 단지 고민해야 할 것은 '실생활'의 '필요'에 맞게 '글'로 작성되었느냐이다.

2. 실용글의 특성

(1) 명백한 목적과 예상된 내용

실용글만큼이나 목적이 분명한 글은 없다. 목적은 어떤 행동일 수도 있고, 인지일 수도 있다. 행동이라면 그런 행동을 하도록 작성되어야 하고, 인지라면 제대로 알 수 있도록 표현되어야 한다. 목적이 달성되지 않으면 실용글쓰기는 무의미한 것이 된다.

목적이 분명하므로 실용글쓰기 자체는 어렵지 않다. 왜냐하면 목적이 너무나 명백하기에 그에 합당한 내용이 쉽게 찾을 수 있기 때문이다. 문제는 쓰는 사람이 실용글을 안일하게 생각한다는 점이다. 심지어는 똑같은 목적이라고 예전에 사용했던 것을 글자만 바꾸어 그대로 사용하기조차 한다. 하지만 그렇게 한다면 그것은 글쓰기라 할 수 없다. 예를 들어 청첩장을 만들 때 이미 만들어진 문구를 사용할 수 있다. 하지만 그렇게 만들어진 청첩장은 나만의 청첩장이 아니다. 나만의 청첩장을 만들기 위해서는 스스로 초대의 글을 써야 한다.

실용글은 명백한 목적으로 인해 내용을 충분히 예상할 수 있다. 하지만 실용글은 한편으로는 명백한 목적과 예상된 내용을 넘어서는 글쓰기를 지향하고 있다. 즉, 그럼에도 불구하고 보다 효율적으로 목적을 달성하기 위한 쓰기를 추구하는 것이 바로 실용글이다.

(2) 책임과 의무의 발생

실용글은 목적이 분명하기에 내용도 그에 따라 한정된다. 목적에 맞게 작성하면 되며, 목적과 관계가 없는 내용은 존재할 필요조차 없다. 그런데 실용글에 표현된 내용은 쓰는 사람이나 읽는 사람에게는 책임과 의무를 지우는 경우가 많다.

예를 들어 공지문을 읽게 된 사람은 공지문에 표현된 내용에 의거해서 행동을 하거나, 공지문에 표현된 내용만을 인지한다. 그렇기 때문에 공지문을 쓰는 사람이 이 정도라면 되겠지라는 생각을 갖고 공지문을 쓰면 문제가 생길 수 있다. 그리고 발생한 문제에 대한 책임은 쓴 사람이 져야 한다. 한편으로 읽는 사람도 그에 따른 의무가 발생한다. 정확하게 작성되고 표현됐음에도 의무를 하지 않으면 문제가 생길 수 있다. 이렇게 생긴 문제는 전적으로 읽는 사람이 책임을 져야 한다.

실용글쓰기를 할 때는 목적에 대한 정확한 인지를 바탕으로 그에 맞는 내용을 담도록 노력해야 한다. 왜냐하면 실용글은 쓰는 사람뿐만 아니라 읽는 사람에게도 책임과 의무를 부과하기 때문이다.

(3) 시선을 끌 수 있는 장치

앞서 읽는 사람에게도 책임과 의무가 부과된다고 한 것처럼 실용글에서 중요한 것은 읽는 사람이다. 책임과 의무를 떠나서 읽는 사람이 제대로 읽어주지 않으면 실용글의 목적은 달성되기 어렵다.

문학 작품을 읽는 사람은 스스로 작품을 선택해서 읽을 수 있고, 작가의 의도와 다르게 작품을 해석할 수 있다. 하지만 실용글은 그렇지 않다. 읽거나 안 읽거나 그것은 자신의 마음이겠지만 반드시 읽어주기를 요구한다. 게다가 명백한 목적과 예상된 내용으로 인해 사람으로부터 무시당하더라도 사람들이 읽어주기를 바란다. 그래서 실용글쓰기 할 때 염두에 두는 것이 바로 시선을 집중시킬 수 있는 장치이다. 기본적으로 글자의 색깔이나, 크기나, 글꼴 등을 이용하기도 하지만 그 외의 방법을 다양하게 사용한다. 사진이나 그래프 같은 시각자료일 수도 있고, 용지의 색깔이나 크기일 수도 있다.

실용글쓰기를 하는 사람은 사람들의 시선을 모을 수 있는 방법에 대해서도 반드시 고민해야 한다. 특히 불특정 다수이건 특정 다수이건 간에 다수를 대상으로 하는 글이나, 내용이 충분히 예견되는 글에서는 더욱 그렇다. 관심을 갖고 보면 사람들의 시선을 끌려고 노력한 수많은 실용글을 찾아볼 수 있을 것이다.

Ⅱ 글쓰기의 과정

　누구나 글을 쓸 때에는 일정한 과정을 거친다. 그 과정에는 종이나 컴퓨터 화면에 직접 글을 써가는 행위뿐만 아니라, 글을 구상하고 글의 재료를 수집하는 행위, 글을 쓴 뒤에 다시 고치거나 다른 사람들과 함께 글에 대해 논의하는 행위까지 포함된다. 이러한 준비 과정과 후속 과정이 글쓰기의 과정에 포함된다면, 우리가 영위하는 생활과 그 속에서 부딪치는 사건 모두 글쓰기의 과정과 연결될 수 있다. 왜냐하면 글은 삶의 내용을 정면에서 취급하지 않는 경우에도 그 배후는 항상 삶과 연관되어 있기 때문이다. 글쓰기의 과정을 일부러 넓게 확장해보는 것은 글쓰기가 어떤 특정한 사람들만 하는 행위가 아니라, 우리의 생활 속에서 누구나 할 수 있는 아주 평범한 일에 해당된다는 것을 강조하기 위해서이다.

　물론 좋은 글을 쓰기 위해서는 의식적인 노력이 필요하다. 우리가 평소에 무심코 쓰게 되는 글에 대해 좀 더 깊이 있게 사유하고 글을 쓸 때에도 전략적인 계획 아래 수행한다면 좋은 글을 쓸 가능성이 훨씬 높아진다. 그런 의미에서 글쓰기의 과정을 세분화하여 분석적으로 고찰할 필요가 있다. 자연스럽게 하나로 이어진 글쓰기의 과정을 분절하여 조리 있게 따져본다면 더 효율적인 글쓰기 방법을 발견할 수 있기 때문이다.

　우선, 글쓰기의 과정에서 글쓰기가 갖는 의미를 따져보자.

1. 글쓰기와 의사소통

글쓰기는 의사소통(communication)의 일종이다. 즉 글은 의미 전달을 목적으로 하며, 글을 쓰는 사람과 글을 읽는 사람의 매개 역할을 한다. 일기 같은 경우 남에게 전달되어 읽히는 경우가 거의 없지만 결국 글을 쓴 사람이 글을 읽는 사람이 되기 때문에 그것도 자기와의 소통을 위한 매개라 할 수 있다.

이렇게 당연한 사실이 글쓰기를 연습하는 사람에게 외면당하는 경우가 많다. 한 편의 글에서 내용이 제대로 표현되지 못하거나 내용이 잘못 전달될 때, 글을 쓴 사람은 글의 내용을 잘 알고 있겠지만 글을 읽는 사람은 그 글의 내용을 정확히 이해하지 못하거나 왜곡된 내용으로 받아들이기 쉽다. 이는 올바른 의사소통이라 할 수 없다. 글이 원활한 의사소통의 매개가 되려면 무엇보다 글 속의 내용이 정확해야 한다. 그러므로 글을 쓸 때는 자신이 의도한 대로 내용이 바르게 표현되었는지 항상 점검해야 한다.

글을 쓰는 사람이 자신이 의도한 내용을 글 속에 모두 나타냈다고 해서 그 글이 모두 잘 소통되는 것은 아니다. 글을 읽는 사람이 글을 쓰는 사람과 항상 똑같은 입장에 처해 있다고 보기 어렵기 때문에 글을 읽는 사람의 상황을 반드시 고려해야 한다. 가령 글 읽는 사람의 연령이나 성별, 취향, 성격을 감안하면서 글을 쓴다면 더 효과적인 소통이 이루어질 수 있다. 또한 읽는 사람이 처음부터 끝까지 집중해서 글을 읽을 수 있도록 구성을 적절하게 짜거나 흥미 있는 사례를 집어넣는 것도 소통을 원활히 할 수 있는 방법이다. 그리하여 때로는 의견이 다른 사람 사이일지라도 글을 통해 서로의 생각을 설득시킬 수 있고 서로가 원하는 행위까지 이끌어낼 수 있다. 다시 말해 글을 쓸 때에는 효과적인 표현을 통해 최상의 의사소통을 꾀하여야 한다.

2. 글쓰기와 사고력

글쓰기의 과정은 사고의 과정이다. 글은 사고를 담는 그릇이므로 사고의 과정이 글을 통해 전개될 수밖에 없다. 그 때문에 글쓰기 교육의 목표 중 하나로 사고력 함양을 들기도 한다. 반대로 글쓰기 능력을 향상시키기 위해 사고력을 기른다고도 한다. 글쓰기 능력 배양과 사고력 함양이라는 두 가지 목표 중에 어느 것을 선후로 두느냐와 별개로 글쓰기와 사고력은 떼어놓을 수 없는 관계를 형성하고 있다.

사고의 범주를 크게 비판적 사고, 창의적 사고, 윤리적 사고로 나눌 수 있는데, 이는 인간의 이성과 감성이 각각 강하게 작용하는 논리적 능력과 감성적 능력 외에 선악을 분별하고 양심에 따라 행동하는 윤리적 능력까지 고려한 분류라고 할 수 있다. 이러한 폭넓은 의미의 사고력은 현대를 살아가는 인간으로서 복잡한 사회 현상과 흐름을 지적으로 통찰하면서 공동체 속에서 조화롭고 올바른 사람됨을 추구하기 위한 바탕이 된다.

그런데 사고의 과정은 복잡다단하고 유동적이다. 사고의 결과로 결론이나 대안이 나오더라도 그것이 완전하고 확정된 상태로 유지되기는 어렵다. 가치관과 상황의 변화에 따라 언제든지 더 나은 결론과 대안이 도출될 수 있기 때문이다. 따라서 글쓰기의 과정이 사고의 과정과 같다면 한 편의 글을 쓰는 과정에서 수많은 점검과 수정이 가해질 수 있다. 부단한 사고의 과정이 녹아 있는 글일수록 글 쓰는 사람의 목표에 더욱 근접한 좋은 글이 될 가능성이 높다.

3. 과정 중심 글쓰기

종전에는 완료된 글만 가지고 글쓰기 학습이 이루어져 왔던 경향이 강했다. 그런데 한 편의 글을 완성하였다고 판정하는 순간 그 글을 더 나은 상태로 바꾸거나 그 글에 새로운 내용을 부가하기 어렵다. 그리고 글쓰기의 결과만을 중시할 경우 글을 쓰기 전의 과정이나 글을 쓰는 과정에서의 복잡한 사고의 전개 양상을 간과하는 경우가 많다. 또한 글을 쓰는 동안의 글을 쓰는 사람의 특정한 나쁜 버릇이나 태도가 쉽게 노출되지 않아서 누군가의 지적을 받아 개선될 수 있는 여지가 사라지기도 한다. 이러한 문제점을 극복할 수 있는 대안이 과정 중심 글쓰기이다. 그것은 글쓰기의 근본적인 원리를 찾고 체계를 세워가는 글쓰기 방안이다. 많은 시간이 걸리고 결과적으로 글이 실패작이 되더라도 글 쓰는 사람이 하나하나의 과정을 짚어나가며 더 나은 방향으로의 역동적인 변화를 추구하기 때문에 글쓰기 능력이 점차 탄탄해지는 한편, 더 효용적이고 깊이 있는 글을 쓸 수 있다.

과정 중심 글쓰기에서 중시되는 것은 글을 쓰는 사람의 열린 자세이다. 글이 한 개인의 사고에 의해서만 비롯된다는 관점에서 벗어나, 글을 쓰는 과정에서 무수한 타인의 의견을 받아들이고 비판하면서 자신의 생각을 조정하고 발전시키는 것이 필요하다. 또한 부단한 점검과 반성을 통해 글을 쓴 이후의 과정도 글쓰기의 연장 과정으로 보고 전체를 조망하는 행위를 게을리 하지 말아야 한다. 만일 이 과정에서 내용의 문제점이나 방법의 오류가 발견된다면, 글쓰기의 첫 단계인 글쓰기 목표 설정에서부터 그 글을 점검해야 하고, 필요하다면 그 글 전체를 다시 시작해야 한다. 이러한 방법은 글쓰기의 혼란을 조장하고 비능률적인 결과를 일으킬 우려가 있지만, 글을 쓰는 사람이 열린 자세와 인내력을 가지고 과정 중심 글쓰기에 참여해야 결국 좋은 글을 쓸 수 있다.

4. 문제 해결 중심 글쓰기

글쓰기에서 좀 더 구체적인 방안으로 문제 해결 중심 글쓰기 전략을 적용한다면 더욱 효과적인 글쓰기가 가능해질 것이다. 이 전략도 결국 글쓰기 과정 속에서 이루어지는 것으로, 학습자가 글쓰기를 하나의 문제로 받아들이고 단계적으로 해결 방법들을 찾아나가도록 하는 목표지향적인 과정에 해당된다. 이 전략이 지닌 미덕은 글쓰기가 어떤 영감이나 우연에 의해서 이루어지는 행위가 아니라는 점을 강조하고, 글쓰기 초보자들로부터 글쓰기 능력이 선천적으로 타고나야 한다는, 아주 오래된 편견으로부터 벗어나게 한다는 데 있다. 그리하여 글을 쓰는 사람은 원리에 입각하여 단계적으로 부딪치는 문제를 효율적으로 해결할 방법을 찾아보고, 글을 쓰는 동안 자신의 글을 객관적으로 점검하고 적절히 수정하여 조금씩 목표에 도달해 갈 수 있다.

린다 플라워(Linda Flower)*에 의하면, 문제 해결 중심 글쓰기는 아주 새로운 방식이 아니다. 글쓰기 과정을 사고 과정으로 본다면, 일상생활 속에서 흔히 부딪치게 되는 여행계획 세우기, 시험보기, 결정하기, 요청하기 등과 같은 문제 해결 과정과 글쓰기 과정이 여러 면에서 공통점을 지닌다는 것을 쉽게 발견할 수 있기 때문이다. 또한 글쓰기라는 것은 오로지 개인적인 통찰력에 의존해서 고독하게 이루어내는 창조적 산물이 아니다. 글을 쓰는 사람이 궁극적으로 무엇을 쓸 것인가 선택하는 것은 맞지만, 실제로 직관과 이해를 통해 글을 쓰는 과정은 상당히 사회적이다. 글을 쓰는 사람이 개인 체험기, 연구보고서, 평론 등 그 무엇을 쓰든지 간에, 글쓰기는 그를 그 주제에 대해 이미 이야기했거나 글을 썼던 그 누군가와의 대화 속으로 유도한다. 즉 글쓰기의 과정은 이전부터 그 사회에 존재하던 것으로 사고를 확대시켜 주고, 아이디어를 구체화시켜 주는 대화행위의 일부분이기 때문에, 글쓰기 행위 자체야말로 사회적인 행위이다.

글쓰기의 이러한 사회적 성격은 글을 쓰면서 동료들과 원고를 돌려가며 같이 읽어보고 문제점에 대해 토론하는 과정에서 실천적으로 실현해 볼 수 있다. 그 무엇보다 한 편의 완성된 글이 다수의 독자들에게 새롭게 읽히면서 그 글의 의미와 기능이 글을 쓴 사람이 전혀 예기치 못한 방향으로 확산될 수 있다는 점에서 글쓰기 행위가 더욱 폭넓은 사회적 성격을 갖는다는 사실을 깨달을 수 있다.

---

* Linda Flower, 원진숙·황정현 옮김(1998), 『글쓰기의 문제해결전략』, 동문선, pp.22~24 참조.

그리고 그 과정 속에서 글을 쓰는 사람이 자신이 원하는 것이 무엇인지 명확하게 알고 반드시 그 문제의 해결방법을 찾을 수 있다는 태도를 견지한다면, 글을 쓰는 과정에서 더 나은 방법이 무엇인지 적극적으로 탐색해 나아갈 수 있는 동기가 생긴다. 아울러 어떤 이론이나 전략도 글쓰기의 성공을 전적으로 보장해 줄 수 없는 상황에서, 글을 쓰는 사람이 문제에 직면하여 그 과정마다 요구되는 특정한 방법들을 주도적으로 선택한다는 점에서, 글 쓰는 사람의 주체적 글쓰기 능력을 크게 신장할 수 있다는 장점을 지니기도 한다. 이때에도 글을 쓰는 사람 혼자서 문제를 풀어나가려는 것보다 그와 다른 견해를 참고하고 다른 사람와 꾸준히 토론하는 자세를 갖는다면 더욱 효과적인 글쓰기가 이루어질 수 있다. 그것은 글을 쓰는 사람의 열린 태도, 즉 개방적인 가치관과 융화적 사고가 활발하게 행해질 때 탄력을 얻을 수 있다.

5. 글쓰기의 세부 단계

글쓰기의 과정은 집필동기, 독자의 성향 등 한 편의 글이 쓰이는 환경에 따라 다양한 영향을 받는다. 그렇지만 글을 쓰는 과정은 대체로 '계획하기 단계 → 쓰기 단계 → 다듬기 단계'를 거쳐 이루어진다. 이 과정은 각 단계에서 좀 더 세분화된다.

(1) 계획하기 단계

① 집필동기

글을 쓰는 과정에서 첫 번째로 할 것은 '왜 쓰는가'에 대한 명확한 규정이다. 이는 글을 쓰는 목적, 즉 집필동기에 해당하는 부분으로 어떤 내용을 합리적으로 이해하고 동의하게 하는 것을 목적으로 하는 전달동기, 어떤 내용에 정서적으로 공감하고 감동을 불러일으키기 위한 것을 목적으로 하는 표현동기로 나누어 생각할 수 있다.

그런데 '왜'라는 물음을 더 심화시키면 글쓰기의 존재론적·효용론적 문제, 다시 말해 글을 쓰는 '나'와 언어, 세계, 삶 등과의 깊고 복잡한 문제에까지 연결된다. '왜 쓰는가'에 대한 심각한 고려는 어쩌면 익숙한 주제를 더욱 추상적이고 모호한 것으로 여기게 만들겠지만, 그것은 집필동기 설정 단계에서뿐만 아니라 모든 단계에서, 심지어 글쓰기를 최종적으로 마친 뒤에도 되물어야 할 질문이다. 왜냐하면 진정한 의미의 글쓰기란 글이 끝난 뒤에도 결코 끝나는 것이 아니라, 그 글이 글쓴 이의 뇌리에 남아 그를 새로운 사고의 영역으로 이끌거나 그의 삶 자체를 조금씩 변화시키기 때문이다.

또한 학습 과정에서의 글쓰기는 그것 자체로 하나의 목적이라기보다 지속적인 수련 과정이기 때문에 완성이나 종말의 의미를 부여하지 않는 것이 유익하다. '왜 쓰는가'라는 질문이 사라진 글쓰기는 기계적인 문필 연습과 다를 것이 없으므로 글 쓰기의 모든 단계에서 그 의미를 다각적으로 되새겨야 할 필요가 있다.

② 주제의 확정

그 다음 과정은 '무엇을 쓰는가'에 대해 결정하는 것이다. 여기서 '무엇'에 해당되 는 것이 바로 그 글의 중심적인 내용인 주제이다. 글을 쓰는 기술적인 방식으로, '어떻게' 쓰는가도 중요하지만 '무엇'을 쓰는가가 더 중요하다. 왜냐하면 글을 아무 리 기술적으로 잘 쓰더라도 그 '무엇'이 하찮은 것일 때에는 글 자체가 읽을 만한 가치가 없어져 버리기 때문이다. 그래서 한 편의 글이 좋은 글이 되기 위해서는 그 글이 가치 있는 내용을 지녀야 하는데, 그것은 곧 주제의 가치와 직결된다.

주제를 정할 때는 주제의 범위를 고려하는 것이 중요하다. 가령 '술'을 주제로 잡는다면 술과 관련된 내용이 너무 광범위해서 글의 내용이 막연해지기 쉽다. 그러 나 '포도주 담그는 요령', '술이 직장인에게 끼치는 악영향'과 같은 주제로 범위를 좁힌다면 앞의 막연한 주제로 글을 쓸 때보다 더 효과적으로 글을 쓸 수 있다. 여기 서 '술'이 가주제라면 '포도주 담그는 요령'은 참주제라 부를 수 있다. 주제의 범위는 글의 전체 분량에 따라 달라지지만 가급적 구체화된 내용으로 잡는 것이 글을 쓸 때 유리하다.

주제를 정했다면 주제문을 작성해 보는 것이 좋다. 주제문을 작성하면 글의 전체 내용이 확정되어 일관성을 유지하면서 글을 쓸 수 있으며 글의 초점도 분명히 잡을 수 있다. 주제문을 작성하는 방법은 다음과 같다. ① 하나의 완전한 문장이어야 한다. ② 글 쓰는 사람의 의견이나 관점이 명확하게 드러나야 한다. ③ 그 표현이 정확하고 구체적이어야 한다. 가령 술에 관한 글을 쓴다고 할 때, "술은 우리의 생활에 활력을 주는 음식이다."나 "대학에서의 잘못된 음주문화는 바람직한 방향으로 바뀌어야 한다."와 같은 주제문은 위의 요건을 충족한다고 할 수 있다.

③ 제재의 수집

주제가 결정되면 그 주제를 효과적으로 나타내기 위한 여러 가지 재료들이 있어야 한다. 주제를 구성하거나 주제를 살리기 위한 이야깃거리를 제재라고 한다. 제재가 풍부하고 적절할수록 그 주제도 효과적으로 살아날 수 있다. 제재는 글 쓰는 사람의 경험과 배경지식을 활용하여 모을 수 있으며, 필요한 경우에는 출처가 분명한 신문, 잡지, 단행본과 같은 지면 자료나 인터넷 자료 등을 활용할 수 있다.

때로는 자유연상으로 떠올린 여러 가지 사실이나 생각들을 제재로 끌어들일 수 있다. 인간의 무의식 속에는 평상시에 의식하지 못하는 여러 가지 의미들이 서로 엉킨 채로 묻혀 있다. 그것을 의식으로 쉽사리 끄집어낼 수도 없지만 끄집어낸다 해도 그것으로 가치 있는 의미 체계를 형성하는 것은 간단한 일이 아니다. 그러나 제재를 수집하는 단계에서는 자유연상으로 도출된 수많은 글의 재료들이 기발한 착안을 유발하거나 한 편의 글에 얽히게 될 의미망에 신선한 자극을 줄 수도 있다. 우연적이고 일시적인 의미를 연달아 생성해 내는 자유연상을 통해 생각이 뻗어나가 분화된 내용을 자유롭게 적어 보거나 서로 발표하여 거리낌 없이 교환할 수도 있다. 글의 내용을 생성하는 과정에서, 브레인스토밍이 목표를 향해 분명한 줄기를 잡아 나가기 위한 아이디어 수집 방법이라면, 자유연상은 한정된 목표 영역을 넘나들며 사고를 최대한으로 확산시키는 방법이다. 자유연상은 방향성이 뚜렷하지 않지만 훨씬 유동적이고 포괄적인 사고 작용이다.

인문·자연과학적 주제나 시사적인 주제를 다룰 때에는 학습자의 배경지식을 최대한 활용해야 하고 토론을 할 때에도 각자의 지식을 최대한 검토하고 조정하는 것이 바람직하다. 단행본이나 신문기사, 논문, 인터넷 자료를 활용하여 주제와 관련된 지식을 효율적으로 활용해야 한다. 단, 출처를 분명히 기록하고 하나의 지식과 연계된 배경이나 또 다른 지식을 저장하고 찾기 쉽게 분류해 두는 것도 중요하다. 시간이 허락하는 한에서 도움이 된다면 제재와 관련된 현장을 직접 방문하여 몸으로 내용을 실감하고, 그것과 관계된 사람을 만나 인터뷰하고 그 내용을 녹취하거나 촬영한 뒤 적절히 편집하여 자료로 쓰는 것도 좋다. 그리고 어느 시간, 장소에서건 아이디어가 떠오르면 재빨리 메모해 두었다가 글에 적용할 수 있는지 따져본다.

④ 개요 작성

주제와 제재가 결정되면 개요를 짠다. 개요에는 예비개요와 본개요가 있다. 주제를 정한 다음 곧바로 임의대로 짜보는 개요가 예비개요다. 예비개요를 짠 다음 다양한 자료를 수집하여 예비개요에서 부족한 부분을 보충하거나 불필요한 부분을 삭제한 것이 본개요다. 그러나 그 글이 짧거나 그다지 전문성을 요하지 않고 그 글에서 객관적인 자료가 중시되지 않을 경우에는 예비개요가 본개요의 구실을 한다.

개요는 글의 골격을 논리적·체계적으로 조직하는 구조물이다. 개요를 옆에 두고 글을 쓰면 장차 써야 할 내용을 한 눈에 조망할 수 있다는 장점이 있다. 그래서 개요는 글쓰기에서 흔히 건축을 할 때의 설계도에 비유된다. 건축에서는 설계도가 작성된 뒤 시공과정에 차질이 없다면 오로지 도면에 따라 건축이 이루어지는 것이 보통이다. 그런데 글쓰기가 효율적으로 이루어지기 위해서는 개요가 작성된 뒤에도 활발히 수정되어야 한다. 다시 말해 쓰기 단계, 다듬기 단계에서도 새로운 내용이나 방법이 떠오르거나 어떤 오류가 발생했을 때에는 언제든지 융통성 있게 개요를 바꿀 수 있다. 건축을 할 때 도면이 수시로 바뀌면 건물이 완성될 수 없지만, 아주 길고 복잡한 글이 아니라면 얼마든지 개요 작성/조정을 반복하면서 효과적으로 내용을 재조직할 수 있다.

여기서 주의해야 할 것은, 개요의 어느 한 항목을 수정하거나 계열의 위치를 바꿀 때에는 다른 항목들도 조정이 필요할 수 있다는 것이다. 개요표의 각 항목들은 개념의 단위, 계열에 따라 각각 상하 · 동등 · 귀속관계로 유기적으로 조직되기 때문에 일부 항목이 수정되면 전체에 영향이 갈 수 있기 때문이다. 그래서 개요를 만들 때에는 항상 전체적인 조정이 필요하고 글 쓰는 사람의 섬세한 주의가 요청된다. 쓰기 단계나 그 이후의 단계에서도 언제나 개요를 참고하면서 글의 분량을 조절하고 글이 내용적으로 치우치지 않고 각 구성 부분들끼리 효과적으로 연결되고 있는지 살펴보아야 한다.

(2) 쓰기 단계

① 독자에 대한 배려

글쓰기에 익숙하지 않은 사람은 대부분 자기 위주로 글을 쓴다. 자기 자신은 충분히 표현한 것 같은데 독자가 글을 성의 있게 읽지 않아 그 글의 진의를 파악하지 못했다고 여기는 경우도 많다. 글쓰기의 첫 과정인 집필동기 설정에서 대상 독자를 우선적으로 파악하듯이, 글을 쓸 때에도 독자가 힘들지 않게 이해할 만큼 자신이 내용을 제대로 표현했는지 언제나 의식해야 한다. 또한, 누구나 아는 내용을 자신만 아는 것처럼 표현하지 않았는지, 글의 내용이 아주 중요한 것일지라도 그것을 지루하게 표현하지 않았는지 되돌아봐야 한다. 그런 것이 바로 독자를 배려하고 진정한 소통을 위해 노력하는 자세이다. 주옥같은 글도 독자가 읽어 주지 않으면 금방 묻혀버리기 마련이다. 따라서 독자를 배려한다는 것은 단순히 독자에 대한 예의일 뿐만 아니라 자신이 쓴 글에 숨을 불어 넣는 것만큼 중요한 일이 아닐 수 없다.

② 창의적 글쓰기

창의성만큼 정의가 다양하고 실현 양상이 애매한 개념도 흔치 않을 것이다. 쓰기 단계에서의 창의성은 마치 문학 작품에서처럼 참신하고 세련된 표현 기술을 펼치는 것만이 아니라, 평범한 주제를 독자에게 설득력 있게 전달하기 위해 기존의 고정된 생각을 뒤집어 자신의 주장을 펼 수 있는 발상의 역동성을 획득하는 것이다. 다시 말해 누구나 범상하게 여기는 현상이나 개념을 새롭게 바라보고 의미화하는 것이 창의적인 표현이다. 가령, 속도 위주의 현대 사회에서 누구나 다 비난하는 '게으름'을 현대성의 병폐에 대한 의미 있는 도전이자 실존성의 추구라고 보고 논의를 전개한 러셀의 「게으름에 대한 찬양」 같은 글은 창의적인 역발상의 예라고 할 수 있다.

또한 글쓰기에서의 창의성은 쓰기 단계에서 불현듯 한 단어, 한 문장에서 유발되어 꼬리를 물고 파생되는 낯선 의미에서 비롯되는 경우도 많다. 이것은 어디까지나 예기치 못한 우연적인 현상이지만 열린 자세로 새 국면을 받아들여 전체 속에 녹이는 수용력도 창의성을 자극하고 발전시키는 방법이다. 그러므로 한 자리에 머무르지 않고 생각을 움직이면서 무수히 확산되는 사고를 글로 따라잡을 필요가 있다. 계획하기 단계에서는 잘 떠오르지 않다가 글을 쓰는 와중에 새로운 발상을 얻는 경우도 많으므로, 개요가 요청하는 대로만 고지식하게 써 나가기만 하면 곤란하다. 필요하다면 전 단계의 내용을 대폭적으로 수정하더라도 더 효과적인 표현을 위해서는 여태까지 일구어 왔던 과정을 일시에 전환할 수 있는 용기도 필요하다. 기존의 것에 얽매이지 않고 새로운 것에 몸을 던지는 과감한 태도야말로 창의성의 본질 그 자체일 것이다.

③ 단락 쓰기

ⅰ) 중심 문장과 뒷받침 문장

글쓰기에 들어가서 문장을 작성할 때에는, 여러 개의 문장이 모여서 이루어지는 단락의 단위를 고려하여야 한다. 그런데 단락은 그저 몇 개의 문장을 아무렇게나 모아 형성하는 것이 아니다. 단락도 단일한 의미의 단위를 이루어야 하기 때문이다. 단락은 통일된 하나의 중심 내용(화제)을 축으로, 뒷받침 문장이 중심 문장을 뒷받침해야 한다. 또한 한 단락의 모든 문장이 하나의 중심 내용으로 집중될 수 있도록 문장을 긴밀하게 연결해야 한다. 중심 문장을 그 단락의 화제문 혹은 소주제문이라고도 부른다.

ⅱ) 단락의 형성 방법

단락의 형성 방법에는 추상적인 내용의 구체화, 의견이나 주장의 일반화 등이 있다. 추상적인 내용의 구체화는 다시 세분화, 예시 등의 방법으로 나눌 수 있다. 그 가운데 세분화는 어떤 단락의 화제가 다소 추상적일 때 뒷받침 문장을 활용하여 그 화제의 내용을 구체적으로 밝히는 방법이다. 그리고 예시는 추상적인 화제를 우리 주변에서 흔히 접할 수 있는 사례를 들어 자세하게 밝히는 방법이다.

의견이나 주장의 일반화는 결과에 대한 원인의 제시, 원인을 통한 결과의 도출 등의 방법으로 나눌 수 있다. 그 가운데 결과에 대한 원인의 제시는, 어떤 단락의 화제에 해당되는 내용이 뚜렷한 근거 없이 제시되었을 때, 그 결과의 원인에 해당되는 내용을 뒷받침 문장을 통해 해명하는 방법이다. 흔히 '왜냐하면', '그 이유는 …때문이다' 등의 말을 사용하여 앞뒤 내용의 논리관계를 표시한다. 원인을 통한 결과의 도출은 그 반대 방법에 해당되는데, 흔히 '그리하여', '그래서', '그러므로', '그 결과'와 같은 말을 사용하여 의미를 명확히 한다.

ⅲ) 단락의 배치 방법

문장 간에도 중심 문장과 뒷받침 문장이 모여 하나의 단락을 이루듯이, 단락 간에도 중심 단락과 뒷받침 단락이 모여 하나의 구성 단계, 크게는 한 편의 글을 이룬다. 그 글이 길고 복잡한 내용을 다룰 때에는 글의 구성도 다층화되어 중심 단락이 여러 개 존재할 수 있다. 등위의 여러 중심 단락 가운데에서는 글 전체의 주제를 좀 더 집약적으로 드러낸 단락이 그 글의 중심 단락이 된다. 중심 단락을 적절히 배치하여 한 편의 글에 초점을 주어야 그 글의 내용이 독자에게 효과적으로 전달된다.

ⅳ) 단락의 통일성과 긴밀성

한 편의 글이 뚜렷한 초점을 가지려면 단락 간의 통일성과 긴밀성이 유지되어야
한다. 여기서 통일성은 주로 주제나 화제에 대한 내용의 일관된 흐름과 관련되고,
긴밀성은 주제나 화제의 일관된 전개에 필요한 제재의 유기적인 조직과 배열에 관
련된다. 글이 통일성을 가지려면 그 글의 모든 문단이 주제를 향해 일정하고 뚜렷하
게 흘러가야 한다. 즉 모든 문단이 하나의 주제 형성에 기여하도록 기능해야 한다.
글이 긴밀성을 가지려면 문단과 문단을 체계적으로 연결해야 한다. 그러기 위해서
는 문단의 앞뒤 관계가 논리적인 흐름을 지니도록 배치해야 하며, 때로는 접속어,
연결어미, 반복적 어휘를 적절히 사용하여 문단 간의 관계를 명확히 해야 한다.

3. 다듬기 단계

쓰기 단계가 끝나면 글을 천천히 여러 번 읽으며 다듬는 단계를 거쳐야 한다.
여기에는 세 가지 원칙이 작용한다. 첫째로 불필요한 단어나 문장을 빼내어 글 전체
의 통일성과 긴밀성을 높이는 삭제의 방법, 둘째로 꼭 필요한 내용인데 빠져 있거나
불충분하게 기술된 부분이 있으면 보완하는 첨가의 방법, 셋째로 글 전체의 주제를
좀 더 명확하게 드러내기 위해 필요하다면 문장이나 단락을 재구성하는 구성의 방
법이 있다. 다듬기의 순서는 글의 구성에서부터 단락, 문장, 단어 순서로 하는 것이
유리하다. 그런데 자신의 글에만 골몰하던 사람에게는 자신의 글이 너무 익숙해져
서 틀리거나 부자연스러운 부분이 잘 감지되지 않는 경우가 많다. 그래서 같은 상황
에 있는 글 쓰는 사람들끼리 협의를 통해 교정을 거치는 것이 효율적이다. 다른
사람의 객관적인 눈을 통해 글 속의 오탈자뿐만 아니라 자신의 상투적인 발상이나
표현까지 깨달을 수 있기 때문이다. 협의를 통해 지적 받은 부분은 가급적 다듬기에
반영하는 것이 좋다.

　마지막으로 글을 다듬는 단계도 중요하지만 매 단계마다 철저히 점검을 하는 것이 더 중요하다. 글에서 필터 구실을 하는 점검하기는, 각 단계를 점검하다가 문제가 발견되면 그것을 해결하고, 필요하다면 다시 전 단계로 돌아가 조정을 하는 행위이다. 글쓰기는 단선적인 행위가 아니라 끊임없이 뒤돌아보고 현 상태를 경신하는 복잡한 사고 행위이기 때문에, 점검하기를 통해 글쓰기의 전 단계를 조정하고 다듬는 노력에 충실해야 한다. 점검하기 단계를 적용하여 글쓰기 과정을 도식으로 나타내면 아래와 같다.

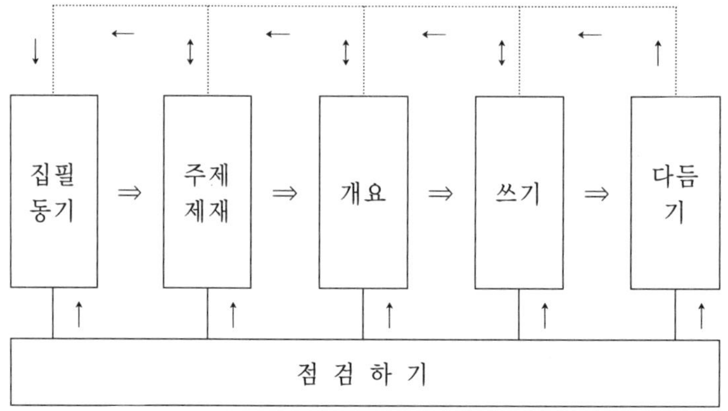

Ⅲ   실용글쓰기의 실제

● 편지글

1. 편지의 개념

휴대전화가 필수품이 된 지금 편지는 이제 한물간 것처럼 보인다. 하지만 매일 아침 컴퓨터를 켰을 때 메일박스에 가득 찬 스팸메일*도 편지라는 점을 염두에 둔다면 편지는 아직까지도 유용한 통신수단임이 분명하다.

편지는 사적으로나 공적으로 일정한 상대에게 안부나 사연, 그리고 용건을 전할 때 쓰는 글이다. 따라서 편지는 동기와 목적이 분명한 글이다. 상대방의 안부가 궁금하거나 자신의 안부를 전할 필요가 있을 때, 전하고 싶거나 알고 싶은 내용이 있을 때 편지를 쓴다. 특별한 목적이 없다면 편지를 쓸 필요가 없다.

최근에는 편지보다는 이메일이나 휴대전화의 문자메시지를 주로 사용한다. 손으로 쓰는 귀찮음과 기계의 편리함 속에서 손으로 쓴 편지는 점차 설 자리를 잃고

---

* 스팸메일(spam mail)은 쓴 사람은 목적이 있겠지만 받는 사람을 불특정 다수로 한다는 점에서 불필요한 편지의 대표적인 예이다. 편지는 쓴 사람과 받는 사람의 일정한 관계 속에서 특정한 목적 달성을 이루기 위한 의사소통행위임을 명심해야 한다.

있다. 하지만 손으로 쓴 편지의 정겨움을 기계가 대신할 수는 없다. 편지를 쓸 일이 생겼다면 한 통의 편지를 손으로 써 보자. 편지의 힘을 알 수 있을 것이다.

2. 편지의 형식

편지는 일반적으로 '처음 - 중간 - 끝'의 삼단 구성을 이룬다. 중간 부분은 편지의 핵심으로 편지를 쓴 목적과 관련된 내용을 적는 부분이다. 편지에서 특이한 것은 처음과 끝에 들어가는 내용이 어느 정도 형식화되었다는 점이다.

처음	호칭 : 받을 사람을 부르는 것
	인사 : 주로 계절과 날씨, 세시풍속 등과 관련된 인사
	안부 : 받을 사람의 근황과 안부, 자신의 근황과 안부
중간	편지를 쓴 목적과 관련된 내용
끝	결사 : 받을 사람에 대한 축원과 인사
	날짜 : 편지를 쓴 날짜
	서명 : 보낸 사람의 이름
	추신 : 빠뜨린 내용이나 새로 생각난 내용, 또는 거듭 강조하고 싶은 내용

3. 편지의 유형

아는 사람으로부터 온 편지이거나 어떤 단체나 기관으로부터 온 편지이거나 간에 편지는 친교 목적과 실무 목적으로 나눌 수 있다. 그렇다고 해서 반드시 하나의 목적만을 가진 편지는 없다. 대개 두 목적이 적절히 섞여 있는데 주안점이 어디에 있느냐, 보낸 사람이 누구냐에 따라 크게 나누어 볼 수 있을 뿐이다.

(1) 친교 목적

■ 안부, 축하, 위문, 감사, 사과 등

친교 목적의 편지에서 가장 중요한 것은 보내는 사람의 마음이 드러나야 한다는 점이다. 받는 사람에 대한 진심어린 애정이 드러나야 효과를 볼 수 있다. 형식적인 내용이나 과도한 표현은 보낸 사람의 마음을 흐리게 할 뿐이다.

(2) 실무 목적

■ 안내, 통지, 초대, 의뢰, 청탁, 주문, 조회 등

실무 목적의 편지에서 가장 중요한 것은 편지를 쓴 목적이 분명하게 드러나야 한다는 점이다. 편지를 보낸 목적을 분명하게 하기 위해 대개의 경우 본문에 핵심 내용을 표로 정리하거나 항목화하거나, 글씨의 크기나 색깔을 다르게 할 필요도 있다. 실무 목적의 편지는 표현이나 내용은 형식적일지라도 전달하려는 내용만큼은 분명하게 드러낼 필요가 있다.

4. 편지의 요건

(1) 선명성

편지는 일정한 상대에게 전달하고자 하는 용건이 담겨 있는 글이다. 따라서 용건 전달을 위해서는 무엇보다도 쉽고 간명하게 전하고자 하는 내용을 글속에 담아야 한다.

(2) 간결성

편지의 문장이 장황하면 설명의 글이 되고 만다. 그러면 읽는 이가 전달하고자 하는 내용의 진실성을 의심하게 되는 경우가 있다. 따라서 문장은 간결한 것이 좋다. 중요한 것은 문장이 간결해야 한다는 것이지 짧아야 한다는 것은 아니다.

(3) 진실성

편지는 글이지만 진실한 마음을 담아야 한다. 흔히 말로 하기 어려우면 글로 쓰라고 한다. 하지만 막상 쓰려면 쉽지 않다. 적절한 표현, 좋은 표현이 잘 떠오르지 않기 때문이다. 적절한 표현, 좋은 표현은 솔직할 때 전해진다. 따라서 받을 사람이 정해진 편지를 쓸 때 꾸밈이 없이 솔직하게 써야 진실함이 드러난다.

(4) 예의

편지를 쓸 때 잊지 말아야 할 사항으로 예의가 있다. 편지는 받을 사람이 구체적으로 정해져 있기 때문에 그에 따른 예절과 형식을 갖추어야 한다. 예의가 허물어진 글을 보내면 상대에게 실례가 되는 것은 물론이거니와 인간관계의 기본을 벗어나게 된다. 우선 편지의 시작이 되는 상대의 호칭부터 정확하게 써야 한다.

5. 편지의 작성 요령

(1) 받을 사람

편지를 쓸 때 받을 사람이 분명히 정해져 있다는 점을 명심해야 한다. 친교 목적의 편지는 특정인을 대상으로 쓰는 편지이므로 받을 사람을 반드시 고려해야 한다.

실무 목적의 편지더라도 대개는 받을 사람이 정해져 있다. 그러므로 받을 사람을 고려해서 작성해야 한다. 간혹 실무 목적의 편지의 경우 다수를 대상으로 쓸 때가 있다. 하지만 이 경우도 불특정 다수는 아니다. 일정한 목적이 있고, 다수이지만 일정한 대상에게 쓴다. 그러므로 이 경우도 받을 사람을 고려해서 편지를 써야 한다.

(2) 자연스런 말투

친교 목적의 편지일 경우 자연스런 말투로 쓰는 것이 좋다. 편지가 글이기 때문에 자칫하다 보면 딱딱해지기 쉬운데 평소에 말하는 것처럼 자연스럽게 쓰는 것이 좋다. 평소에 말하는 것처럼 쓰면 받는 사람에게 친근감을 줄 수 있어 좋다. 다만 받는 사람이 자신보다 나이가 많거나 상사일 경우 자연스럽게 쓰되 예의도 갖춰 써야 한다. 실무 목적의 편지일 경우 격식체*를 사용하는 것이 원칙이지만 목적에 따라서 비격식체를 혼용하는 것이 받는 사람으로 하여금 친근감을 불러일으킬 수 있다.

---

* 격식체와 비격식체

			평서	의문	청유	명령	감탄
격식체	높임	하십시오체 (아주 높임)	가십시다	가십니까?	(가시지요)	가십시오	
		하오체 (예사 높임)	가(시)오	가(시)오?	갑시다	가(시)오 가구려	가는구려
	낮춤	하게체 (예사 낮춤)	가네	가나?	가세	가게	가는구면
		해라체 (아주 낮춤)	간다	가니?	가자	가라	가는구나
비격식체	높임	해요체 (두루 높임)	가요	가요?	가요	가요	가요
	낮춤	해체 (두루 낮춤)	가	가?	가	가	가

(3) 목적에 맞는 내용

편지는 목적이 분명한 글이므로 그에 맞는 내용으로 작성해야 한다. 목적은 있지만 그에 맞는 내용이 없다면 받는 사람에게 성의 없다는 평가를 받기 쉽다. 편지를 쓰기 어렵다고 생각하는 사람이 있다면 그것은 목적은 있지만 내용을 생각하지 않은 경우이다.

예를 들어 감사 편지의 경우 왜 감사한지 이유를 구체적으로 찾으면 쓸 내용을 마련할 수 있다. 부모님께 감사 편지를 쓰는 것은 현재의 자신이 있도록 낳고 길러 주셨기 때문이다. 부모님은 자식을 위해 자신을 전혀 돌보시지 않는다. 어렸을 때는 잘 모르겠지만 커보면 부모님께서 자신을 위해 베풀어주셨던 사랑을, 희생을 알 수 있다. 그러므로 그 때의 기억을 구체적으로 언급하면서 그것이 자신에게 얼마나 큰 힘이, 위안이, 도움이 되었는지를 구체적으로 밝히면 된다.

편지를 쓸 때 편지지 한 장을 어떻게 채우나 걱정하는 사람이 있다. 편지는 한 장을 채우는 것보다, 또는 두 장, 세 장 쓰는 것보다 목적에 맞는 내용으로 채우는 것이 중요하다.

5. 안내장과 초청장

안내장과 초청장은 카드 형식으로 작성된 편지를 말한다. 안내장과 초청장을 굳이 구별하자면 안내장은 행사를 알리는 카드이고, 초청장은 행사에 참석을 요청하는 카드이다. 그래서 초청장에는 반드시 초대의 글이 들어간다. 안내장과 초청장은 시기에 맞게 도착할 수 있도록 보내는 것이 중요하다. 초청장의 경우 행사의 원활한 진행을 위해 초청장 내용의 가장 하단 부분에 'R.S.V.P(Repondez s'il vous plait: Reply, if you please)'와 담당자의 연락처를 고지하는 경우가 있다. 'R.S.V.P'는 '귀하의 참석 여부에 대한 회답을 부탁드립니다.'라는 뜻이므로 'R.S.V.P'가 고지된 초청장에는 반드시 행사 참석 여부를 사전에 알려주는 것이 예의이며, 초청장에 표기된 날짜가 있다면 그 날짜까지 회신해주어야 한다.

안내자과 초청장은 카드 형식으로 최소 앞뒤의 2면부터 구성된다. 카드를 접는 방식에 따라 다양하게 면수가 구성되나 6면을 넘는 구성은 산만한 느낌을 준다. 4면 구성을 예들 들면 다음과 같다.

표지면	내용면	내용면	기타면
제목	알리는 글 초대의 글	일시 장소	교통편 기타 정보

6. 이메일

최근에는 편지보다 이메일을 주로 사용한다. 편지는 비용이 들고 도착하기까지 시간이 걸리지만 이메일은 그렇지 않다. 다만 이메일은 컴퓨터와 인터넷이라는 도구를 사용해야 한다는 점에서 제한적이기는 하다. 이메일도 편지이므로 앞서 살핀 내용을 고려해서 작성하되 이메일의 특성을 이해하고 작성할 필요가 있다.

(1) 이메일의 특성

1) 제목 붙이기

이메일은 제목을 붙일 수 있으므로 제목을 붙이는 것이 좋다. 공적인 이메일이라면 용건을 압축하여 제목을 만드는 것도 한 가지 방법이다. 제목이 없거나 제목을 잘못 달면 스팸메일로 다루어져 삭제될 수 있으므로 반드시 내용에 알맞은 제목을 다는 것을 잊어서는 안 된다. 제목 뒤에 보내는 사람을 함께 밝혀 주면 좋다.

2) 격식과 내용

이메일은 대개 형식적이고 의례적인 내용이 생략된 채 필요한 내용만을 직접 서술하는 경향이 짙다. 그렇지만 전체적인 구성은 편지와 크게 다르지 않다. 이메일을 자주 주고받아서 별도의 인사말이 불필요할 경우가 아니라면 본문에 앞서 간단한 인사말을 쓰는 것이 바람직하다. 특히 여러 사람에게 보내는 공적인 이메일-초청 · 안내 · 문의 · 협조 요청 편지 등-은 형식을 갖추는 것이 필요하다.

3) 편집

이메일은 편집 기능이 있으므로 받을 사람을 고려하여 글자 크기, 글꼴 등을 조정하면 좋다. 그리고 이메일은 종이에 쓰는 것과 달리 문단이 바뀔 때 행갈이를 하는 것보다 화면의 2/3에서 적당히 행갈이를 하는 것이 좋고, 문단을 나눌 때는 한 줄을 띄우는 것으로 구분하는 것이 좋다.

(2) 부적절한 이메일의 유형

1) 제목이 적절치 않은 이메일

공적인 이메일인 경우 제목만 보고도 이메일의 중요성과 내용을 알 수 있어야 한다. 한 줄이지만 제목을 통해 어떤 성격의 이메일인지 분명하게 밝혀야 한다.

▮예▮ 과제요!!! → 실용글쓰기과제-국문과0211020박인희
　　　　보고서입니다 → 2/4분기업무보고-기조실-김영수

2) 내용이 소략한 이메일

　내용이 소략하거나 내용이 없이 첨부파일만 보내는 이메일은 성의 없어 보일 수 있다. 용건 또는 첨부 파일의 내용에 대한 간략한 설명과 함께 간단한 인사말 정도는 써야 한다. 인간은 감성의 동물이다. 용건만 간단히, 핵심을 정확하게 전하는 것 못지않게 정감이 느껴지게 작성하는 것이 필요하다. 단, 인사가 지나치게 장황하면 공사 구분을 못 한다는 느낌을 주거나 오히려 불쾌감을 줄 수도 있다.

▮예▮ 과제입니다. → 안녕하세요 국문과 4학년 박인희입니다.
　　　　　　　　실용글쓰기 첫 번째 과제를 제출합니다.
　　　　　　　　교수님 강의 재미있게 듣고 있습니다.
　　　　　　　　이 강의를 계기로 글쓰기에 대한 두려움이 없어지길 기대
　　　　　　　　합니다.
　　　　　　　　그럼 남은 강의도 열심히 배우겠습니다.

3) 첨부파일 제목

　이메일을 받은 사람이 첨부 파일을 다운로드받아 저장하면서 파일 제목을 다시 붙이는 수고를 하게 해서는 안 된다. 첨부파일도 이메일의 제목과 같이 붙이는 것이 좋다. 예를 들어 부모님께 쓰는 편지가 과제일 경우 첨부파일의 제목을 다음과 같이 해서는 안된다.

▮예▮ 첨부파일 : 엄마에게 → 첨부파일 : 실용글쓰기과제(편지)-국문과-박인희

4) 첨부파일 내용

이메일의 내용이나 첨부파일 제목에서 글의 제목을 밝힌 경우라도 첨부파일에는
반드시 글의 제목과 작성자를 써주어야 한다.

5) 첨부파일 문제

특별한 지시나 요구가 있을 때는 꼭 지시하거나 요구한 프로그램으로 작성한다.
지시나 요구가 없을 경우에는 최대한 널리 사용되는 프로그램을 이용하고, 아주
최신 버전은 피하는 것이 좋다. 첨부파일을 열 수 없거나, 열어도 파일(글꼴)이 깨져
있는 경우는 첨부한 목적을 전혀 달성할 수 없다. 게다가 첨부파일을 첨부하지 않는
경우는 치명적인 실수이므로 조심해야 한다.

6) 꼴불견 닉네임, 아이디

별거 아닌 것 같은 닉네임, 아이디 하나도 첫인상에 영향을 준다. 닉네임은 자신
의 인품을 보여주는 것이니 이메일을 받는 상대를 고려하며 신경 쓰자. 그냥 이름을
사용하는 것도 괜찮다.

✔ 규격봉투 크기

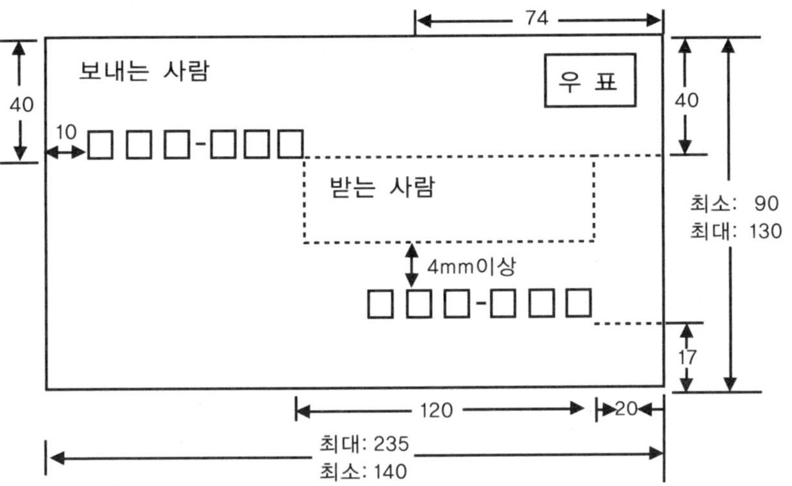

▶ 우표는 봉투의 오른쪽 상단
▶ 받는 사람의 주소와 우편번호는 봉투의 오른쪽 하단
▶ 보내는 사람의 주소와 우편번호는 봉투의 왼쪽 상단
▶ 우편번호와 주소는 정확하게 반드시 기입
▶ 보내는 사람과 받는 사람의 관계 고려하여 칭호 기입
 – 귀하(貴下) / 님께 : 일반적으로 성별·상하의 구분 없이 상대의 일반적인
　　　　　　　　존칭
　귀중(貴中) : 단체나 회사 또는 기관에 보낼 때 사용하는 존칭
　좌하(座下) : 공경해야 할 윗분께
　형(兄) : 친한 사이의 사람에게 보낼 때
　군(君) : 친구나 손아래 사람에게 보낼 때
　양(孃) : 동년배나 손아래 미혼여성에게 보낼 때
　본제입납(本第入納) : 받는 사람이 부모님일 경우 부모님의 성함을 쓰는
　　　　　　　　것을 무례로 여겨 본인의 이름을 쓰고 뒤에 쓰는 말
　본가입납(本家入納) : 시집간 여자가 친정 부모님께 보내는 경우 본인의
　　　　　　　　이름 뒤에 쓰는 말

| **예** | 친교 목적의 편지

그리운 엄마에게.

엄마, 서울에 꽃샘추위가 왔다던데 감기는 안 걸리셨는지 걱정이에요. 보스턴의 3월은 서울의 3월보다 조금 더 추워요. 먼 타국 땅에 있는 제가 걱정되시겠지만 전 씩씩하게 잘 지내고 있으니 걱정하지 마세요. 저는 걱정해 주시는 부모님 덕분에 이곳에 잘 도착하여 한결 편안한 마음으로 편지를 쓰고 있어요. 이제 마음 놓으세요. 시차도 극복되고, 학교생활도 재미를 느낄 만큼 잘 적응하고 있으니까요.

엄마, 이곳 생활의 출발은 모두 순조로워요. Social Security나 학생증도 발급받았고, 지도교수님도 만나 뵈었어요. 50대 초반의 인자하신, 그러나 뭔가 엄격해 보이는 지도교수님은 저의 미국 생활에 세세한 관심을 보여주며, 전공 공부에 전념하라고 일러주셨어요. 제 숙소는 학교에서 가장 가까운 기숙사 A동 5층에 방을 배정받았어요. 방은 그리 넓지는 않지만 두 사람이 사용하기에 꽤 넓은 편이에요. 룸메이트는 인류학을 전공하는 29살의 서글서글한 시드니 출신의 호주 여학생이에요. 지난 해 여름방학 때, 한국을 방문한 적이 있다며, 한국 방문 이후 한국을 아주 좋아하게 되었다고 해요.

이 친구의 배려로 영어로 대화를 하는 데에는 큰 불편이 없는데, 아직 여러 사람이 어울려 이야기할 때에는 영어로 말하고 듣는 것이 정말 어렵다는 느낌을 받곤 해요. 말이 빠르기도 하고, 여러 지방 말들이 섞여 알아듣기 어려운 점도 있고, 속어나 약어가 나오면 문장을 따라가며 이해하다가도 시간이 딱 멈추는 느낌을 받곤 해요. 그러나 유학을 준비하면서 나름대로 영어 공부를 열심히 해온 덕분에 수업 듣는 것은 그리 어렵지 않으니 걱정하실 필요는 없어요. 시간이 지날수록 이곳 생활에 자신감도 생기고, 전공 공부도 다른 학생들 못지않게 해낼 수 있으리라는 생각이 들어요.

아, 그리고 제 투정을 뒤로 하고 엄마가 꼭꼭 챙겨주신 두꺼운 코트를 아주 유용하게 입고 있어요. 머지않아 4월이 올 텐데 이곳 날씨는 아직까지 쌀쌀하기만 해요. 기숙사에 스팀이 들어오지 않으면 한기를 느낄 정도라서 밖에 나다닐 때에는 어머니께서 챙겨주신 코트를 걸치고 나가곤 하지요. 오늘 아침 학교를 가면서,

엄마가 챙겨주신 코트가 아니었으면 지금쯤 자리에 누워 있었을지도 모른다는 생각을 했어요. 고마워요. 함께 있을 때는 엄마의 그런 점이 조금 극성스럽다 생각도 했었는데 이렇게 멀리 떨어져 있다 보니 엄마의 마음을 알 것 같아요. 물고기가 물의 소중함을 모르다가 물을 떠나서야 안다고 하듯이 저에게 이 미국의 보스턴은 그런 많은 깨달음을 주리라 믿어요. 그런 만큼 저는 이국의 새로운 환경에서 중요한 것을 중요하게 생각할 수 있는 힘을 얻어 좀 더 성숙한 사람이 되어 부모님 곁으로 돌아가겠다는 다짐을 해 보았어요.

　벌써 자정이 넘었네요. 이제 잠자리에 들어야겠어요. 매일 밤 반주를 드셔야 주무시는 아버지께도 제가 깊이 사랑하고 존경한다는 말씀을 전해주세요. 그리고 조만간 아빠께도 따로 편지할 거라고 전해주세요. 엄마, 엄마가 항상 그러하시듯, 저 또한 항상 엄마, 아빠를 마음에 담고 살 거라는 것, 잊지 마세요. 사랑해요. 엄마.

2008년 3월 17일
어머니의 딸 ○○ 올림

　　　　　_________ 고객님께

　　항상 변함없는 애정과 관심으로 저희 ○○은행 일산백마지점을 이용해 주시는 고객님께 진심으로 감사 드립니다.

　　저희 ○○은행은 고객 여러분의 더 나은 서비스와 편의를 위하여 지점 명칭을 변경하여 고객님을 더욱 정성을 다하여 모시겠습니다.

　　고객님께 새로운 출발을 다짐하며 저희 지점의 명칭이 2007년 4월 2일부터 다음과 같이 변경됨을 알려 드립니다.

<table>
<tr><td>변 경 전</td><td></td><td>변 경 후</td></tr>
<tr><td>○○은행 일산백마지점</td><td>☞</td><td>○○은행 일산강촌마을지점</td></tr>
</table>

　　지점명칭이 변경되더라도 고객 여러분께서는 모든 금융거래서비스를 종전대로 이용하실 수 있으며, 불편하신 사항 및 기타 문의사항은 영업점 직원 또는 연중무휴로 운영되는 콜센터(대표전화 1544-××××)를 통해 상담하실 수 있습니다.

　　지점명칭 변경으로 인하여 고객님께 불편을 끼쳐 드려 매우 죄송합니다.

　　앞으로도 저희 ○○은행 직원 모두는 새로운 마음가짐으로 더욱 최선을 다해 정성껏 고객님을 모시겠습니다.

　　감사합니다.

2007. 3. 26.

○○은행 일산백마 지점장 홍길동 拜上

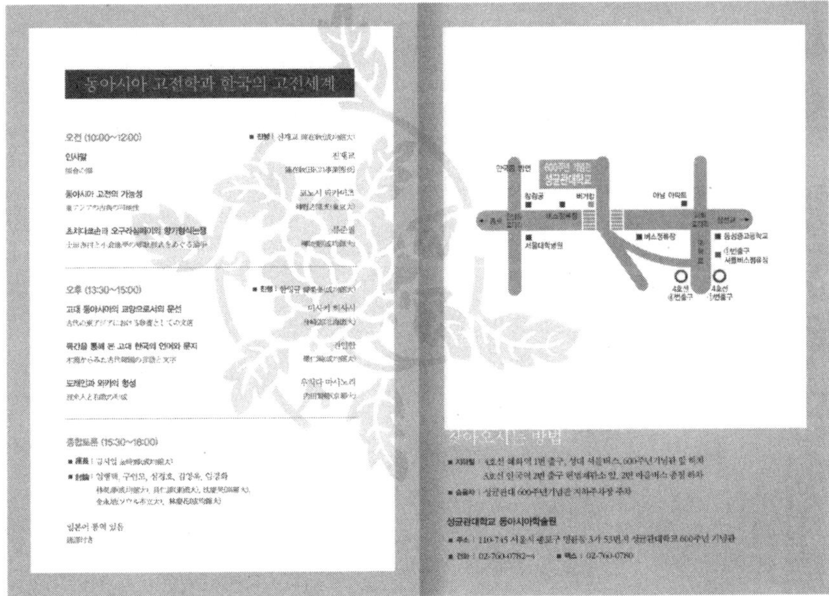

▌연습문제 ▌

1. 지금 자신에게 가장 필요한 것을 들어줄 수 있는 사람에게 부탁의 편지를 써보자.

2. 영업사원의 입장에서 고객에게 보내는 감사의 편지를 써보자.

3. 자신의 청첩장에 들어갈 초대의 글을 써보자.

1. 계약서의 개념

계약서는 흔히 금전 거래에만 한정된 것으로 이해하지만 '약속'이라는 측면에서 보면 폭 넓게 이해할 수 있다. 예를 들어 친구와 만나기로 한 약속이 있다고 하자. 친구와 한 약속의 핵심은 '언제, 어디서 보자'이다. 친구와의 약속에서 시간과 장소는 서로 그 시간과 장소가 편하기에 정한 것이다. 그런데 약속을 못 지킬 것 같으면 사전에 연락을 한다. 연락을 하지 않으면 친구가 그날 그곳에 오기 때문이다. 또 약속 시간에 늦으면 미안하다. 왜냐하면 서로 정한 것을 내가 어겼기 때문이다. 이처럼 약속은 둘 이상의 대상이 서로 어떤 내용에 대해 정한 것이며, 약속을 했을 때는 지킬 의무가 있는 것이다.

계약도 마찬가지이다. 계약도 반드시 둘 이상의 대상 사이에서 이루어진다. 개인 사이에서거나 개인과 단체 사이에서, 혹은 단체와 단체 사이에서 계약은 이루어질 수 있다. 그리고 계약은 서로 동의하에 지켜야 할 의무를 정하여 놓아야 한다. 대개 서로 합의하에 지켜야 할 의무를 정하지만, 어느 한 쪽이 일방적으로 정한 것이더라도 상대방이 그 내용에 동의한다면 상관이 없다. 하지만 동의하지 않으면 계약은 성립되지 않는다. 계약서는 계약의 주체를 명시하고, 상호 동의하에 정한 계약 내용을 글로 작성한 것을 말한다.

계약서를 작성하는 이유는 뭘까? 그것은 의무를 분명히 하고, 강제하기 위해서이다. 신의성실의 원칙*을 굳이 거론하지 않더라도 계약을 맺으면 이행할 책임이 있다. 그런데 간혹 책임을 다하지 못하는 경우가 있다. 이 경우 계약만을 믿었던 어느 한 쪽은 일방적으로 손해를 입을 수밖에 없다. 이와 같은 경우에 계약서를 작성해

---

* 신의성실(信義誠實)의 원칙이란 사회의 일원으로서 권리를 행사하거나 의무를 이행할 때 신의에 따라 성실하게 이행해야 한다는 원칙을 말한다.

놓았다면 계약을 어긴 쪽에게 책임을 물을 수 있다. 계약서가 책임을 물을 경우를 대비해서 작성하는 것은 아니지만 계약서를 작성해 놓으면 의무를 다해야겠다는 생각을 갖도록 만들고, 혹시라도 입을 손해에 책임을 물을 수 있는 근거가 된다.

2. 계약서의 형식

계약서는 내용이나 다루는 물건에 따라 정해진 서식이 존재하는 것도 있으나 없는 경우도 있다. 서식이 없는 경우 계약서를 작성할 때 주의해야 한다. 만약의 경우 문제가 발생하면 작성한 계약서를 토대로 법적인 권리를 주장할 수 있고, 법적인 보호를 받을 수 있기 때문이다.

(1) 제목

모든 글에 제목이 있는 것처럼 계약서도 제목이 있어야 한다. 계약의 성격에 따라 계약서, 합의서, 각서 등으로 간단히 적으면 되고, 성격을 더욱 분명히 하기 위해 그 앞에 적당한 말을 붙이면 된다. 예를 들어 '근로계약서, 임용계약서, 자유무역협정 합의문'처럼 내용과 관련하여 적당한 제목을 붙이면 된다.

(2) 도입

내용에 앞서 작성하게 된 동기나 이유를 밝히거나, 당사자를 약칭하겠다는 것을 밝히는 부분이다. 굳이 쓸 내용이 없다면 작성하지 않아도 된다.

(3) 내용

계약서의 핵심을 이루는 부분이다. 계약서를 작성할 때 내용을 빠뜨리는 경우는 없다. 다만 문제가 되는 것은 내용을 정확하게 표현해야 한다는 점이다. 그래서 내용이 많을 경우는 항목화해서 작성하는 것이 좋다. 일반적인 계약서의 경우 서로 지켜야 할 의무를 분명히 표현해야 한다. 즉 A가 해야 할 의무와 B가 해야 할 의무를 분명히 구분해서 문안을 작성해야 한다. 합의서의 경우 상호 충분한 의견 교환을 한 후에 작성한 것이더라도 문안에 대해 서로 다르게 이해할 수 있다는 점을 고려해야 한다. 그래서 문안에 대해 이견이 없도록 작성을 해야 한다. 각서의 경우 약속을 지키기 위해 어떻게 하겠다는 것과 약속을 다시 어겼을 때 어떻게 하겠다는 것을 분명히 해야 한다.

(4) 날짜

계약서에 서명한 날짜이다. 대부분의 경우는 이 날을 기준으로 계약의 효력이 발생된다. 하지만 계약 내용 중 '계약이 체결된 날로부터 얼마 후'라는 단서조항이 있거나, 효력이 발생하도록 정한 날이 있다면 그 날부터 계약의 효력이 발생된다.

(5) 당사자

계약을 맺은 당사자를 밝히는 부분으로 계약서에서 내용과 함께 핵심을 이루는 부분이다. 여기서는 누구와 누구 사이에서 약속이 맺어졌는지를 분명히 해야 한다. 이는 법적인 문제가 발생할 경우 책임 소재를 분명히 하기 위해서이다. 이해 당사자를 기록할 때는 반드시 성명, 주민등록번호, 주소를 기록해야 한다. 이해 당사자가 단체일 경우도 개인에 준하는 내용을 반드시 기록해야 한다. 단체명, 등록번호(등록 단체일 경우), 소재지, 대표명, 대표자 주민등록번호, 대표자 주소를 빠뜨려서는 안 된다. 입회인이 있을 경우 입회인도 밝혀야 한다.

다음은 남북이 합의한 내용을 담은 글이다. 계약서의 형식을 이해할 때 좋은 본보기로 삼을 만하다.

<table>
<tr><td>제목</td><td>

남북경제협력추진위원회 제1차 회의 합의문

</td></tr>
<tr><td>도입</td><td>

제4차 남북장관급회담 합의에 따라 남북경제협력추진위원회 제1차 회의가 2000년 12월 27일부터 30일까지 평양에서 개최되었다.

회의에서 쌍방은 남북사이의 경제교류와 협력이 우리 민족끼리 힘을 합쳐 민족경제를 균형적으로 발전시키고 민족의 공동번영을 이룩하는데서 중요한 의의를 가진다는데 견해를 같이하고 남북경제협력사업을 적극 추진해 나가기로 하였다.

쌍방은 2001년 1월 8일부터 1월 30일 사이에 문서교환 방식을 통해 다음과 같이 합의하였다.

</td></tr>
<tr><td>내용</td><td>

1. 남과 북은 남북경제협력추진위원회 구성·운영에 관한 합의서를 채택한다.

2. 남과 북은 제4차 남북장관급회담에서의 합의에 따라 전략분야에서의 협력을 위해 남북경제협력추진위원회 산하에 전력협력실무협의회와 전력실태공동조사단을 구성·운영한다. 전력협력실무협의회는 각기 남북경제협력추진위원회 위원을 책임자로 하여 3~5명 범위에서 구성하고, 전력협력실무협의회 제1차 회의는 2001년 2월 7일부터 10일까지 평양에서 개최하며 여기에서 전력실태 공동조사문제 등을 토의한다. 전력실태공동조사단은 각기 국장급을 책임자로 하여 7~10명 범위에서 편리한 대로 구성하며, 전력실태공동조사는 2월중에 착수한다.

3. 남과 북은 임진강수해방지사업의 협력을 위해 남북경제협력추진위원회 산하에 임진강수해방지실무협의회와 임진강수해방지공동조사단을 구성·운영한다. 임진강수해방지실무협의회는 각기 남북경제협력추진위원회위원을 책임자로 하여 3~5명 범위에서 구성하며, 임진강수해방지실무협의회 제1차 회의는 2001년 2월21일부터 24일까지 평양에서 개최한다. 임진강수해방지공동조사단은 각기 국장급을 책임자로 하여 7~10명 범위에서 편리한 대로 구성하며, 임진강수해방지공동조사는 3월중에 착수한다.

4. 남과 북은 서울―신의주 사이의 철도 연결 및 문산―개성간 도로개설, 개성공단(공업지구) 건설을 위한 실무협의회를 구성하여 2001년 2월부터 3월 사이에 실무협의를 시작한다.

5. 남북경제협력추진위원회 제2차 회의는 2001년 2월 하순경 서울에서 개최하며 구체적 일자는 추후 협의·확정한다.

</td></tr>
<tr><td>날짜</td><td>

2001년 1월 30일

</td></tr>
<tr><td>당사자</td><td>

남 북 경 제 협 력 추 진 위 원 회   북 남 경 제 협 력 추 진 위 원 회
남 측 위 원 장   북 측 위 원 장
대 한 민 국   조선민주주의인민공화국
재정경제부 차관   국가계획위원회 제1부위원장

</td></tr>
</table>

이를 바탕으로 계약서의 가장 기본적이고 일반적인 형식을 제시하면 아래와 같다. 제시된 형식은 기본이 되는 골격만을 제시한 것이므로 필요하다고 판단되는 것이 있으면, 추가하면 된다.

<table>
<tr><td>제목</td><td>계약서/합의서/각서</td></tr>
<tr><td>도입</td><td>박○○을 "갑"으로 이○○을 "을"로 하여 다음과 같이 [계약/합의/약속]합니다.</td></tr>
<tr><td>내용</td><td>1. "갑"은 "을"에게 ~~
2.</td></tr>
<tr><td>날짜</td><td>200 년 월 일</td></tr>
<tr><td>당사자</td><td>갑 성명 :   을 성명 :
　주민번호: 주민번호 :
　주소 :   주소 :</td></tr>
</table>

3. 계약서의 종류

계약서(契約書)라고 하면 대개 물건을 사고 팔 때 작성하는 계약서를 생각하기 쉽다. 하지만 의외로 계약서의 종류는 다양하다. 다만 계약서란 이름으로 불리지 않고 다른 이름을 불리기 때문에 계약서라고 생각하지 못할 뿐이다.

(1) 계약서

계약서는 서로 지켜야 할 의무에 대하여 의견의 일치를 본 내용을 글로 작성한 것을 말한다. 계약서의 특징은 계약을 맺은 당사자들이 서로 지킬 의무가 같지 않다는 점이다. 예를 들어 A와 B가 계약을 할 경우, A가 B에게 지켜야 할 의무와 B가 A에게 지켜야 할 의무의 내용이 서로 다르다는 점이다. 그래서 계약서는 대개의 경우 일방적이고 확정적인 내용으로 계약을 체결할 것을 요구하는 것에 대해 승낙하였을 때 작성한다. 즉 A가 제시한 계약조건에 B가 승낙하였을 때 계약서를 작성한다. 계약서를 작성할 때 주의할 점은 상대방에게 지켜야 할 내용을 분명히 해야 한다는 점이다. 계약서 중에는 정해진 서식이 있으므로 이를 사용하되, 추가할 사항은 기타에 반드시 기재하거나 별지로 작성해 놓아야 한다.

(2) 합의서

합의서(合意書)는 당사자들이 서로 의견의 일치를 본 내용을 글로 작성한 것을 말한다. 계약서와 달리 합의서는 주로 어떤 사항에 대해 논의한 후 같이 이행할 것을 서로 약속하는 내용을 담는 경우가 많다. 결혼 전에 결혼 당사자들이 결혼 생활을 어떻게 할 것인지를 약속하는 서약서(誓約書)도 합의서의 일종이다. 개인 사이에서나 개인과 단체, 단체와 단체 사이에서도 흔히 작성된다. 협의의 개념으로는 남에게 피해를 입힌 사람이 적절히 피해를 보상하기로 약속한 내용을 기록한 것을 말한다.

(3) 각서

각서(覺書)는 약속이나 의무를 성실히 이행하겠다는 것을 주 내용으로 한다. 각서를 쓰는 경우는 대개 어느 한 쪽이 약속을 반복적으로 어기거나 의무를 성실하게 이행하지 않기 때문이다. 그래서 각서는 잘못한 것을 밝히고 앞으로 어떻게 하겠다는 것과 이후 각서 내용의 불이행으로 인한 처벌을 감수하겠다는 내용으로 작성하면 된다. 주로 개인 사이에서 작성된다.

(4) 차용증서

차용증서(借用證書)는 남에게 돈이나 물건을 빌린 것을 내용으로 하여 작성한다. 당사자가 빌려 주고, 빌려 받았다는 것을 약속하는 것이므로 계약서의 일종이라 할 수 있다. 차용증서는 당사자들의 합의에 의한 것이지만 어느 한 쪽의 반납 의무만이 있고, 돈이나 물건에 한정된다는 특징이 있다.

4. 작성 원칙

- 정확성 - 어법에 맞아야 하고, 애매한 표현은 피해야 한다.
- 평이성 - 누구든지 쉽게 이해할 수 있는 쉬운 말을 사용해야 한다.
- 간결성 - 불필요한 내용이나 표현은 삼가고, 문장도 짧은 것이 좋다.

5. 문서 표기

- 용어 - 한글 맞춤법에 의해 가로쓰기를 한다. 필요에 따라 괄호에 한자나 외국어를 넣어 쓸 수 있다.
- 숫자 - 아라비아 숫자를 사용한다.
- 금액 - 아라비아 숫자를 사용하되 변조를 막기 위해 괄호 안에 한글로 기재한다.
- 시각 - 아라비아 숫자를 사용하되 오전과 오후를 구분하기 위해 되도록 24시 각제를 따르는 것이 좋다.

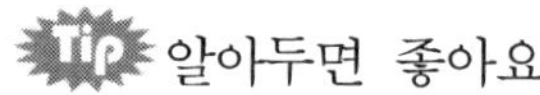 알아두면 좋아요

> ✔ 간인(間印)
>
> 간인은 2장 이상으로 작성된 중요한 문서의 앞장의 뒷면과 뒷장의 앞면에 걸쳐 찍는 도장 또는 그 행위를 말한다. 간인은 전후 관계를 명백히 할 필요가 있는 문서, 사실 또는 법률관계의 증명에 관계되는 문서, 허가 및 인가 그리고 등록 등에 관계되는 문서, 기타 결재권자가 중요하다고 인정되는 문서에 한다.

‖ 연습문제 ‖

1. 행복한 가정을 꾸리기 위한 결혼 서약서를 작성해 보시오.

2. 같은 회사에 다니고 있는 철수와 영수는 비용을 줄이기 위해 공동생활을 하기로 결정하였다. 두 사람은 공동생활을 위해 장시간 이야기한 결과 다음과 같이 합의하였다. 이러한 상황을 염두에 두고 합의서를 작성해 보시오.

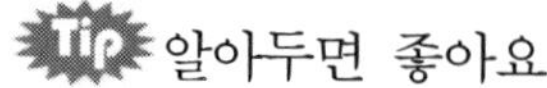 **알아두면 좋아요**

근 로 계 약 서

아래 당사자는 다음과 같이 근로계약을 체결하고 이를 성실히 이행할 것을 약정한다.

<table>
<tr><td rowspan="3">사용자(갑)</td><td>업체명</td><td></td><td>전 화</td><td></td></tr>
<tr><td>소재지</td><td colspan="3"></td></tr>
<tr><td>성 명</td><td></td><td>사업자등록번호
(주민등록번호)</td><td></td></tr>
<tr><td rowspan="2">취업자(을)</td><td>성 명</td><td></td><td>생년월일</td><td></td></tr>
<tr><td>주 소</td><td colspan="3">`</td></tr>
</table>

1. 근로계약기간	년 월 일부터 년 월 일까지
2. 취업의 장소	
3. 업무내용	- 업 종 : - 사업내용 : - 직무내용 :
4. 근무시간	시 분 ~ 시 분
5. 휴게시간	1일 분
6. 휴일	일요일□ 공휴일□ 매주 토요일□ 격주 토요일□ 기타( )

7. 임금	1)월통상임금 ( )원
	  기본급[월(시간, 일, 주)급] ( )원
	 - 고정적 수당 : (수당 : 원), (수당 : 원)
	   ※ 수습기간 중 임금 ( )원
	2)연장, 야간, 휴일근로에 대해서는 시간외 근로수당 지급

8. 임금지급일	매월/매주 ( )일/요일, 다만, 임금지급일이 공휴일인 경우에는 전일에 지급한다.
9. 지급방법	임금 및 수당은 "을"에게 직접 지불하거나 "을"의 명의로 된 예금통장에 입금한다.
10. 기타	

이 계약에 정함이 없는 사항은 『근로기준법』이 정하는 바에 의한다.

년   월   일

(갑) 사용자 :   (서명 또는 인)

(을) 취업자 :   (서명 또는 인)

1. 기안문의 개념

단체나 기관에서 업무를 수행하는 과정에서 생산되는 각종 서류를 공문서라 한다. 이 중에서 단체나 기관의 의사를 결정하기 위해 해당 안건과 관련하여 작성된 문서를 기안문이라 한다. 예전에는 기안용지가 따로 있었으나 현재는 기안용지가 따로 존재하지 않는다.

일반인이 기안문을 작성할 기회는 거의 없다. 하지만 사회생활을 하면서 직장을 다니거나, 소규모더라도 대표가 있는 단체를 결성하면 기안문을 작성하게 된다. 하다못해 학생회의 일을 하더라도 기안문을 작성하게 된다. 그러므로 기안문에 대해 알아둘 필요가 있다. 엉터리로 작성된 기안문은 자체적으로는 용인할 수 있지만, 시행문의 경우 인정받을 수 없다.

기안문을 다루면서 시행문을 언급한 것은 기안문 자체가 시행문이 되기 때문이다. 시행문이란 결정된 사안을 문서로서 효력을 발생시키는 것으로 발신명의(發信名義)의 날인을 한 문서를 말한다. 그러므로 기안문에 날인을 하여 발송을 하면 시행문이 된다.

2003년 정부는 전자정부의 기반 확립과 고도지식정부 구현을 위해 사무관련시행규칙을 개정 공포하였다. 그래서 현재 사용되는 기안문(시행문)의 형식은 과거의 것과 다르다. 이 형식은 각급 행정기관에서 공통적으로 사용되며, 여타의 단체나 기관은 이를 준용하여 사용하고 있으므로 새로 개정된 형식을 잘 알아두도록 하자.

2. 기안문의 형식

(1) 두문

1) 단체/기관명

내부용 문서거나 대외로 발송하는 문서거나 그 문서를 기안한 부서나 사람이 속한 단체나 기관의 공식명칭을 적는다. 해당 단체나 기관에서 정한 표어가 있으면 단체/기관명 위에 적는다.

2) 수신

해당 문서를 받을 단체나 기관, 또는 사람을 적는다. 수신처가 한 곳이나 두 곳일 때는 같이 적을 수 있다. 그렇지만 셋 이상일 경우에는 '수신처 참조'라고 적은 후 발신명의 아래 수신처에 별도로 적으면 된다.

(2) 본문

1) 제목

기안문의 내용이 무엇인지 알 수 있도록 분명하게 작성한다. 가급적이면 한 줄을 넘지 않도록 작성한다.

2) 내용 및 붙임

내용을 항목화하여 제시한다. 내용이 1면을 넘으면 되도록 붙임으로 처리하는 것이 좋다. 본문의 항목 순서는 '1. - 가. - 1) - 가) - (1) - (가) - ① - ㉮' 순으로 작성한다.

(3) 결문

1) 발신명의

문서를 대표하는 기관/단체장을 쓰고 관인(직인)을 찍거나 서명을 한다. 두문의 단체/기관의 대표를 적으면 된다. 그리고 아직까지는 서명보다 관인(직인)을 주로 사용하는 것이 좋다. 그런데 규모가 작은 단체나 기관의 경우 관인(직인)이 없을 경우 대표자의 이름을 적고 대표자의 도장을 찍을 수도 있다.

‖**예**‖ ○○연구회 회장 박철수 (인) / 한국대학교 총학생회장 (인)

2) 결재정보

문서의 작성과 결재와 관련된 정보를 말한다.

- 기안자 : 기안자의 직위/직급과 이름을 기재하거나 서명한다.
- 결재권자 : 최종 결재권자의 직위/직급과 이름을 기재하거나 서명한다. 문서에 따라 결재권자가 단체나 기관장이 아닐 수 있다. 이럴 경우 '전결'*이라고 기재하거나 고무인으로 찍어 표시한다.
- 검토자(보조기관) : 모든 문서는 기안자에서 바로 결재권자에게로 가지 않는다. 최소 한 번 이상의 검토를 받게 되는데 문서를 검토한 사람의 직위/직급과 이름을 밝히면 된다. 예를 들어 직원이 문서를 작성하면 계장, 과장, 국장 등의 순으로 결재를 받는데 이 과정에 있는 사람이 다 검토자라 할 수 있다.
- 협조자 : 해당 문서를 시행하기 위해 협조가 필요한 타 부서가 있을 경우에

---

* 전결(專決)이란 모든 문서를 단체장이나 기관장이 결재를 하면 업무 처리가 비효율적이므로 결재의 권한을 부하 직원에게 부여하는 것을 말한다. 예를 들어 사장이 모든 문서를 결재하기 어려우므로 문서의 중요도에 따라 이사나 또는 부장, 과장 등에게 결재의 권한을 부여하는 것을 말한다.

문서의 내용을 알리고 타부서의 담당자의 직위/직급과 성명을 기재한다.

- 시행 : 문서를 담당하는 해당 부서명과 단체/기관의 문서발송대장의 일련번호 (부여순)를 기재하면 된다.
- 접수 : 문서를 받은 곳에서 그 문서를 담당해야 하는 부서명과 단체/기관의 문서접수대장의 일련번호(부여순)를 기재하면 된다.
- 주소 : 문서를 작성한 단체나 기관의 우편번호, 주소, 홈페이지 주소를 기재한다.
- 전화 : 문서를 작성한 기안자와 통화할 수 있는 전화번호와 팩스번호, 그리고 이메일 주소를 기재한다.
- 공개 : 문서의 공개/비공개 여부를 밝힌다.

▌예▐ 기안문

(표어)

기 관 명

수신자
(경유)
제 목 ____

    1.

       가.

          1)

붙임 끝.

발 신 명 의 ㉑

수신처

기안자(직위/직급)　　서명　　　검토자(직위/직급)　서명　　　결재권자 (직위/직급)　　　서명
협조자(직위/직급)　　서명

시행　　처리과명-일련번호 (시행일자)　　　　　접수　　처리과명-일련번호 (접수일자)

우　　　　주 소　　　　　　　　　　　　　／ 홈페이지 주소
전화 (　)　　　　　전송 (　)　　　　　　　／ 기안자의 공식 전자우편주소 / 공개구분

"사랑과 봉사를 실천하는 우리"
한국대학교 유아교육과 학생회

수신자 ○○장애인 복지관장
(경유)
제 목 복지관 차량 이용 협조 요청

　　1. 귀 복지관의 발전을 기원합니다.

　　2. 저희 학생회에서는 장애우 현장방문 행사를 아래와 진행함에 귀 복지관 소유 차량(45인승 버스)를 이용하기를 희망합니다.

　　3. 행사의 원활한 진행을 위해 2007년 5월 1일까지 회신하여 주시면 감사하겠습니다.

- 아 래 -

일시 : 2007. 5. 5. 10:00~17:00
장소 : 과천 서울대공원
인원 : 40명 (장애우 15명, 진행요원 20명)

붙임 2007 장애우 현장방문 행사 개요 1부. 끝.

한국대학교 유아교육과 학생회장 ㉑

담당 김영희　　서명　　　　　　홍부부장 이미숙 서명　　　　　　학생회장 장미란　　서명
협조자
시행　한국유아-35 (2007.4.15.)　　　　접수
우 100-123　서울특별시 ○○구 ○○동 한국대학교 사범대학 유아교육과　　/ www.hanyua.org
전화　(02)321-4567　　　　　　전송 (02)321-7654　　　/ yhkim@hanyua.org　　/ 공개

3. 기안문 작성 요령

(1) 의미가 정확한 글

기안문은 의미가 분명해야 한다. 애매한 표현이나 과장된 표현은 피해야 한다.
의미를 분명히 하기 위해 6하 원칙에 의거 작성하는 것이 좋다.

(2) 이해가 빠른 글

무엇을 말하고 있는지 빨리 이해할 수 있어야 하다. 그래서 결론을 먼저 쓰고
이유나 설명을 다음에 쓰는 방식을 사용하는 것이 좋다. 또한 글을 쓸 때 앞에 번호
를 붙여 가며 짧게 끊어서 나열하는 방식을 쓴다.

(3) 이해가 쉬운 글

읽기 편하고 널리 사용하는 용어를 사용하여 쓴다. 한자나 전문용어는 되도록
피하되 불가피한 경우는 ( )를 하고 그 안에 한자를 쓰거나 용어를 설명한다.

4. 기안문 작성과 시행시 유의사항

(1) '끝.'의 사용

본문과 붙임의 마지막에는 반드시 '끝.'이란 사용해야 한다. 뒤에 이어지는 내용
이 없다면 당연히 내용이 끝난 것으로 이해할 수 있다. 하지만 기안문에서는 '끝.'의
사용으로 내용이 끝난 것으로 보기 때문에 반드시 '끝.'을 사용해야 한다.

(2) 수정방법

기안문은 수정을 하지 않도록 처음부터 정확하게 작성해야 한다. 부득이하게 수정을 할 경우는 원안의 내용을 알 수 있도록 글자의 중앙에 가로로 두 선을 그어 표시하고, 수정한 사람이 그곳에 서명하고 날인해야 한다.

(3) 필기구와 복사

예전에 워드프로세서가 널리 보급되지 않았을 때는 기안문을 작성할 때 손으로 작성했다. 하지만 현재는 워드프로세서가 널리 보급되어서 기안문은 워드프로세서로 작성하는 것이 좋다. 수정할 경우를 제외하고 필기구를 사용하지 않아야 한다. 간혹 기안문의 본문의 일부를 필기구로 작성하는 경우가 있는데, 이럴 경우 위·변조의 가능성 때문에 신뢰성에 문제가 생길 수 있다. 그러므로 기안문은 처음부터 모든 내용을 워드프로세서로 작성하는 것이 좋다.

수신처가 여러 곳일 경우 기안문을 복사해서 시행문으로 사용할 수 있는데 이때 주의할 점이 있다. 바로 발신명의의 날인이다. 기안물을 복사해서 사용할 경우 수신처가 그 단체/기관에 소속된 하급기관이거나, 소속된 개인이거나 할 경우에는 큰 문제가 아닐 수 있다. 하지만 상급단체/기관이거나 대등한 단체/기관이거나, 혹은 소속되지 않은 일반 이해관계인*일 경우 날인은 각 문서마다 새로 하는 것이 예의이다.

---

* 이해관계인(利害關係人)이란 일정한 사실 행위나 법률 행위의 당사자는 아니지만 그것에 의해서 자기의 권리나 이익에 영향을 받는 사람을 말한다.

▌ 연습문제 ▐

1. 학과 행사로 인해 담당교수에게 공결을 요청하는 문서를 작성해 보자.

2. 산악회에서 국립공원관리공단에 등반 협조를 요청하는 문서를 작성해 보자.

● 공지문

1. 공지문의 개념

공지문(公知文)은 공식적으로 널리 알릴 목적으로 작성하는 모든 글을 말한다. 게시판에 붙어 있는 글들이나, 신문 사이에 끼어 들어오는 전단지, 우편함에 꽂힌 여러 우편물, 삭제해도 계속해서 도착하는 수많은 광고성 메일, 이 모든 것들은 그 내용에 상관없이 널리 알리기 위해 노력한 글이다. 이 중에는 우리에게 꼭 필요한 것도 있고, 전혀 필요하지 않은 것도 있다. 공지문은 우리가 접하게 되는 수많은 글 중에서 우리의 생활과 아주 밀접한 관계가 있는 글을 말한다. 그래서 공지문은 널리 알리는 차원에 그치는 것이 아니라 읽는 사람에게 유용한 정보의 차원에까지 나아가는 글이다.

공지문은 무언가를 널리 알리는 정보 제공의 글이지만 알리는 차원에서 그치는 글은 아니다. 공지문은 그 글을 읽은 사람으로 하여금 어떤 행위를 하도록 요구한다. 알려준 정보가 자신이나 생활과 밀접한 관련이 있어 정보를 무시하는 것보다 활용하는 것이 더 낫기 때문이다. 이러한 정보는 대개 불특정 다수를 위한 것이지만 특정 소수를 위한 것도 있다. 그러나 특정 소수를 위한 것이더라도 특정 소수에게만 절대적으로 한정된 것은 아니다.

예를 들어 아파트 엘리베이터 안에 민방위 훈련 소집 안내문이 붙어 있다고 하자. 이 안내문은 훈련 대상자에만 유용한 정보이므로 특정 소수를 위한 것으로 보아야 한다. 그런데 훈련 대상자의 가족에게 이 안내문은 훈련 대상자만을 위한 안내문이 아니다. 이 안내문이 자신과 관계 없다고 가족 중에 있는 훈련 대상자에게 전하지 않을 사람은 없을 것이다. 민방위 훈련 소집 안내문은 특정 소수를 위한 것이고 훈련 대상자가 훈련에 참가하기를 요구하지만, 훈련 대상자의 가족에게는 훈련 대상자에게 훈련이 있음을 알리도록 만든다. 따라서 특정 소수만을 위한 것이더라도 특정 소수에게만 절대적인 것은 아니다.

공지문은 공지문을 쓰는 사람보다 공지문을 읽는 사람에게 유용한 글이다. 그런데 사람들은 주변에 게시된 공지문을 무심코 스쳐 지나간다. 공지문을 쓰는 사람은 사람들에게 잘 읽힐 수 있도록 써야 하고, 사람들은 주변에 게시된 공지문에 관심을 갖고 읽어 생활에 유용한 정보를 활용할 줄 알아야 한다.

2. 공지문의 특성

(1) 실용성

공지문은 대상이 불특정 다수이건 특정 소수이건 간에 유용한 정보를 제공하는 글이다. 그래서 공지문을 무심코 지나치면 손해를 보는 경우가 많다. 이 말은 달리 표현하면 공지문은 나름대로 실제적이고 구체적인 목적이 있는 글이라는 점이다. 그렇기 때문에 그 목적과 관련된 사람들에게 아주 실용적인 정보를 제공하는 글이다.

(2) 대중성

공지문은 게시를 원칙으로 하기 때문에 모든 사람들이 읽는 글이다. 경우에 따라서는 특정인에게 전달되는 공지문(예를 들면 독촉장)도 있다. 하지만 그렇더라도 공지문을 읽을 사람에 대한 지식이 부족한 상태에서 작성되므로 공지문은 불특정 다수가 읽는 것을 전제로 작성된다. 대개의 공지문은 오해가 생기지 않도록 분명하고, 거부감 없이 받아들일 수 있도록 작성된 글이다.

(3) 실천성

공지문은 단순히 알리는 차원에서 그치는 것이 아니다. 공지문은 읽은 사람으로 하여금 어떤 행위를 하도록 요구한다. 공지문에서 요구하는 행위는 수동적 차원부터 능동적 차원까지 다양하다. 수동적 차원의 행위는 행위를 강제하는 경우이다. 예를 들어 경고문은 어떤 행위를 요구하며 그렇지 않을 때는 처벌을 당하므로 본인의 의사와 상관없이 행위를 따를 수밖에 없다. 능동적 차원의 행위는 행위를 강제하지 않는 경우이다. 반면에 협조문은 어떤 행위를 부탁하는 것이어서 행위를 따를 수도 있고 그렇지 않을 수도 있다. 다만 능동적으로 그렇게 해주기를 바라는 경우이다. 이처럼 공지문은 읽는 사람의 행동을 요구하는 글이다.

3. 공지문의 구성

(1) 제목

공지문은 그에 합당한 제목이 반드시 붙어 있어야 하며, 핵심적으로 요구하는 것을 제목으로 내세워 보는 사람의 주의를 환기시킬 수 있어야 한다. 또한 공지문의 제목은 내용을 읽지 않더라도 어떤 내용인지 추측할 수 있어야 한다.

▌예▐ 수영 금지 안내문, 경고 등

(2) 본문

공지문의 핵심이 되는 부분이다. 도입부분과 내용부분으로 나눌 수 있다. 도입부분은 대개 줄글 형식으로 작성하는 것이 원칙이며 생략할 수도 있다. 대개 공지문이 어떤 성격의 글인지 간단하게 소개하는 차원에서 작성하면 된다. 내용부분은 줄글로 작성할 수도 있으며, 항목화시켜 작성할 수도 있다. 내용이 길 경우에는 항목화시켜 작성하는 것이 좋다.

(3) 작성자

공지문의 작성자를 밝혀주는 것은 공지문의 신뢰성을 높이기 위해서이다. 작성자가 없는 공지문은 전혀 믿을 수 없다. 작성자뿐만 아니라 작성자의 연락처도 밝혀주는 것이 좋다. 연락처는 공지문을 읽고 생긴 의문을 풀어 줄 수 있고, 공지문과 관련된 사항을 긴급하게 연락할 때 필요하기 때문이다.

4. 공지문의 종류

(1) 정보 전달의 공지문

대표적인 것이 '안내문'이다. 행사나 공사, 휴무 등을 알리는 안내문들은 모두 정보 전달을 위한 공지문이다. 또한 채용이나 모집 공고문도 정보를 제공하는 공지문의 일종이다.

(2) 행위를 요청하는 공지문

대표적인 것이 경고문과 협조문이다. 경고문은 부대나 위험물 관련 시설 근처에서 주로 볼 수 있으며, 협조문은 대중이 이용하는 시설에서 볼 수 있다. 경고문이나 협조문은 특정 행위를 해 줄 것을 요구한다. 또한 시설물 이용 규칙, 신고사항, 주의사항 등을 알리는 글도 행위를 요청하는 공지문으로 볼 수 있다.

5. 공지문 작성 요령

공지문은 게시하는 글이므로 사람들의 눈에 잘 띄게 하는 것이 중요하다. 그래서 게시 장소가 중요하다. 게시 장소로 적당한 곳은 사람들이 많이 다니는 곳이나 사람들의 시선이 쉽게 닿는 곳에 게시하는 것이 좋다. 사람들의 눈에 잘 띄는 곳이더라도 잘 읽히지 않으면 소용이 없다. 그러므로 다음의 사항에 주의하자.

(1) 규격

중요도와 내용의 양을 고려하여 공지문의 크기가 적당해야 한다. 중요하면 중요할수록 커야 하고, 내용이 많으면 내용을 담을 수 있을 만큼 커야 한다.

(2) 색

배경색과 글자색을 잘 활용해서 글자가 잘 읽히도록 해야 하고, 색에 대한 사람들의 인식도 활용할 필요가 있다.

(3) 글자

공지문의 크기에 영향을 받을 수밖에 없지만 글자의 크기와 간격을 고려해야 한다. 글씨가 너무 작거나 글자의 간격, 줄의 간격이 촘촘하면 읽는 데 어려울 수밖에 없다. 한편 강조하는 내용의 글자는 글자체를 달리하거나 색을 달리하여 주의를 집중할 수 있도록 해야 한다.

(4) 제목

공지문을 읽는 사람은 제목을 통해 자기에게 유용한지를 판단한다. 공지문이 아무리 길더라도 읽는 사람에게 유용하면 읽게 된다. 이 점을 명심해야 한다.

> ① 핵심적인 내용만 담아서
> ② 본문을 포괄하는 제목으로
> ③ 제목의 길이는 짧게
> ④ 제목은 본문의 글자보다 크게, 색으로 강조
> ⑤ 사무적인 느낌의 제목과 친근한 느낌의 제목 중에서 선택
> - 명사형 제목 : "알림" - 공식적이고 딱딱한 느낌
> - 문장형 제목 : "알려 드립니다" - 비공식적이고 친근한 느낌

(5) 시각자료

그림이나 사진과 같은 시각자료는 공지문을 잘 읽지 않더라도 내용을 한 눈에 파악할 수 있도록 도와준다. 적절한 시각자료를 활용하여 공지문의 내용 전달의 효과를 높여야 한다.

(6) 항목화

전달하려는 내용을 항목화하면 내용이 눈에 쉽게 들어오는 장점이 있다. 그리고 필요 없는 내용은 건너뛰어 읽어 볼 수도 있다. 표는 전달하려는 내용을 깔끔하게 정리해서 보여줄 수 있다. 항목화하는 데 편리한 것 중의 하나가 표이다. 간단한 내용이나 숫자와 관련된 것은 표로 보여주는 것이 오히려 읽기 편하다.

┃예 1┃ – 항목화

<table>
<tr><td>

공원내 무질서행위 단속 안내

　공원은 시민이 이용하는 공공장소입
니다. 공원 내에서 음식물을 취사하는
행위, 애완견을 풀어놓는 행위, 허가를
받지 않고 물품을 판매하는 행위 등의
불법행위를 할 수 없으며 이를 위반시
관계법규에 의거 처벌됨을 알려드립니
다. 아울러 이러한 행위를 목격하신 분
은 공원관리사무소(☎123-4567)에 신고
하여 주시기 바랍니다.

○○공원관리소장

</td><td>→</td><td>

불법 행위 단속 안내

　다음의 행위는 할 수 없으며 이를 위반
할 경우 관계법규에 의거하여 처벌됩니다.

◎ 음식물을 취사하는 행위
◎ 애완견을 풀어놓는 행위
◎ 허가 없이 물품 판매 행위

　이러한 행위를 목격하신 분은 가까운 공
원관리사무소(☎123-4567)에 신고하여 주
시기 바랍니다.

○○공원관리소장

</td></tr>
</table>

┃예 2┃ – 표

박물관 개관시간 안내

월~금　오전 10시부터 오후 5시까지
토~일　오전 10시부터 저녁 7시까지　→
휴관일　　매월 1·3주 월요일

○○박물관장

박물관 개관시간 안내

월~금	10:00 ~ 17:00
토~일	10:00 ~ 19:00
휴관일	매월 1·3주 월요일

○○박물관장

(7) 표현

읽는 사람에게 좋은 느낌을 줄 수 있도록 표현해야 한다. 말과 달리 글은 억양, 표정 등의 도움을 받지 못한다. 그러므로 표현과 용어에 세심한 주의를 기울여 읽는 사람에 대한 배려가 드러나도록 해야 한다. 명령문보다는 청유문이, 청유문보다는 평서문이 행위 요청의 강제적 성격은 약하지만 읽는 사람이 느끼는 불쾌감이나 거부감을 줄일 수 있다. 또한 불특정 다수가 읽게 되므로 누구나 이해할 수 있도록 최대한 쉽게 써야 한다.

명령문 : 질서를 지켜 입장하시오.
청유문 : 질서를 지켜 입장합시다.
평서문 : 질서를 지켜 입장합니다.

(8) 의사소통

공지문을 일방적으로 알리는 글로만 생각해서는 안 된다. 공지문도 쓴 사람과 읽는 사람이 의사소통하기 위한 수단이다. 그렇기 때문에 공지문의 핵심이 무엇인지를 정확히 파악하여 가장 중요하고 기본적인 것부터 의사소통할 수 있도록 내용 배열에 신경을 써야 한다. 또한 공지문을 작성할 때 읽는 사람의 입장에서 예상되는 질문을 해 보고, 그것에 대한 내용까지도 공지문에 담아야 한다.

6. 공지문의 문장

(1) 어법에 맞게 써라

모든 글이 마찬가지지만 공지문도 어법에 맞아야 한다. 어법이 틀린다는 것은 공지문의 신뢰성을 떨어뜨리는 요인이 된다. 따라서 공지문을 작성할 때 어문규정에 따라 맞게 표기할 수 있어야 한다.

(2) 문장을 쉽고 짧게 써라

공지문은 대개 불특정 다수를 대상으로 작성하며 어떤 내용을 알리는 글이다. 그렇기 때문에 문장이 길면 알리는 내용을 이해하기 어렵게 만든다. 이해하기 어려우면 의사소통에 문제가 생겨 전달 효과가 떨어진다. 그러므로 공지문을 쓸 때는 문장을 되도록 짧게 쓰려고 노력해야 한다.

Hi Seoul
SOUL OF ASIA
창의시정
www.carfreeday.or.kr

9월 10일(월) "서울 차 없는 날"

'서울 차 없는 날'에는 승용차를 이용하지 않고 대중교통을 이용합니다

서울버스 무료 탑승   오전 9시까지
"종로" 버스만 운행   교통통제
시내 주차장 폐쇄   이용제한

승용차는 두고 나오세요

9월 10일(월) '서울 차 없는 날'에는…

● 승용차 대신 대중교통을 이용하는 3단계 프로그램이 운영됩니다
  ·서울시 전역 : 자동차 이용 자제   ·4대문 안 : 자동차 진입 자제   ·차 없는 거리 : 자동차 진입 통제

● '종로'는 버스만 다니는 "차 없는 거리"로 운영됩니다
  ·종로 전구간(세종로 4거리~동대문)에서 18:00까지(남북 방향은 정상 통행)

● 서울 시내버스와 마을버스를 무료로 이용할 수 있습니다
  ·9월 10일(월) 첫차부터 09:00까지 서울 시내버스·마을버스(광역버스는 제외) 무료 탑승

● 서울시내 '주차장'이 폐쇄됩니다
  ·서울시 및 자치구와 그 산하기관의 모든 주차장 의무적 폐쇄
  ·다른 기관 및 민간기업체 주차장은 폐쇄 유도

● "차 없는 거리"에서는 다채로운 행사가 펼쳐집니다
  ·종로에서는 ▷차도에 펼쳐지는 푸른 잔디밭 ▷ 대형천에 그림 그리기 ▷ 길거리 아티스트 공연 등
  ·자전거 1,000여대가 참여하는 자전거 물결 대행진

서울특별시 · 2007 서울 차 없는 날 조직 위원회

휴가철 맞이 범죄예방 홍보문

경찰
POLICE

휴가철을 맞이하여, 주민여러분께
몇가지 당부의 말씀을 드리니 적극
협조하여 주시기 바랍니다.

● 단독주택 또는 아파트 저층에 사시는
주민은 방범창 설치, 외출시 반드시
문단속 재 확인 하시고 사람이 있는
것처럼 TV, 라디오, 거실등 점등

● 장기 외출시, 신문 등이 쌓이지 않도록
옆집 또는 경비실에 협조 요청

● 현관문 우유 투입구는 폐쇄 사용 금지

● 의심스러운 복장(마스크 등 착용)으로
주변을 배회하는 자 발견시 신고하여
범죄예방에 협조하여 주시기 바랍니다.

경찰관서 연락처
● 범죄신고   112
● 경찰관련 민원 1566-0112

일 산 경 찰 서 장

▌연습문제▐

1. 아파트로 이사하기 전에 도배도 하고 욕실도 수리하려고 한다. 그냥 하는 것보다는 같이 사는 이웃들에게 알리는 것이 좋을 것 같아 공사안내문을 작성하려고 한다. 엘리베이터 안에 게시할 공사안내문을 작성해 보자.

2. 주변에서 흔히 볼 수 있는 안내문을 하나 찾아 배운 것을 바탕으로 새롭게 작성해 보자.

☞ **사과문**

　가끔 보면 사과문이 신문에 게재되거나, 길거리 게시판에 붙어 있는 것을 볼 수 있다. 사과문은 과연 어떤 글일까? 사과문은 잘못을 시인하고 다시는 잘못하지 않을 것을 다짐하는 글이다. 그렇기 때문에 반성문과 유사하다. 하지만 반성문은 대개 비공개적인데 비해 사과문은 공개적이다. 널리 알린다는 점에서는 공지문과 유사하고, 잘못을 하지 않기로 불특정 다수와 약속한다는 점에서 일종의 계약서라 할 수 있다.
　사과문의 핵심은 진실성이다. 잘못한 것은 사실이고, 그로 인해 다른 사람들이 피해를 입었다. 그렇기 때문에 잘못을 뉘우치는 진실한 마음이 드러나도록 표현하는 것이 중요하다. 사과문의 일반적인 형식은 잘못을 솔직히 시인하고 재발 방지를 위해 어떻게 하겠다는 내용으로 구성하면 된다.

진심으로 머리 숙여 사죄 드립니다

　○○식품 제품을 사랑해 주시는 국민 여러분께 이물질 유입으로 심려를 끼쳐 드린 점에 대해 ○○식품 임직원 일동은 머리 숙여 깊은 사죄를 드립니다.

　가장 안전해야 할 식품에서 이물질이 검출된 것에 대해 저희 ○○식품은 큰 책임을 통감합니다.

　현재 ○○식품에서는 해당제품과 동일날짜, 동일라인에서 제조된 제품을 전량회수 폐기하고 있습니다.

　또한 이번 일을 자성의 계기로 삼아 제조 전과정을 재정비하고 엄격한 식품안전시스템을 구축하도록 하겠습니다.

　향후 저희 ○○식품은 '우리가 만든 식품, 우리 가족이 먹습니다.'라는 철학을 바탕으로 국민의 식품 위생과 안전을 위해 모든 역량과 노력을 기울이겠습니다.

　다시 한번 머리 숙여 사죄 드립니다.

200×년 ×월 ××일

(주)○○식품 대표이사 박ㅇㅇ

1. 설명서의 개념

　설명서는 어떤 대상에 대한 정보를 차례로 설명하거나, 사용방법이나 제작방법 따위를 설명하는 글이다. 크게 보면 공지문의 일종이라 할 수 있다. 하지만 공지문이 정보를 제공하거나 행위를 요청하는 글이라면 설명서는 대상에 정보를 제공함으로써 대상에 대한 이해를 돕거나, 설명서대로 따라 해야만 일정한 결과를 얻을 수 있도록 안내하는 글이다. 따라서 설명서에서 가장 중요한 것은 정보를 순서대로 제시해야 한다는 점이다.

　최근에는 인터넷 쇼핑몰이나 홈쇼핑을 통해 물건을 구매하는 경우가 많다. 그런데 일부 제품은 구매자가 조립해서 사용하도록 하는 경우가 있다. 이 경우 설명서가 제대로 작성되지 않았다면 제품을 제대로 사용할 수 없을 것이며, 사용하더라도 제대로 작동하지 않을 수 있다.

　다양하고 복잡한 기능의 생활도구가 매일같이 쏟아지는 현대사회에서 설명서의 역할은 매우 크다. 사람들이 제품을 편하게 사용할 수 있도록 설명하는 글이 없다면 제품은 무용지물이다. 복잡한 기능의 제품일수록 알기 쉽게 작성한 설명서의 가치는 빛이 난다. 설명서는 복잡한 기능의 제품에만 필요한 것은 아니다. 아주 간단한 기능의 제품에서도 제품의 기능을 제대로 작동시키려면 설명서가 있어야 한다. 특히 간단한 기능이더라도 자주 접할 수 없는 물건의 기능을 사용할 때 설명서는 필수적이다.

　설명서는 대상에 대한 정보를 모두 담고 있는 글이며, 설명서대로 따를 경우 원하는 결과에 도달하는 글이다. 따라서 설명서는 정직한 글이어야 한다. 설명서가 정직하지 않으면 대상을 이해할 수도 없고, 제대로 작동하지 않거나 제대로 된 결과가 나오지 않기 때문이다.

2. 설명서의 종류

(1) 사용 설명서

사용 설명서는 흔히 매뉴얼(manual)이라 불리는 것이다. 다음에 살펴볼 기능 설명서보다 포괄적인 개념이다. 그러므로 사용 설명서나 기능 설명서나 크게 다르지 않다. 굳이 구분한 것은 기능 설명서가 주로 제품의 각 기능과 관련된 것이라면 사용 설명문은 제품 전체와 관련된 개념이며, 반드시 기능과 관련된 것이 아니기 때문이다. 사용 설명서는 이용 안내문과도 유사하다. 이용 안내문은 어떤 것을 이용할 때 준수할 사항을 알리는 글이라면 사용 설명서는 이용하기 위한 순서를 제시하는 글이라는 점에서 차이가 있다. 그래서 대개의 경우 시설물에는 사용 안내문과 사용 설명서가 같이 기재되어 있다. 예를 들어 지하철 역사 내에 있는 사물함의 경우 사용 안내문이 붙어 있지만 사실은 사용 설명서로 보는 것이 정확하다.

(2) 기능 설명서

기능 설명서는 제품의 각 기능을 실행하기 위한 설명서를 말한다. 제품을 사면 사용 설명서가 들어있는데 사용 설명서의 상당 부분이 기능 설명서이다. 제품을 올바르게 이용하기 위해서는 설명서를 반드시 읽고 그대로 따라 해봐야 한다. 제품에 따라 간단한 기능만을 가진 제품도 있지만 다양한 기능을 가진 제품도 있다. 다양한 기능을 갖고 있는 제품은 기능별로 설명서를 따로 작성해야 한다. 기능 설명서를 작성할 때 주의할 점은 지나치게 어려운 전문용어는 사용하지 말아야 한다는 점이다. 혹 지나치게 어려운 용어를 사용할 수밖에 없다면 반드시 설명을 달아야만 설명서로서의 기능을 수행할 수 있다.

(3) 제작 설명서

제작 설명서는 완제품이 아닌 제품을 완제품으로 만들기 위한 설명서를 말한다. 예를 들면 '조립식 키트'라 불리는 플라스틱 장난감에 들어 있는 조립 설명서나, DIY제품에 들어있는 설명서가 다 제작 설명서이다. 또한 인스턴트식품의 포장지에 적인 조리방법이나 레시피(recipe)*도 다 제작 설명서이다.

3. 설명서의 구성

사용 설명서는 흔히 제목, 목차, 구성품, 사용안내(기능 설명서), 주의사항, 품질 보증서로 구성된다. 기능 설명서나, 제작 설명서는 제목, 내용(순서), 주의사항으로 구성된다.

제목은 예를 들면 '삼성전자 SCH-M480 사용 설명서'나 '문자메시지 보내는 방법' 등처럼 제품이나 기능을 밝히는 부분이다. 목차는 사용 설명서의 전체적인 순서를 제시하는 부분으로 주로 기능을 밝히면 된다. 사용안내나 내용은 기능이 작동하거나 제품이 완성될 수 있도록 그 과정을 순차적으로 제시하는 부분이다. 이 부분이 설명서의 핵심이 되는 부분이다. 주의사항은 제품을 사용할 때 주의할 점이나, 기능을 작동시킬 때나 제작할 때 주의할 점을 밝히는 부분이다. 품질 보증서는 설명서에 따라 있기도 하고 없기도 하며, 제품에 따라 따로 사용 설명서와 별도로 들어 있기도 하다.

---

* 레시피(recipe)는 비법, 비결, 방법, 조리법을 뜻하는데, 국립국어원의 '신어' 자료집에는 '음식을 만드는 방법'이라고 기재되었다.

4. 설명서 작성 요령

(1) 단계성

설명서를 잘 작성하기 위해서는 진행 순서를 고려하면서 작성해야 한다. 모든 일에는 순서가 있다고 한다. 마찬가지로 제품을 이해하거나, 제품의 기능을 작동시키거나. 물건을 조립하거나 만들기 위해서는 정해진 순서대로 해야 한다. 순서를 아는 사람이야 상관이 없겠지만 순서를 모르는 사람은 설명서대로 따라갈 수밖에 없다. 따라서 설명서는 진행과정에 따른 순서대로 작성되어야 한다.

순서대로 진행하기 위해서는 번호를 붙여 설명서를 작성하는 것이 좋다. 그리고 하나의 번호에 적힌 내용은 하나의 행동 내지는 두 개의 행동만을 서술하는 것이 좋다. 이 때 행동은 연속선상에 있어 둘로 나누기 어려운 경우이어야 한다. 간혹 행동이 너무 단순해서 나눌 경우 항목만 늘어난다고 판단될 경우는 둘 이상의 행동을 연결할 수 있다. 그러나 이때에도 반드시 순서대로 적어야 한다.

(2) 시각자료

과정이 복잡할 경우나 다양한 기능을 가졌을 경우 적절한 시각자료를 사용하는 것이 좋다. 단순할 경우라도 글로 표현하는 것이 어렵다면 시각자료를 사용해야 한다. 문제는 매 단계마다 시각자료를 사용하면 설명서의 분량이 필요 이상으로 늘어난다는 점이다. 따라서 꼭 필요한 경우에 시각자료를 사용하는 것이 좋으며, 레이아웃(layout)*을 효과적으로 짜면 제한된 지면에 시각자료를 충분히 담을 수 있다는 점도 고려해야 한다.

---

* 레이아웃(layout)은 책이나 신문, 잡지 따위에서 글이나 그림 따위를 효과적으로 배치하는 일을 말한다. 설명서에서도 글과 시각자료를 효과적으로 배치함으로써 읽는 사람의 이해를 도울 수 있다.

(3) 문장

　설명서에 사용되는 문장은 '~(한)다'처럼 단정형의 문장을 쓰되, 되도록 짧고 의미가 분명한 문장을 써야 한다. 또한 설명서는 대개의 경우 불특정 다수가 읽는 것이므로 널리 사용되는 용어를 사용하는 것이 좋다. 특정 제품의 경우 전문용어를 사용하는 경우가 종종 있는데, 이럴 경우 설명서를 읽고 이해하지 못할 수도 있다. 또한 애매한 표현이나 수사적 표현은 사용하지 않는 것이 좋다. 예를 들어 레시피 같은 데서 많이 보이는 '살짝 익힌다'와 같은 표현은 정확한 표현이라 할 수 없다. 오히려 '팔팔 끓는 물에 5초 정도 넣었다 건진다'처럼 표현하는 것이 좋다.

- 단정형 문장
- 짧고 의미가 분명한 문장
- 쉬운 용어
- 정확한 표현

▌예▌ 설명서

소화전 사용법

1. 소화전을 열고 노즐(작은 구멍이 있는 끝부분)을 잡고 적재된 호스를 함 밖으로 꺼낸다.
2. 소화전 밸브를 왼쪽으로 돌려서 물이 나오도록 한다.
3. 두 손으로 노즐을 잡고 불이 난 곳까지 호스를 펴서 불을 끈다.
4. 불을 끈 후 소화전 밸브를 잠근다.
5. 호스를 소화전함에 넣고 닫는다.

김치볶음밥
재료 : 밥(2공기), 김치(2줌), 양파(1/2개), 베이컨(4개), 식용유(2) 고춧가루(0.5), 참기름(0.5)

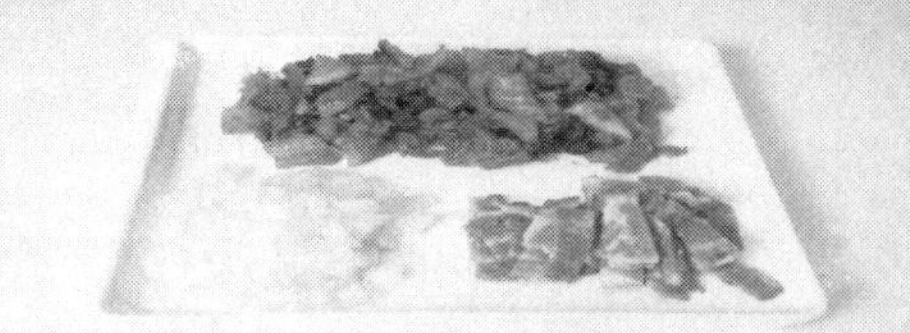

1. 김치, 양파, 베이컨 썰기

   김치와 양파, 베이컨은 먹기 좋은 크기로 썬다.

2. 김치, 양파, 베이컨 볶기

   달군 팬에 기름을 두르고 김치, 양파, 베이컨을 볶는다.

3. 밥 넣어 볶기

   2에 밥을 넣고 주걱으로 풀면서 볶다가 고춧가루, 참기름을 넣어주면 완성.

[tip]

   1. 볶음밥을 볶을 때, 주걱으로 밥을 뭉개듯이 섞기보다는 나무주걱 끝으로 살살 볶아야 밥알이 문드러지지 않은, 고슬고슬한 볶음밥이 된다.

   2. 볶음밥은 센 불에서 빨리 볶아내야 기름을 덜 먹는다.

▍연습문제 ▍

1. 다음 그림을 보고 종이비행기 접는 법을 작성하시오.

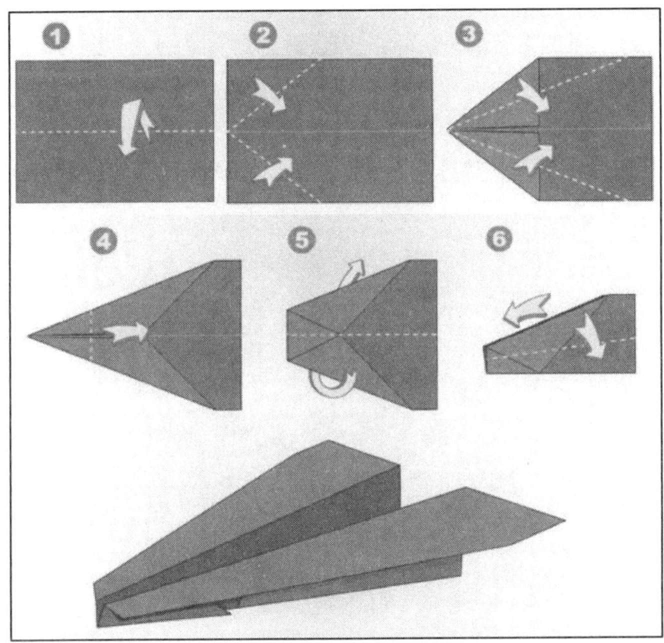

2. 아이에게 밥 짓는 법을 가르쳐 주려고 한다. 밥 짓는 과정을 설명하시오.

1. 감상문의 개념

감상문은 느끼고 생각한 것을 쓰는 글을 말한다. 대개의 경우 무엇을 읽거나, 보거나, 듣거나, 사용하거나 한 후에 그 느낌과 생각을 쓴 글을 말한다. 따라서 감상문은 자신이 느끼고 생각한 바를 솔직하게 쓰면 된다.

자신의 느낌과 생각을 쓴다는 점에서 감상문 쓰는 것은 어렵지 않다. 그렇지만 대다수의 사람들이 감상문을 실제로 쓰는 것을 어려워한다. 어려운 이유는 잘 써야겠다는, 잘 써야한다는 부담감 때문이지만, 가장 큰 이유는 동기가 없기 때문이다.* 즉 감상문의 차원에서 보자면 느끼고 생각한 것이 없기에 감상문 쓰기가 어렵다.

감상문을 제대로 쓰려면 감상문에 대한 인식을 바꿔야 한다. 무엇을 읽거나, 보거나, 듣거나 사용하거나 한 후에 쓰는 글이 감상문은 아니다. 감상문은 어떤 대상으로부터 비롯된 느낌과 생각의 생성과정을 풀어 쓴 글이어야 한다. 그렇지 않으면 글을 읽는 사람은 글쓴이가 왜 그러한 느낌을 받고 그러한 생각을 하게 되었는지 전혀 이해할 수가 없다. 그런데 감동을 주는 감상문은 읽고 난 후 자신도 그러한 경험을 하고 싶은 욕구(동기)를 만들어 낼 수 있는 글이라야만 한다. 독후감을 읽고 그 책을 읽고 싶다는 마음이 들도록, 영화평을 읽고 그 영화를 보고 싶은 마음이 들도록 써야 한다.

결국 감상문은 느끼고 생각한 것을 쓰는 데 그쳐서는 안 된다. 감상문은 느끼고 생각한 것을 다른 사람에게 이해시키고 다른 사람에게 동기를 부여할 수 있도록 써야 하는 글이다. 감상문을 쓰는 사람은 이 점을 잊지 말아야 한다.

---

* 동기가 없는 감상문의 대표적인 것은 학생들이 과제로 제출하는 감상문이다. 대상에 대해 느끼고 생각하지 않은 채 줄거리 중심으로만 쓴 감상문은 감상문이 아니라 요약문이다.

2. 감상문을 쓰는 요령

감상문의 형식에는 제한이 없다. 감상문을 잘 쓰려면 자신이 느끼고 생각한 것을 다른 사람에게 이해시키기 위한 글이라는 점을 염두에 두어야 한다. 이해를 시킨다는 점에서만 본다면 감상문은 설명에 가까운 글이라 할 수 있다. 그런데 설명하려는 것이 어떤 대상으로부터 비롯된 느낌과 생각이라는 점이다. 이는 곧 아래와 같은 과정을 겪는다고 할 수 있다.

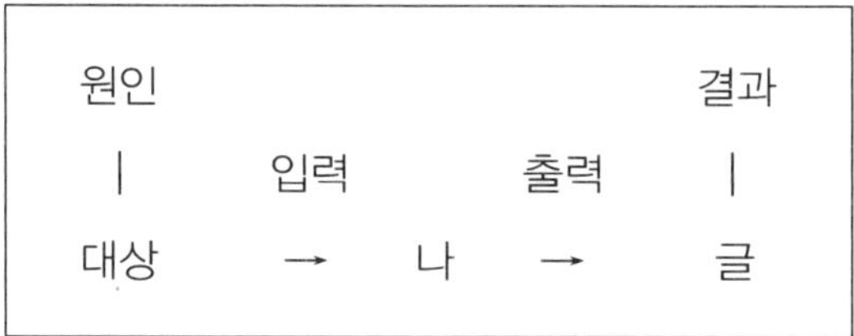

감상문의 대상이 되는 것은 글을 쓰는 자신에게 자극을 줄 수 있는 그 어떤 것도 될 수 있다. 그것은 글을 쓰는 사람에게 어떤 느낌이나 생각을 갖도록 만드는 원인을 제공한다. 글을 쓰는 사람에게 원인을 제공한 대상은 글을 쓰는 사람의 감각기관을 통해 흡수되면서 글을 쓰는 사람의 사고과정을 거쳐 어떤 느낌이나 생각을 갖도록 만든다. 감상문은 이 과정을 서술하는 것이라고 생각해야 한다. 이 과정을 글을 읽는 사람에게 얼마나 잘 설명하느냐가 좋은 감상문을 쓰는 지름길이다.

(1) 이해

좋은 감상문은 감상문을 쓸 대상에 대한 깊은 이해로부터 시작된다. 독후감을 쓰거나, 영화 감상문을 쓰거나, 아니면 전시회 감상문을 쓰거나 대상을 이해해야 한다. 무엇을 다루고 있으며, 무엇을 우리에게 전달하려고 하는지 스스로 이해해야 한다. 대상에 대한 정보를 검색해서 알려고 하기보다 대상을 많이 접함으로써 점점 알아가야 한다. 대상에 대한 정보만으로는 이해하기 어렵고, 또 그 정보는 내 것도 아니다. 그렇기 때문에 대상에 대해 이해하려고 노력하지 않으면 감상문을 쓰는 것은 불가능하다. 자신이 스스로 이해해야만 자신의 느낌과 생각이 생긴다. 즉 입력되는 것이 있어야 출력되는 것도 존재한다.

(2) 발견

자신에게 감정적으로나 이성적으로 자극을 준 부분을 찾아야 한다. 그러기 위해서는 우선 대상을 접한 후 자신의 머릿속에 뚜렷이 기억된 것들이나, 대상으로 인해 연상된 것들을 나열해 본다. 기억되었다는 것은 알게 모르게 자신에게 자극이 되었다는 것이고, 연상된 것들은 자신의 경험과 관련된 것일 가능성이 높다. 기억된 것들과 연상된 것들은 자신에게 대상에 대한 전체적인 느낌과 생각을 갖도록 만든 것일 가능성이 높다. 감상문을 쓰려면 자신의 느낌과 생각을 정리해야 하므로 느낌과 생각의 원인을 반드시 찾아야 한다.

(3) 선택

자신에게 자극을 준 것들은 여러 가지일 수 있다. 그렇다고 감상문을 그것을 다 나열하는 식으로 쓸 수는 없다. 모든 글에 주제가 존재하듯이 감상문도 하나의 주제로 정리하는 것이 좋다. 대상이 자신에게 감정적으로나 이성적으로 자극을 준 것들을 통해 자신이 대상에 대해 어떻게 판단하고 있는지 결정해야 한다. 감동적이라거나 본받을 만한 것이라거나 유익한 것이었다거나 등과 같은 선택을 해야만 한다. 이러한 선택을 해야만 감상문을 비로소 쓸 수 있다.

(4) 공유

선택을 했으면 그런 선택을 한 이유를 설명해야 한다. 이 과정에서 간과해서는 안 될 점은 대상을 설명하려 해서는 안 된다는 점이다. 감상문을 쓰는 것은 자신의 느낌과 생각을 설명하려는 것이지 대상을 설명하려는 것은 아니다. 그렇다고 해서 자신의 느낌과 생각만을 설명하는 데 그친다면 좋은 감상문이라 하기 어렵다. 좋은 감상문은 자신의 느낌과 생각을 설명하는 과정에서 글을 읽는 사람과 공유할 수 있어야 한다. 글을 읽는 사람과 공유할 수 있는 것은 논리적 타당성일 수도 있고, 인간의 보편적 정서일 수도 있고, 남자이기에 혹은 여자이기에 경험할 수밖에 없는 기억일 수도 있다. 이런 것들을 자신의 느낌과 생각을 풀어 가는 과정에서 언급해야 좋은 감상문을 쓸 수 있다.

(5) 여운

대상에 대한 자신의 느낌과 생각을 쓰는 것이 감상문이지만 쓰다보면 대상에 대해 언급할 수밖에 없다. 언급할 수밖에 없다고 해서 대상에 대해 다 언급해 버리면 좋은 감상문이 아니다. 좋은 감상문은 감상문을 읽는 사람으로 하여금 그 대상을 찾아보게끔 만드는 것이 좋은 감상문이다. 그러므로 감상문을 쓸 때는 자신의 느낌과 생각을 잘 설명하는 것도 중요하지만 대상에 대해 적절히 숨겨두는 것도 필요하다.

3. 감상문(感想文)에서 감상문(鑑賞文)으로

감상문이 느끼고 생각한 바를 쓰는 글이지만 느끼고 생각한 바만을 쓰려고만 해서는 안 된다. 감상문을 쓰도록 요구하는 입장에서 본다면 감상문은 단지 글쓴이의 느낌과 생각을 알기 위해 쓰라고 요구하는 것은 아니다. 감상문을 요구하는 것은 글을 쓰는 사람이 대상에 대해 경험함으로써 그것에 대한 이해의 정도가 깊어지기를 원하기 때문이다. 즉 문학작품을 읽고 독후감을 쓰도록 시키는 것은 문학작품을 읽고 느끼고 생각하는 과정을 통해 문학작품에 대한 안목을 높이기 위함이다. 처음에는 단순히 줄거리를 요약하는 수준이었겠지만, 점차 자신의 느낌과 생각을 설명할 줄 알고, 더 나아가 자신의 관점에서 작품을 평가할 수 있는 수준까지 나아가야 한다. 그러므로 감상문도 감상의 수준을 극복할 필요가 있다.

감상(感想)은 '마음 속에서 일어나는 느낌이나 생각'을 말한다. 감상문도 대개 이러한 수준에서 작성된다. 하지만 감상문은 감상(感想)의 수준을 극복하여 감상(鑑賞)의 수준을 지향해야 한다. 감상(鑑賞)은 '주로 예술 작품을 이해하여 즐기고 평가하는 것'을 말한다. 기존의 감상문이 주로 대상에 대해 소개하는 수준에 그쳤다면, 조금 나은 감상문은 자신의 느낌과 생각을 조리있게 설명하는 수준이어야 하고, 지향해야 할 감상문은 자신의 안목에서 대상을 평가하고 즐기는 수준으로 나아가야 할 것이다.

▎예▎ 감상문(학생 글)

운 좋은 사내 심봉사

오랜만에 어렸을 적 읽었던 심청전을 다시 읽었다. 다시 읽어봐도 심청의 효심은 본받을 만하다. 그런데 어렸을 때는 눈에 들어오지 않았던 심청의 아버지가 읽는 내내 유난히 신경이 쓰였다. 왜일까? 아마도 어린 딸을 인당수의 제물로 내몬 아비의 무분별함 때문일까?

심청전을 다시 읽어 보니 심봉사는 참으로 운 좋은 사람이었다. 명문거족의 후예로 태어났고, 부인의 지극한 섬김을 받았다. 물론 안타깝게도 부인이 딸을 낳은 후 죽고, 가세가 기울었으며, 눈도 멀게 되기는 했다. 하지만 딸이 죽은 부인을 대신해 자신을 섬기기 시작했으니 큰 문제라 할 것도 없었다. 어떤 사람들은 앞을 못 보게 된 것을 불쌍히 여길 수도 있다. 하지만 눈이 멀었으니 일도 할 수 없고, 공부도 할 수 없으며, 이것저것 신경 쓸 필요도 없으니 그리 나쁜 것만은 아니다. 심봉사가 정말 운 좋은 사람이라는 것은 심청이 왕비가 된 후에 눈을 떴다는 점이다. 눈을 떴으니 이제는 일도 해야 되고, 공부도 해야 되며, 이것저것 신경 쓸 일도 많다. 하지만 딸이 왕비이니 심봉사가 신경 쓸 일은 없다. 오로지 여생을 즐기며 살 일만 남은 셈이다. 눈이 멀기 전에는 집안도 괜찮았고, 부인이 모든 것을 돌봐 주었다. 눈이 먼 후에는 가세가 기울었지만 딸이 모든 것을 도맡았다. 눈을 뜬 후에는 왕비가 된 딸로 집안 살림을 걱정할 필요가 없게 되었다. 이러니 운 좋은 사내 아닌가.

심봉사를 운 좋은 사내로 만든 것은 바로 눈이 멀었기 때문이다. 눈이 멀었기 때문에 그가 하는 행동은 무분별한 행동일 수밖에 없다. 눈이 보이지 않는다는 것은 사리 분별을 할 수 없다는 것을 의미한다. 그렇기 때문에 그가 자신의 처지도 판단하지 못한 채 삼백 석이라는 어마어마한 양의 공양미를 시주하겠다고 약속해 버린 것도 어쩔 수 없는 행동으로 이해할 수밖에 없다. 만약 심봉사가 눈이 멀지 않았다면 물에 빠질 리도 없고, 자신의 처지를 뻔히 아는데 삼백 석이라는 양을 시주하겠다고 약속 하지도 않았을 것이다. 눈 먼 심봉사의 무분별한 행동을 사리분별이 가능한 심청이 거부할 수는 없었다. 왜냐하면 자신의 아비가 눈이 멀었으니 시주한 것을 없었던 것으로 해달라고 해서 아비를 허튼 사람으로 만들 수는 없었기 때문이다. 멀쩡하던 눈이 멀게 된 것이 심봉사에게는 행운인 셈이다.

심봉사가 왕비가 된 심청을 만났더라도 눈이 먼 상태가 지속되었다면 어땠을까? 눈이 멀었으니 왕비의 아비로서 누려할 모든 지위와 권세는 아무짝에도 쓸모가 없다. 아무리 왕비의 아비인들 눈 먼 장님 아닌가. 극한 부귀와 영화를 누린들 부귀와 영화인 줄 알 수 없으니 부귀와 영화일 수 없다. 심봉사의 눈이 계속 멀었더라면 오히려 심봉사에게 연민을 느낄 수 있었을 것이다. 그런데 심봉사는 얄밉게도 왕비 가 된 심청을 만난 순간 눈을 뜨고 만다. 안 떴으면 좋았을 것을……. 그래서인지 심봉사가 더 얄밉다. 왕비의 아비로서 부귀와 영화를 누릴, 아무 것도 하지 않은 채, 아니 무분별한 행동으로 딸자식을 죽인 심봉사가 부귀와 영화를 누린다는 것이 너무나 얄밉다.

'고슴도치도 제 새끼는 함함하다.'라는 속담이 있다. 이는 제아무리 못나도 자기 자식은 사랑스럽다는 말이다. 심봉사는 어떤가? 낳아주신 은혜를 갚을 수는 없지만, 그렇다고 나이 어린 딸자식에게 그런 부담을 지우는 심봉사는 아비로서의 자격이 없다. 아무리 눈이 멀었다고는 해도 말이다.

심청의 행동이 부모에 대한 '효'로 높이 칭송받는 이면에는 심봉사의 무분별함이 숨어 있다. 그럼에도 사람들은 심청의 행동만을 보고 감탄하며 심청을 본받으라 한 다. 그러니 이 또한 운 좋은 것 아닌가. 후세 사람들이 그의 무분별함보다도 심청의 행동에만 관심을 기울이니 말이다. 그렇기 때문인지 몰라도 심청전의 마지막 장을 넘기는 순간까지 심봉사의 얄미운 모습이 떠올라 신경이 거슬릴 뿐이다.

▌연습문제 ▌

1. 최근에 읽은 책이나 본 영화 중에서 기억에 남는 장면을 나열해 보자.

2. 그 이유가 무엇 때문이었는지 써 보자.

3. 1과 2를 활용하여 감상문을 써 보자.

1. 비평문의 개념과 특징

비평문은 대상에 대한 비평적 견해를 담은 글이라 할 수 있다. 여기서 비평이란 대상의 가치를 평가하는 것으로, 그 대상이 옳은지 그른지 아름다운지 추한지 논하는 것이다. 따라서 비평에는 평가를 내리기 전 대상을 분석하거나 해석하는 행위가 수반된다. 현재까지 비평의 영역은 꾸준히 확산되어 예술의 장르에서부터 학술적인 논문류에 이르기까지 대개 비평적인 성격을 지닌 글을 비평문이라 부르고 있는 실정이다. 여기서는 비평문을 어떤 대상에 대한 주관적 견해를 담은 글 정도로 규정하도록 한다.

비평문이 지닌 특징은 첫째, 그것이 어떤 대상, 즉 텍스트에 대한 글이라는 것이다. '~에 대한 글'이라는 것은 반드시 일정한 텍스트를 상정해야 한다는 의미를 갖는다. 그 텍스트가 영화나 연극, 스포츠경기가 될 수도 있지만, 연설문, 정치 강연, 신문기사일 수도 있고, 꼭 완결된 형식을 지니고 있지 않더라도 어떤 현상, 즉 사건이나 인물, 날씨, 풍경까지 영역이 넓어질 수 있다. 그런 관점에서 보자면 비평문은 항상 2차 텍스트로서의 지위를 갖지만, 1차 텍스트 없이 존재하는 비평문도 가능하다. 문학에선 그것을 원리비평이라고 불러 구체적인 작품을 비평하는 실제비평 혹은 실천비평과 구별한다. 원리비평은 텍스트 없이 그 자체로 어떤 이론이나 학설을 논하는 비평이다. 그러나 대체로 비평은 실제비평이 중심이 되며 따라서 어떤 대상에 대해 견해를 밝히는 방식을 주로 사용한다.

둘째, 비평문에는 글 쓰는 사람의 주관적 견해가 드러나야 한다. 여기서 주관적 견해라는 것은 단지 개인적이라거나 사소하다거나 비논리적인 견해라기보다, 가치를 지닌 개성적인 견해를 일컫는다. 즉 비평문에서는 꼭 논문처럼 주장(학설)과 그것에 대한 객관적 근거를 논리적인 과정에 따라 사전적(지시적) 언어로 증명할 필요는 없다. 그리고 비평문에선 직관적 판단을 수용하고 함축적 언어를 사용할 수 있으며 자신이 느끼고 깨달은 것을 비교적 자유롭게 표현할 수 있다는 특징이 있다. 즉 논문이나 신문기사, 지시문 등에서 잘 드러나지 않는, 글 쓰는 사람의 자의식이 드러난다는 점이 비평문을 문학 장르로까지 간주할 수 있게 하는 요소이다. 그러나 비평문은 어떤 작품을 감상하고 나서 쓴 감상문과 다르다. 비평문은 감상문보다 더 객관적인 태도로 기술되며 체계적인 구성을 지닌다. 그에 비해 감상문은 작품에 대한 감상에 치중하기 때문에 글 쓰는 사람의 주관적인 느낌과 견해를 형식에 구애받지 않고 기술하는 글이다. 비평문은 2차 텍스트라는 점에서 감상문이나, 리뷰와 유사하지만, 독립성, 완결성, 공식성을 지향한다는 점에서 일회성을 넘어 한 편의 글로서 영구성을 지니기도 한다.

비평문은 우리의 실생활에서 무척 쉽게 접할 수 있다. 예컨대, 음식평론가가 특정한 지역의 맛집들을 답사하여 쓴 음식평을 인터넷 블로그나 카페에 올려 독자들에게 유용한 정보로 알리기도 하는데, 그러한 음식평도 비평문의 범주에 든다. 그런데 비평문에서 중요한 것은 텍스트에 대한 개성적인 견해가 얼마나 가치가 있는가이다. 텍스트를 그냥 해석하는 차원에서 끝내거나 남들이 한 얘기를 비슷하게 반복한 비평문이라면 공들여 읽을 이유가 없다.

2. 비평문의 실제

(1) 영화비평문

영화비평문는 영화를 텍스트로 한 비평문이다. 영화는 영상을 매체로 한 예술작품이기 때문에 스토리 외에도 영화적인 기법과 장치를 이해해야만 영화비평문을 제대로 쓸 수 있다. 또한 영상을 언어로 해석하거나 영화의 의미를 언어화하는 방식으로 자신의 견해를 표현해야 한다. 만일 영화의 시놉시스를 서술하거나 등장인물을 소개하고 자신의 견해를 짧게 덧붙이는 선에서 마치는 글이라면 그것은 리뷰에 해당한다. 글 쓰는 사람의 견해가 중심이 되어 펼쳐지는 글이라야 본격적인 의미의 비평문이라 할 수 있다.

아래의 예는 학생의 영화비평문으로 기사문의 형식을 띠고 있다. 다소 영화를 소개하는 리뷰에 가깝지만 나름대로 자신의 견해를 명쾌하게 밝히고 있다.

▌예▐ 영화비평문

빅브라더를 물리쳐라!
- 브이 포 벤데타 -

"이 핸섬한 영화는 극적으로 파워풀하다.", "흥미롭고 지적이며 창의적인 작품", "인기 있던 옛 신화를 완전히 새롭게 만들어낸 작품" 등 수없이 많은 찬사가 쏟아져 나왔던 〈브이 포 벤데타〉. 워쇼스키 형제가 각본한 작품으로, 매트릭스의 계보를 잇는 SF영화라 할 수 있다. 작품의 배경은 제3차 세계대전 이후의 영국이다. 막강한 권력을 가진 대법관 셔틀러는 자신과 인종, 종교, 정치적 성향, 성적 취향이 다른 이들을 모두 사형시키거나 '정신집중 캠프'로 보낸다. 도시 곳곳에는 감시카메라와 녹음장치가 설치되어 모든 이들이 통제받으며 살아간다. 말 그대로 '빅브라더'가 군림한 시대이다. 시민들은 매일 같이 방영되는 조작된 TV뉴스를 믿지 않으면서도 점점 세뇌되어 가고, 아무 의미 없는 저질 코미디 프로그램에만 집중한다. 이때, 전설적인 테러리스트 V가 나타난다. 가이 포크스의 가면을 쓰고 나타난 그는 11월 5일을 기억하라고 역설한다.

11월 5일, 가이 포크스, 그리고 V

영국인이 아닌 우리들로선 11월 5일이 어떤 날인지 알기 어렵다. 1605년 11월 5일, 영국의 제임스 1세의 독재정치에 항거하기 위해 가이 포크스는 장작더미 아래 36배럴의 화약을 숨겨서 의회 지하터널로 잠입했다가 체포되어 처형당한다. 이 사건을 '화약음모사전'이라고 부르며, 매년 11월 5일을 '화약음모사건의 날'로 정하여 가이 포크스의 정신을 기리는 불꽃놀이를 연다. V는 이 실패한 계획을 가이 포크스의 환신으로서 국민들에게 호소하여 2040년 11월 5일, 다시 실행하려 한다.

V란 그가 실험실에 있을 때 구금되었던 5호실의 로마자 'V'를 따서 지어진 이름이다. 그는 어떤 이유에서 다른 사람들과 함께 실험실로 잡혀와 실험도구로 사용된다. 실험의 목적은 바이러스를 통한 대량살상무기 개발이었다. 실험 도중 다른 사람은 모두 죽지만 V만은 돌연변이를 일으켜 살아남는다. 그러나 그의 모습은 기억을 모두 잃어버린 흉측한 괴물의 모습이다. 그래서 V는 가면을 쓰고 살아가고, 부조리한 정부에 대한 증오와 반발심으로 테러를 감행한다.

V는 뛰어난 무술과 깊은 문학적 소양, 섬세함까지 갖춘 독특한 인물이다. 그는 억압된 시민들을 해방시키기 위해 노력하는 영웅이면서도, 자신을 괴물로 만들었던 자들에게 복수하는 테러리스트로서의 양면성을 지닌다. 이처럼 여타 헐리우드 영화에서는 볼 수 없는 독특한 주인공을 더욱 부각시키는 것은 바로 '가이 포크스 가면'이다. 묘한 미소를 짓고 있는 그 가면에서 때로는 민중의 자유를 위한 희생정신을, 때로는 자신의 존재에 대한 근원적 고독과 슬픔을, 때로는 독재정부에 대한 증오와 경멸을, 그리고 때로는 여주인공을 향한 애틋한 사랑까지 느낄 수 있다. 이처럼 하나의 표정을 가진 가면이 그 배경과 V의 대사에 따라 수십 가지의 표정을 가질 수 있었던 것은 치밀한 각본과 뛰어난 시각효과뿐만 아니라, 자신의 진짜 얼굴을 잃어버린 채 가면을 쓰고 살아가야만 하는 V의 정체성에 기인하는 것은 아닐까 생각한다.

빅브라더의 민중통제와 언론조작

2040년 영국은 대법관 셔틀러를 중심으로 한 전체주의 국가로 묘사된다. 거리에는 곳곳에 감시카메라가 설치되어 시민들의 일거수일투족이 감시받고, 도청장치를 통해 시민들의 사적인 대화마저 침해당한다. 가구와 식료품, 자동차까지 모두 같은 브랜드의 상품만 존재하며, 심지어 종교조차 강요된다. 이로 인해 유색인종이나 동성애자, 무슬림들은 모두 잡혀가 처형당하거나 실험도구로 사용된다. 그들에게 선택권이란 없으며, 그저 국가 존립에 필요한 하나의 개체로서만 존재하게 된다.

　이렇게 민중을 정부 마음대로 좌지우지하는 과정에 필요한 것이 바로 정보조작
이다. 영화 속의 언론은 정부의 명령을 받는다. 셔틀러가 명령을 내리자마자 언론
은 이라크 전에서의 사망자 속출이나 독극물 방출로 인한 대참극 등 외부의 위험
만을 보도한다. 이것은 외부의 위험이나 적을 통해 국민들의 불안감을 고조시키
고, 국가는 이를 이용하여 국민들을 보호한다는 미명하에 자신들의 정권을 정당화
시키는 것이다. 과거 우리나라의 반공사상과 이를 이용한 장기독재가 이를 단적으
로 보여주는 예라고 하겠다.

　또한 정부는 이것에 머무르지 않고 국민들의 시선을 정치에 근접하지 못하게
한다. 영화 속 '고든 쇼'는 가장 인기 있는 프로그램으로, 모든 사람들은 그 쇼를
시청한다. 그리고 쇼가 끝나면 그들은 TV를 끄고 방으로 들어가 버린다. 이처럼
일차적이고 자극적인 것만을 접하다 보면 자연스럽게 정치나 제도 같은, 좀 더
높은 층위의 것들을 잊게 된다. 이것이 바로 정부가 원하는 것이다. 국민들이 유희나
유흥에 빠져 정치에 관심을 갖지 않게 되면, 정부는 원하는 대로 국민들을 조종하기
가 더 쉬워진다. 또 정부에 대한 불만이나 정부의 잘못, 결점들을 감추기도 쉬워진
다. 전두환 정권이 스포츠와 유흥을 장려했던 '3S 정책'도 이와 일맥상통한다.

V로서의 테러리즘과 민중으로서의 저항권

　위에서 V는 영웅이자 테러리스트라고 소개한 바 있다. V의 행위(정부 입장에서
의 테러)는 우리에게 테러리즘과 저항권에 대해 다시 한번 생각하게 한다. 이 작품
은 국민으로서 부조리한 정부에 대한 저항권을 강조한다. 저항권이란 '기본권을
침해하는 불법인 국가권력에 대한 복종 거부 또는 실력 행사의 권리'를 말한다.
쉽게 말하면 정부를 뒤엎을 수 있는 권리라 하겠다. 이 저항권을 기저에 두고 다시
영화를 보자. 영화 속 셔틀러 정권의 행위는 명백한 기본권 침해이다. 그러나 민중
은 정부의 부조리함을 알면서도 저항하지 못한 채 조용히 그 반발심을 쌓아두는
것에 그친다.

　이렇게 민중이 일방적으로 내몰리는 상황에서 V의 등장은 형세를 역전시킨다.
V는 그의 가면과 망토를 런던의 전 시민에게 보내 그들로 하여금 정부에 좀 더
적극적으로 저항하게 한다. 민중은 V를 영웅으로 숭앙하며 V의 모습을 빌려 정부
에 자신들의 불만을 표출한다. 그러던 중 한 소녀의 억울한 죽음으로 인해 민중은

폭발한다. 의회로 향하는 런던 시민들을 제지하지 못하는 군대와 폭발물을 실은 지하철을 그냥 보내 준 형사의 모습은 민중의 봉기에 대한 두려움 때문이라고 읽을 수도 있으나, 그들 또한 민중으로서 내재된 저항의식을 소극적으로나마 표출한 것이라고 읽는 것이 옳을 것 같다.

그렇게 영화는 민중의 저항권 실현으로 끝난다. 여기서 생각해 볼 것이 있다. 바로 V의 행위이다. 이것은 정부의 입장에서 보면 명백한 테러리즘이고, 민중의 입장에서 본다면 부당한 정권에 맞선 위대한 영웅의 저항권 행사로 풀이된다. 그러나 저항권은 '정치권력의 행사가 불법적임이 명확하고, 다른 구제 수단이 없는 경우 최후의 수단으로써 평화적 방법'으로 행해야한다고 정의되어 있다. 그렇다면 V의 행동은 과연 저항권의 행사 요건에 합치한다고 볼 수 있을까? 그게 아니라면 V의 행위는 그저 테러리즘일 뿐일까? 그렇다면 V가 부추긴 민중의 봉기는 어떤 의의를 가지는 것일까? 이 물음에 대한 답은 각자의 사상이나 가치관에 따라 다를 것이기 때문에, 이에 대한 필자의 의견을 기술하는 것 보다는 각자 시간을 두고 깊이 생각해보는 게 좋을 듯하다.

V는 바로 당신!

영화의 클라이맥스, 모든 시민들이 가이 포크스 가면을 쓰고 의회로 행진하는 장면은 가히 명장면이라 할 수 있다. 시민들의 행진 전 V는 이미 총에 맞아 죽었지만, V는 죽은 것이 아니었다. 런던 시민 한 명 한 명이 모두 V였기 때문이다. 즉 V는 민중을 이끈 한 영웅을 넘어서, 자유를 향한 민중의 이상으로 표상된다.

영화는 132분의 긴 러닝타임 후, 우리에게 그보다 더 긴 생각의 시간을 요구한다. 영화 속 시대가 2040년이라 해서 우리와는 전혀 별개의 이야기가 아니라는 것은 여러분도 잘 알 것이다. 지금도 치안과 안보를 명목으로 국가는 우리의 개인 정보와 사생활을 탈취하고 있다. 여론이 악화된다면 '외부의 적 만들기'와 '시선 돌리기'로 또다시 그들의 잘못을 호도하고 정권을 정당화시키며 여론을 잠재울지도 모른다. 과거에도 그래왔고 지금도 그런 일들이 일어나고 있기 때문이다. 이런 정부의 행위가 '부조리와 부당함'으로 귀결될 때, 우리는 과감히 가이 포크스 가면을 쓰고 우리의 권리를 되찾을 수 있을 것인가. 이것이 바로 워쇼스키 형제와 제

임스 맥테이그 감독이 우리에게 던지는 가장 원론적이면서도 궁극적인 물음이 아
닐까.

(2) 서평문

서평문은 실용적인 성격이 강한 비평문이다. 매일 수많은 책이 출판되는 상황에
서 독자들이 양질의 책을 고를 때 서평을 읽고서 자신이 원하는 책을 쉽게 고를
수 있기 때문이다. 서평문은 책의 내용을 소개하면서 책이 지닌 가치와 의의를 드러
내고 책을 평가하는 구실을 한다. 서평문을 쓰기 위해서는 책에 나온 내용을 충분히
이해하고 책을 전반적으로 평가할 만한 지식과 안목을 지녀야 한다. 그 책이 특수
분야의 전문서적일 경우에 그러한 지식과 안목은 더욱 긴요하다. 그리고 글을 쓴
사람이 어떤 배경에서 어떤 의도로 책을 썼는지, 그가 어떤 성향을 지닌 사람인지
잘 알아보는 등 글을 쓴 사람의 입장을 고려하면서 집필하는 것이 중요하다. 서평문
은 텍스트에 따라서 무겁고 전문적인 내용이 될 수도 있지만 가볍고 짧은 내용이
될 수도 있다.

다음의 글은 『서평문화』(한국간행물윤리위원회) 2008년 여름호에 실린 임경순
교수의 서평문이다. 서평의 텍스트는 2007년에 간행된 『통합 과학의 이해』(Victer
J. Mayer, 남정희·이효녕 옮김, 자유아카데미)이다. 다음의 서평문에서는 책의 내
용을 일목요연하게 설명하면서 현대 과학계는 물론 현대 학문의 흐름과 지향점을
전문가적 시각으로 적절하게 지적하고 있다.

▌예▌ 서평

지구시스템으로 시도해본 통합 과학

현대과학의 대표적인 특징 가운데 하나는 과학 분야들이 고도로 전문화와 세분
화 되는 형태로 발전하고 있다는 것이다. 과학 분야는 초·중등학교에서 물리,

화학, 생물, 지구과학이라는 기본 영역으로 세분되어 교육되고 있으며, 대학에서도 물리, 화학, 생물, 지구과학의 학문 분야는 많은 대학에서 학과의 기본 단위가되고 있다. 이렇게 학문 분야가 세분화됨으로써 현대과학 분야의 전문화가 가속화되고 결과적으로 과학을 발전시키는 데 커다란 도움을 주었다는 것은 분명한 사실이다. 하지만 이런 세분화는 학문 사이의 벽을 높여 소통의 어려움을 가져왔으며, 결과적으로 대중들이 과학을 난해한 분야로 여기고 과학 내용 자체를 멀리하는 부작용도 낳았다.

오늘날 우리의 초·중등학교 교과서에서 학과목 구분의 단위가 되고 대학 내에서 학과 구성의 기본이 되고 있는 학문 분야들은 대개 지금부터 200여 년 전인 18세기말에서 19세기 초에 형성된 것들이다. 역학과 천문학 분야의 변혁으로 통합된 새로운 근대 과학이 다양한 분야로 전파되고 유기적으로 결합되어 1,800년을 전후해서 하나의 전문적인 과학자 집단의 형성으로 이어졌다. 이리하여 물리학, 화학, 생물학, 지구과학 등으로 대변되는 이들 과학 분야들은 오늘날 대단위 학문 분야를 구분하는 기본적 유형으로 자리를 잡았던 것이다.

대단위 학문 분야가 형성되는 동안 학문 분야 사이에 교류도 나타났다. 열이나 불에 관한 학문은 18세기 동안에 화학에 속하던 것이었는데, 19세기 초 열에 대한 수학적 이론이 발전하면서 물리학 분야에 속하게 되었다. 동식물분류학, 암석학, 광물학 등은 모두 자연사 분야로 있다가 19세기 초에 생물학, 지구과학 분야로 정착되었다.

19세기 초까지 형성된 전문 학문 분야들은 19세기 중반 이후 경쟁적인 연구를 통해 전문화, 고도화, 세분화되었다. 이 시기에 물리학 분야에서는 전자기학, 광학, 열역학, 통계역학 등의 세부 분야들이 나타났으며, 화학에서는 유기화학, 무기화학, 물리화학 등이 생겼고, 생물학에서도 동물학, 식물학, 세포학, 실험생리학이, 그리고 나중에는 미생물학이 기존의 대단위 학문 분야의 하위 분야로서 전문적인 분야로 정착되었다. 독일 대학의 교수 임용 정책은 전문적인 세부 분야의 확산에 기여했으며, 이런 추세는 20세기 중반까지 세계의 학문 분야의 특징으로 자리를 잡았다.

하지만 20세기 후반에 들어서면서 세분화된 과학 분야들이 서로 결합하여 새로운 융합 학문이 출현하는 것이 빈번해졌다. 이런 흐름은 대체로 통일과학 및 환원

주의적인 과학에 대한 비판과 연결되어 나타났으며, 포스트모더니즘 사조는 이런 일련의 움직임에 커다란 영향을 주었다.

　근대 이전에도 다양한 분야가 결합되어 통합적인 형태로 나타난 예는 많았다. 예를 들어 르네상스 시대에는 고대의 지식이 재발견되면서 다양한 복합 지식들이 나타났다. 르네상스식 인간형은 한 마디로 박학다식한 천재 유형 집단이라고 말할 수 있다. 르네상스 스타일의 통합적 인간상은 그 뒤에 나타난 근대 사상과 근대과학기술의 출현과 함께 점차로 힘을 잃게 되었다. 이런 통합적인 르네상스 유형의 지식은 전근대적인 지식 형태로 간주되어 새로운 전문화된 과학의 형태로 재편되었고, 18세기말에서 19세기 초에 이르는 동안 과학은 사회적으로 전문화되었던 것이다.

　과학 교육 분야의 전문가들로 구성된 저자들은 이 책에서 과학이 대체로 지구와 우주를 대상으로 하고 있는 학문으로 간주하고, '시스템으로서의 지구'에 초점을 맞춘 새로운 접근 방식을 제시하고 있다. 즉 이 책에서 서술되고 있는 다양한 내용을 하나의 개념 중심인 통합 과학으로 구성하여, 새로운 교육 프로그램 개발에 중요한 통합과 틀을 제시하고 있다. 특히 다양한 탐구 교육 자료를 제시하고, 이 책의 최종적인 이해 목표를 분명히 함으로써 책의 활용도를 높인 것은 이 책이 독자들에게 좋은 교육 지침서가 되기에 손색이 없다고 하겠다.

　지구를 하나의 거대한 시스템으로 보고 책을 구성한 것은 지난 100년 동안 성장한 시스템 생태학 분야의 관점과 일맥상통하는 부분이 있다. 1950년대 유진 오덤과 그의 형제였던 하워드 오덤은 생태계를 기능적으로 연결된 부분들로 구성된 자기-조절적인 단위로 간주하는 '사이버네틱스Cybernetics'적인 관점을 바탕으로 시스템 생태학Ecosystem Ecology을 발전시켰다. 더 나아가 제임스 러브록James Lovelock은 지구를 생물권biosphere, 대기권atmosphere, 대양ocean, 그리고 토양soil까지를 포함하는 하나의 복합적인 실체로 간주하고, 지구 시스템을 모든 생물을 위해서 스스로 적당한 화학·물리적 환경을 조성할 수 있도록 하는 피드백 장치의 총합체로 보았다. 이 책이 제임스 러브록의 전일주의적인 견해를 수용한 것은 아니지만, 물리, 화학, 생물, 지구과학을 전체적인 관점에서 재조명한 것은 이런 추세를 부분적으로 반영한 것이라고 할 수 있다.

저자들은 이 책을 학생들이 직접 활용하는 교재로 개발했다기보다는 초·중고 등학교의 교사들과 예비교사들을 위해 통합 과학의 기초 개념을 교육하기 위한 교재로 개발하였다고 말하고 있다. 저자들은 이 책에서 기본적으로 구성주의적 교육이라는 한 방향과 구체적인 수단을 제시함으로써 과학교육에 새로운 방향을 제시하려고 하고 있다. 즉 학습에 대한 구성주의적 접근과의 일치를 꾀하기 위해 저자들은 일부 교육자들이 언급하는 대안적 평가 기술을 강조하고 있다. 예를 들어 저자들은 어린 아이가 세상을 보고 자신의 이해를 구축할 때 물리 과정, 화학 과정으로 나누어 분석적으로 파악한다기보다는 세상을 하나의 전체로서 간주하고 이를 통합적으로 이해한다는 점을 지적하고 있다. 더 나아가 저자들은 다양하게 선택하는 탐구 활동을 통해 나름대로의 포트폴리오를 구성하고, 이 과정에서 축적된 것에 대한 반성적인 활동을 요구하고 있다.

이 책이 전체적인 측면에서 지구시스템을 통합적으로 이해하려고 노력한 점은 높은 평가를 받을 만하지만, 개념의 형성과 이해 과정이 철저히 구성주의 교육관에 입각해서 설정되기에는 다소 부족한 측면이 없지 않다. 개별적인 개념 형성 자체가 지구라는 전체 속에서 얻어지는 것을 설득력 있게 보여주는 일은 이 압축된 짧은 책으로 모두 포괄하기에는 어려웠을 것이라고 생각된다. 앞으로 어린 아이나 전통 사회의 사람들이 자연을 바라보며 개념을 만들어갔던 다양한 예들에 대해 보다 치밀한 연구·조사 작업을 선행해야만 이 구성주의적인 교육 방식은 실효성을 거둘 수 있게 될 것이다.

『통합 과학의 이해』는 지구과학 분야에서 통용되는 물리, 화학, 생물, 천문학 등에 대해서는 통합적으로 다루었지만, 지구 시스템을 다룰 때 수학 분야에 대한 고려가 생략되었다. 지구의 형태, 암석의 결정과 대칭성에 얽힌 기하학 이야기들은 수학 분야와 지구 시스템 분야가 결합될 수 있는 하나의 예가 될 수 있을 것이다.

이 책에 과학사 및 과학철학 분야에 대한 설명이 통합적으로 포함되어 있는 것은 매우 바람직하다고 생각된다. 하지만 이 분야들을 제외한 인문사회 분야는 아주 제한적인 형태로만 다루어지고 있다. 지구과학 분야의 지식이 한 때 자연사 Natural History에 속했다는 것을 고려할 때, 베이컨 시대에 역사의 양대 축 가운데 또 다른 하나는 인간사Civic History였다. 이 자연사와 인간사가 역시 전체 학문 차원에서 통합된다면 우리는 인류 지성에 대한 더욱 새로운 시각을 얻게 될 것이다.

또한 이 책에서 부분적으로 다루어지고 있는 과학의 역사에 대한 설명과 환원주의 과학관에 대한 철학적 비판은 자연과학과 인문사회 분야를 통합적으로 다루는 좋은 예가 될 수 있다. 에드워드 윌슨이 제안한 통섭consilience이 환원주의적인 측면이 강한 것은 사실이지만, 각 학문 분야의 부분적인 자율성을 인정하고, 새로운 통합의 관점을 추구한다면, 우리는 자연과학, 인문사회, 예술 분야를 모두 망라하여 자연과 인간에 대한 통합적인 이해를 얻을 수 있을 것이다.

(3) 광고비평문

광고비평문은 우리가 흔히 접하기 어려운 글이기도 하지만, 우리가 흔히 접하는 광고의 숨은 의미를 밝히며 비평가의 견해를 표현하는 비평문이다. 다음의 글은 김홍탁 광고평론가(제일기획 크리에이티브디렉터)의 『광고, 리비도를 만나다』(동아일보사, 2003)에 수록된 광고비평문이다.

┃예┃ 광고비평문

성생활(聖生活) 혹은 성생활(性生活)

광고에서 다루기를 꺼리는 소재들이 있다. 인종문제, 젠더, 종교 같은 것들이다. 이유는 벌집을 쑤셔놓을 우려가 있기 때문이다. 특히 종교는 섣불리 광고의 소재로 삼으려 하지 않는다. 성역에 대한 도전으로 비칠 수 있기 때문이다.

종교는 참으로 오랜 세월 인간을 길들여 온 절대자 아니던가. 우리는 무엇 때문에 그 절대자에 기대는가? 수렴해 들어가 보면 인간은 죄인이기 때문이라는 명제에 다다른다. 죄의식은 불안한 존재인 인간에게 보편적으로 내재해 있는 본질이다. 특히 기독교는 인간의 원초적 죄의식을 부각시켜 왔다. 그래서 서구 문화를 죄의식의 문화라고 부르기도 한다. 그렇기에 우리네 유전자에 전해 오는 죄의식은 종교의 신성함을 더욱 우러러 받들게 만든다. 나의 죄를 사하여 줄 유일한 치유책이기 때문이다.

그 신성함에 딴죽을 건 광고가 있다. 고결하고 일상적 욕망으로부터 초연해야 할 고결한 성직자들을 일상적 욕망 중에서도 가장 터부시되는 성적 욕망과 결부시킨 이 광고는 그야말로 마음 다져 먹고 저지른 파격이다. 성직자가 음심을 품는다는 것은 눈에 보이는 도둑질보다 죄질이 더 나쁜 것 아니겠는가.

▶ Benetton

　　신부와 수녀의 키스 신을 담은 '베네통(Benetton)' 광고는 이 분야의 대표적 광고로 알려져 있다. 군더더기 하나 없는 미니멀 아트워크의 정수를 보여주는 이 광고는 에이즈, 전쟁, 사형수 등을 소재로 쇼킹한 장면을 앵글에 담아 늘 사회적 관심을 불러일으켰던 사진작가 올리비에로 토스카니(Oliviero Toscani)의 작품이다. 검은 옷의 사제와 흰 옷의 수녀, 그 둘의 입맞춤으로 화해되는 흑백구도는 선과 악, 죄와 면죄 등의 이분법적 개념이 등 돌리지 않고 서로를 얼싸안고 있음을 보여준다.

　　수많은 키스신이 광고 이미지를 장식해 왔지만 이 광고에서처럼 뜨겁게 표현되지 않았으면서도 뜨겁게 읽히는 경우는 찾기 힘들 것이다. 가장 성(聖)스러워야 할 순간에 가장 성(性)스러운 것을 접목시켰기 때문이다. 이처럼 극과 극이 결합하는 순간에는 언제나 긴장의 파문이 인다. 그러나 이 광고는 너무나 광고적으로 아름답게 치장되어 리얼리티가 살아나지 않는다는 흠집이 있다. 연출된 쇼킹함, 그것이 토스카니 사진의 강점이자 약점이다.

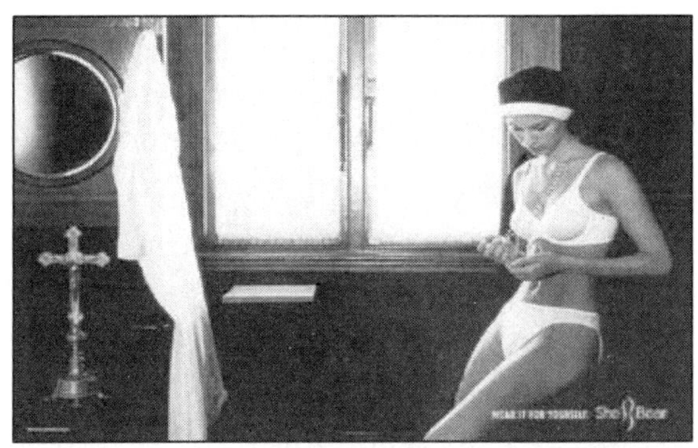

▶ She Bear, "너 자신을 위해 입어라"

　여성 언더웨어 '쉬 베어'(She Bear)광고 역시 세속적인 욕망과 성직의 품위 사이에서 아슬아슬하게 줄타기하는 수녀의 모습을 담았다. 한 수녀가 언더웨어만 착용한 채 목에 걸린 묵주를 손으로 잡고 있다. 음심을 품은 자신을 뉘우치기 위해 묵주기도를 올리는 것일까? 남자에게 보여 줄 일이 없을 언더웨어가 그녀에겐 어떤 의미가 있는 것일까? 카피는 "너 자신을 위해 입어라."

　보여 줄 수는 없기에 더욱 집착이 가는 미묘한 아이러니. 이 광고는 금지된 욕망에 대한 대리 만족을 얻고 싶어 하는 여성의 내밀한 심리를 잘 건드리고 있다. 이 광고속의 수녀는 어쩌면 일생 단 한 번 우연한 기회를 맞이하는 백일몽을 꾸고 있을지도 모른다. 언제 닥칠지 모르는 기회에 대비해 언더웨어에 늘 신경을 쓰는 것은 플레이보이의 철칙이다. 플레이보이와 수녀는 대척점에 있지만 가장 형이하학적인 욕망을 보여주는 내면의 풍경은 이처럼 같을 수도 있는 것 아닐까?

　"이웃집 여자에게 음심을 품었습니다." "하루에 묵주기도 10번을 바치시오." 지금도 성당에서 이루어지는 고백성사의 풍경이다. 인간을 죄의식에서 벗어나지 않게 하려는 기제는 아직도 남아 있다. 푸코가 말한 일망 감시체제, 즉 '파놉티코(panopticon)'고 같은 권력의 장치가 종교화되어 우리 일상에 스며들어 있는 것이다.

　우리는 죄를 고백하고 성직자는 말로써 사하여 준다. 감시와 처벌의 메카니즘이 작동된다. 성직자의 말은 죄를 사하여 주는 절대 권력이다. 두 편의 광고는 그 절대 권력과 대항하고 있다. 솔직히 말하면 까불어 보고 있다.

(4) 리뷰

　리뷰는 원래 책이나 연극, 영화 등을 논평한 글을 말한다. 최근 들어서 지면에 발표되는 리뷰를 보면, 대상에 제한이 없어졌음을 볼 수 있다. 책이나 연극, 영화뿐만 아니라, 상품 리뷰도 있고, 사회 현상에 대한 리뷰도 있다. 리뷰의 대상이 확대된 것처럼 리뷰라는 글도 예전과는 조금 달라졌다.

　리뷰는 대상에 대한 논평이므로 대상을 평가할 수 있는 나름대로의 기준을 갖고 있는 사람에 의해 작성되는 것이 일반적이었다. 즉 해당 분야의 전문가에 의해 작성되던 글로서, 대상에 대한 제공하면서 평가를 곁들이는 글이었다. 비전문가에게 안목을 갖도록 도와주는 글로서의 기능을 많이 하던 글이 리뷰였다. 나름대로 전문성과 대중성의 조화를 추구하던 글이라 할 수 있었다.

　현재의 리뷰는 전문성이라는 점에서 조금 자유롭다. 최근 흔히 볼 수 있는 상품 리뷰들은 그 상품을 먼저 사용한 사람의 사용후기라 말할 수 있는 것들이다. 상품을 사용한 사람이 그 상품의 어떤 점이 좋고, 어떤 점이 불편하더라는 식의 언급하는 수준에서 그친다. 그래서 이런 글을 쓰는 사람이 반드시 상품에 대한 전문적인 지식이나 안목을 갖고 있을 필요는 없다. 먼저 사용한 사람의 입장에서 왜 좋은지, 왜 불편한지를 설명할 수 있으면 된다. 사용한 사람이 초보자이면 초보자의 수준에서 작성하면 되고, 전문가이면 전문가 수준에서 작성하면 된다. 즉 예전의 리뷰가 주로 전문가들이 작성하는 글이었다면, 최근의 리뷰는 누구나 작성할 수 있는 글로 바뀌었다는 점이다.

　리뷰를 작성하려면 전문가와 같은 수준의 안목은 아닐지라도 나름대로 기준을 정하고 대상을 볼 줄 알아야 한다. 그 기준은 대상에 따라서, 작성하는 사람에 따라서 천차만별일 수 있다. 염두에 둘 것은 리뷰는 기준에 따라 대상에 대해 평하는 글이지만, 읽는 사람에게는 대상에 대한 정보를 제공하며 대상에 대한 인식까지도 심어준다는 것이다. 그러므로 리뷰를 작성할 때 자신의 입장에서 대상을 객관적으로 바라보려고 노력해야 함을 잊어서는 안 된다.

❚ **예** ❚ 리뷰(메트로 2008. 6. 2, 40면)

찬란했던 필라델피아 사운드

■세종문화회관 내한무대
국내 연주자와 협연 부조화

지난달 31일 세종문화회관 대극장에서 필라델피아 오케스트라 내한공연이 열렸다.

전날 베토벤 교향곡 '전원'과 차이콥스키 '비창' 연주에 대해 "재치는 빛났으나 영감은 없었다"란 평이 나온 터라 좀 더 유심히 들어보리란 생각이 자리 잡고 있었다. 단원들은 알째감치 무대에 등장, 제각기 연주를 점검하느라 공연 전 무대는 꽤 어수선했다.

첫 곡은 번스타인의 '캔디드' 서곡. 에센바흐는 잽과 훅을 날리며 마치 게오르그 솔티를 연상시키는 근육질의 지휘 동작을 선보였다. 그의 지휘는 시원시원한 현과 목관, 그 위를 타악기와 금관악기가 초콜릿처럼 감싸고 있는 곡의 짜임새를 분명하게 드러냈

지휘자 에센바흐가 내한공연에서 필라델피아 오케스트라를 지휘하고 있다.
사진제공/세종문화회관

다. 겹겹이 싸여 있는 페스트리 빵 같은 작품의 맛을 반 박자 빠르게 뇌리를 스치는 위트로 완성했다.

이어진 모차르트의 신포니아 콘체르탄테 K364는 부악장인 줄리엣 강과 비올라 수석 장중진, 두 한국계 연주자가 협연했다. 두 사람은 악보를 가지고 나와서 서로 쳐다보지도 않고 악보만 보는 다소 딱딱한 연주 매너를 선보였다. 문제는 흘러나오는 음악이었다. 최대한 이들을 맞춰 주려는 필라

델피아 오케스트라 단원들의 노력에도 둘의 연주는 매너와 마찬가지로 지극히 '아마추어적'이었다. 프로답지 못했단 얘기다.

모차르트 음악의 잘 짜인 선율 위에 이들은 불안하게 올라타 가끔 휘청거리며 중심을 잡았다. 고등학교 오케스트라 단원들의 연주보다 재미없는 무미건조한 연주가 되고 말았다. 보는 맛도 없었고 듣는 맛도 없었다. 차라리 막 커 나가는 유망주를 협연자로 내세웠으면

어땠을까. 1악장에 박수를 보냈던 청중은 이 정도의 연주에 커튼콜을 서너 차례나 보냈다. 청중의 이런 모습은 외국 오케스트라가 우리나라 청중을 얕잡아 볼 수 있는 빌미를 제공하기도 한다.

메인 프로그램이었던 쇼스타코비치 교향곡 5번에서 에센바흐와 필라델피아 오케스트라는 찬란한 '필라델피아 사운드'가 언뜻언뜻 나타난 빼어난 연주를 선보였다. 제프리 케이너가 리드하는 플루트를 비롯한 목관악기 군이 벌레스크(burlesque)와 같은 풍자적인 성격을 계속해 공급했고, 일거리 많은 바쁜 공장을 연상시킨 타악기군과 여성 튜바 주자 캐럴 젠치의 웅장한 포효는 세종문화회관의 건조한 음장에도 불구하고 객석 전체를 윤택한 고급 사운드로 채워 놓았다.

앙코르로 들려준 바그너 '로엔그린' 3막 전주곡에서 필라델피아 오케스트라의 뛰어난 현악군과 목관악기 군을 주축으로 한 사운드는 눈부셨다.

1. 최근에 상연된 연극을 보고 관극평을 작성하시오.

2. 신문기사 가운데 자신의 견해와 어긋나는 기사문을 찾아 비판적인 논조의
   비평문을 작성해 보시오.

● 서문과 발문

1. 서문과 발문의 개념

서문(序文)과 발문(跋文)은 책의 본문 앞과 뒤에 붙어 책을 소개하거나 책과 관계있는 사항을 밝히는 글이다. 독자가 책의 본문을 쉽게 잘 이해하도록 도와주는 것이 그 글을 쓰는 목적이다.

서문은 책의 앞에 붙이기 때문에 머리글이나 서언(序言), 서기(序記)라고도 쓴다. 서문은 저자가 쓸 수도 있고, 책의 내용이나 저자를 잘 아는 다른 사람이 쓸 수도 있다. 책의 저자가 직접 쓴다는 것을 드러내려면 자서(自序)라고 표시한다. 서문은 독자가 책의 본문을 접하기 전에 효과적으로 책의 내용에 다가갈 수 있도록 유도하는 길잡이 역할을 한다. 서문에서는 책을 쓴 목적이나 책의 내용을 밝히거나 책을 쓰게 된 경위를 알려줄 수 있다. 또 내용을 수정하거나 판을 바꿀 경우에 서문에 그 내용을 간략히 언급하기도 한다. 저자는 서문에서 책에 미처 쓰지 못한 내용을 언급하거나 책을 쓰면서 도움을 받았던 사람들에게 감사의 말을 전할 수도 있다.

발문에는 본문 내용의 대강이나 책이 간행된 경위, 저자의 면모를 밝히는 글이다. 저자가 쓸 수도 있지만 대부분 저자 이외에 다른 사람이 쓴다. 일반적으로 책의 뒤에 붙기 때문에 본문에 대한 해설의 역할을 하기도 한다. 그러나 냉철한 비평의 시각으로 쓰기보다는 책과 저자를 독자에게 소개하는 데 주력한다. 발문이 광고문은 아니지만 독자와 책·저자를 연결해주는 매개가 되기 때문에 책과 저자의 진가를 잘 밝히면서 호의적인 내용으로 쓰는 경우가 많다.

2. 서문과 발문의 실례

다음 글은 『서양미술사』(백승길 · 이종승 옮김, 예경출판사, 1997)에 실린 저자 E. H. 곰브리치의 한국어판 서문이다. 『서양미술사』는 16차례에 걸쳐 개정증보된 책으로 중요한 개정판마다 쓴 서문이 여러 편 수록되어 있으며, 한국어판으로 출간될 때는 저자가 우리나라 독자를 배려하여 새로 서문을 썼다.

▌예▐ 서문

『서양미술사』 한국어판 서문

나의 저서 *The Story of Art*가 예경출판사에 의해 한국에 번역되어 이렇게 짧은 서문이나마 쓸 수 있게 허락된 것을 한없는 영광으로 생각한다. 거의 50년 전, 이 책을 처음 쓸 당시만 해도 이러한 영광이 오리라고는 정말 꿈에도 생각하지 못했다. 그저 내가 사랑하는 이 학문의 분야에 하나의 가이드를 제시하여 독자들 또한 이 학문을 사랑하게 되기만을 바랐던 것이다. 나는 이 책이 읽고, 암기해야 하는, 그래서 결국에는 학생들 대부분이 싫어하고 등을 돌리게 만드는 교과서로 기술되어서는 안 되겠다고 생각했다. 대신 도판을 선정하고 언급되어야 할 필요성이 있는 작가나 양식들을 선별하는 데 있어서는 나의 관심과 흥미에 따랐다.

이렇게 간단한 방법들이 이제까지 보여준 성공은 참으로 놀랍다. 각국의 독자들은 이 책을 통해서 내가 감탄했던 것들에 대해 감탄하며 어느 정도 내 눈을 통해서 서양 미술의 과거를 보게 된 것이다.

그러나 세계 도처에서 미술에 귀의하는 사람들이 점점 많아질수록 기쁜 일이기는 하나 이러한 접근법의 부정적인 부분이 또한 염려되지 않는 바는 아니다. 나의 개인적인 경험에 근거하여 기술해 나갔음으로 직접적으로 알지 못하는 양식이나 시대는 제외시켜야 했기 때문이다. 이 한국어판을 읽는 독자들이 곧 알게 되겠지만 이 책에는 위대한 한국의 미술이 포함되어 있지 않다. 이것은 내가 한국 미술의 아름다움이나 그 중요성을 인정하지 않아서가 아니라 단지 그 신비로운 불후의 업적들을 직접 경험한 적이 거의 없으므로 한국 미술에 관해서는 이집트나 그리스, 심지어 중국의 미술에 관해서 논할 때 가질 수 있었던 확신을 가지고 집필할 수 없었다. 하지만 나의 한국인 독자들은 어쨌든 자국의 미술을 사랑하고 찬미할 것이므로 멀리 유럽에 있는 작가의 말을 빌리지 않더라도 충분히 자국의 미술에 대해 긍지를 가질 것이라 믿고 내 스스로 위안을 삼고자 한다.

1993년 9월 런던에서
E. H. 곰브리치

다음의 발문은 김택근의 『뿔난 그리움』(꿈엔들, 2003)에 수록된 신대철 시인의 발문이다. 저자와의 오랜 친분을 바탕으로 저자의 인간적인 면모를 밝히는 데 중심을 둔 발문이다.

‖ 예 ‖ 발문

지평선에서 오는 사람

이 산문들이 경향신문에 연재될 때 나는 애독자였다. 짧지만 예리한 산문들을 읽으며 세태 비판에 공감하고 깊은 감동을 받았다. 예기치 않게 이 좋은 산문에 덧붙이는 글을 쓰려 하니 긴장이 된다. 아마 분에 넘치는 일이기 때문일 것이다. 이 산문집에서 받게 될 신선한 감동적 내용에 대해서는 앞으로 설레면서 읽을 독자분들께 맡기기로 하고 나는 다만 이 산문들을 있는 그대로 읽게 할 수 있는 그의 시와 인간적 면모에 대해서만 말하기로 한다.

김 시인은 아직도 시집 한 권 내지 않은 시인이다. 그런 그가 시집보다 먼저 산문집을 낸다. 얼핏 생각하면 낯설겠지만 그의 창작 경력을 아는 친구들은 자연스럽게 여길 것이다. 김 시인은 T고등학교 재학시절부터 소설을 썼다. 소설가 지망생이었다. 앙리 보스코의 「아이와 강」이나 황순원의 「소나기」 같이 신비스럽고 순수한, 동화적인 사랑 이야기를 발표하여 주목을 끌었다. 당시 그의 담임교사였던 나는 그의 역동적 상상력과 자연 이미지에 매료되어 시도 함께 써 보라고 권유했다. 그는 늘 1등만 하는 모범 장학생이었다. 공부만 하지 말고 소설도 아닌 시를 써 보라는 담임의 부탁에 한동안 마음고생이 심했으리라. 그는 내 권유를 받아들

여 시와 소설을 함께 썼지만 동국대학교에서 주최한 문예작품 공모에 소설이 입선
되면서, 그리고 그 소설로 동국대학교 국문과에 진학하면서 시와 거리를 두게 되
었다. 그로부터 세월이 한참 지난 뒤에야 김 시인은 그의 시적 재능을 아끼시던
혜산 박두진 선생님의 추천을 받아 『현대문학』으로 등단했다.

　이제 김 시인도 시집을 낼 때가 되었다. 내가 아는 한, 김 시인의 작품은 발표
안한 것까지 합치면 시집 두 권 분량이 넘는다. 만날 때마다 재촉해 보지만 그는
언제나 머리칼을 쓸어 넘기거나 빙긋이 웃는다. 그럴 때마다 나는 문득 그가 태어
난 곳, 청보리밭이 끝없이 펼쳐진 광활 들마을을 떠올리곤 한다. 지평선 마을인
광활에 가면 길가 어디서나 마주치게 되는 그 풋풋하고 싱그러운 웃음, 나는 그
웃음 앞에서 그저 지평선을 보는 것으로 만족할 수밖에 없다. 내가 지평선을 바라
보고 있는 동안 그는 아마 광활에서 천천히 지평선을 넘어 그의 시의 고향인 신태
인까지 걸어갔다 올지도 모른다.

　평야가 무엇인지도 모르고 새떼를 쫓고 우렁을 잡고 연 날리고 논두렁길을 걸
어 노을이 지는 곳까지 한없이 가다 몇 번이나 되돌아왔을 꿈같은 유년시절, 말보
다 먼저 몸으로 땅과 하늘이 맞붙은 곳을 익히고 물과 바람과 사람을 사랑하고
그리워한 유년 시절, 그 아름다운 유년 시절에 대한 추억은 살붙이와 살붙이 같은
이웃들이 하나 둘 고향을 떠나고 김 시인도 고향을 떠나면서 낯설게 되었다.

　　　신태인서 감곡 가는 길 옆, 태화동
　　　서울에서 모셔온, 어머니를 놓아 드리고
　　　주저앉은 집들을 일으켜 세우며
　　　마을로 들어서자, 낯익어 낯설구나.

　　　아버지들은 왜 일찍 그것도 일제히 세상을 떴을까
　　　나이 들어 과부랄 수도 없는 어머니들만
　　　지고 온 세월을 부리고 있지

　　　가겟집 아줌마는 어느 순간에 할머니가 되었을까
　　　창선네 어머니는 서울 딸네집에 가고
　　　연순네 어머니는 일본 딸네집 가고
　　　진수네 할매는 진수따라 서울로 가고

문기네 어머니는 문기 따라 돌구지로 이사가고
그래, 도톰했던 빵집아줌마는 일찍 돌아가셨지
어디로 누구따라 가셨을까?
방환이 형네 어머니만 혼자 남아 마을을 지키네
배에 물이 차는 병에 걸려
꺼이꺼이 울음까지 차도만

-〈귀향, 들어가면 비어 있는〉 앞부분

고향을 떠났던 사람들은 누구나 다 느끼는 일이지만 시간이 흐른 뒤에 고향에 들어서면 세상의 중심이었던 마을은 들 한 구석에 줄어들어 있고 다닥다닥 붙은 집들은 지평선보다 낮아져 있다. 이 시의 시적 화자처럼 낮은 집을 일으켜 세우지 않고서는 마을로 들어설 수 없다. 맑은 시냇물 밑바닥 모래 알갱이에 어른어른 스치던 그림자를 들여다보다 문득 마주치던, 자신도 모르게 우주의 기운이 몸속으로 들어와 밤새도록 두근대던 그 신성한 영혼을 다시 맞아들이지 않으면 고향에 들어설 수 없다. 그 신성한 영혼의 눈을 뜰 때 마을은 세상의 중심이 되고 들길은 지평선을 향해 뻗어나가고 들길이 외치는 소리가 들려온다. 하이데거 식으로 말하면 '들길에서 일어나는 바람 속에 태어나서 들길에서 나는 소리를 알아들을 수 있는' 내력을 가진 사람으로 다시 돌아가야 고향에 돌아올 수 있으리라.

이 시의 시적 화자는 서울살이에서 벗어나고 싶어 하는 어머니를 마침내 고향으로 모셔와 들길에 '놓아드리'면서 어머니의 삶의 근거였던 고향 사람들을 찾아보고 놀란다. 고향은 늙은 병인만 남아 있을 뿐 더 이상 들길이 외치는 소리를 함께 들으며 소박하게 살아갈 수 있는 곳이 아니기 때문이다. 그래서 시적 화자는 하이데거와는 달리 들길이 외치는 단순성, 상주성, 항상성 대신에 그의 삶의 근거지였던 문기네, 진수네, 연순네, 창선네, 방환이 형네를 호명한다. 고향 마을이 잃은 것은 들길이 외치는 소리가 아니라 그 소리를 함께 들으며 살아갈 사람들인 것이다.

이 시의 생명적인 힘은 수사적 표현 없이 전개되는 사실적 내용과 과감한 생략 등에서도 찾아 볼 수 있겠으나 무엇보다도 시적 화자의 영혼의 눈만으로는 볼 수 없는 황폐한 마을 공동체의 붕괴를 어머니의 눈으로 확인하고 있는 데에서 온다. 시적 화자의 영혼의 눈으로 어머니의 눈에 비친 고향을 본, 이 효심이 가득한

시를 누가 감동 없이 읽을 수 있겠는가.

이 산문들을 읽는 행복한 독자분들은 글 어디서나 이 시 속에 나타난 영혼의 눈을 마주치게 되고 그 영혼으로 본 어머니의 눈빛을 느낄 것이다. 우리가 사는 일에 매여 우리 손으로 효순이와 미선이의 추모비 하나 세우지 못하고 우리가 모르는 사이 나와 너의 존재가 사물의 존재로 전락하고 있을 때 그 눈빛은 더 고통스럽게 느껴질 것이다.

이 시의 감동이 유지되는 동안 그의 산문 한 토막을 함께 읽어 보는 것으로 이 글을 끝내기로 하자.

"한 시대가 저물었다. 명예도 바래고 권좌도 늙는다. 당신의 역할도 끝났다. 이제는 할아버지로 돌아가야 한다. 고향 하의도나 아니면 마포에서 인자한 이웃집 할아버지로 살아갔으면 좋겠다. 이제는 비범을 버리고 평범을 배워야 한다."

-「할아버지 김대중」에서

- 자신이 최근에 읽은 책 중에 적당한 것을 골라, 책 앞부분에 수록한다고
  가상하고 독자에게 추천하는 내용의 서문을 써보시오.

1. 광고 카피의 개념

광고는 자본주의의 첨병이다. 자본주의 사회에서 광고는 그것을 만들어낸 시대의 욕망을 반영할 뿐만 아니라 그 욕망을 조장하거나 창조하기도 한다. 어떤 제품을 만든 회사(광고주)가 광고회사에 의뢰하여 그 제품을 널리 알림으로써 판매를 촉진시키고자 할 때, 그 제품은 대개 소비자가 필요로 하는 제품일 경우가 많다. 그런데 광고가 소비자의 숨겨진 욕구를 자극하여 어떤 제품에 대한 필요를 생산하기도 한다. 즉 필요하기 때문에 구매할 뿐만 아니라, 구매할 수 있기 때문에 필요한 상황이 발생한다. 이렇게 광고는 생산자와 소비자 사이에서 그들의 욕망을 반영할 뿐만 아니라 조장하거나 창조하고 재화의 생산과 소비를 추동함으로써 자본주의의 전개를 가속화하는 데 크게 기여한다.

광고는 소비자가 제품에 대한 욕구를 느끼게 하여 그것을 사도록 만드는 행위이다. TV광고와 라디오광고는 각각 영상·소리, 소리로 표현되며 소비자의 시각과 청각을 통해 전달된다. 특히 감각적으로 짜인 영상은 소비자의 뇌리에 강한 인상으로 각인되어 구매 욕구를 효과적으로 자극하는 경우가 많다. 영상 매체의 급속한 발전은 영상광고가 광고의 주류를 이루게 하는 데 커다란 영향을 끼치기도 하였다.

그에 비해 인쇄광고, 그 가운데 카피가 중심이 되는 문자광고는 글의 형태로 표출되기 때문에 글이 지니고 있는 일반적인 기능과 특성을 가진다. 물론 영상광고에도 카피가 결정적인 역할을 하기도 하지만 감각적인 충격과 그 효과에서는 문자광고가 영상광고를 따를 수 없다. 그렇지만 문자광고도 영상광고가 갖지 못하는 장점을 지니고 있다. 그것은 문자 매체가 가지고 있는 사물의 추상적 특성에 대한 개념화의 기능 때문에 가능한 것이다. 즉 문자광고는 사물의 감각적 이미지보다 사물의 내용(의미)에 집중하며 그 내용을 개념화하는 데 주력한다. 그리하여 제품에 대한 내용이 복잡하고 많을지라도 문자로 쉽게 개념화되어 소비자에게 전달할 수 있으며, 그 내용을 문자라는 그릇에 담아 오래 지속시킬 수 있다는 특징을 갖는다. 그러므로 문자 혹은 글의 근원적인 특성을 고려하여 카피를 구상하고 써 본다면 적지 않은 도움이 될 것이다.

하나의 카피가 나오기 위해서는 상당히 많은 준비가 필요하다. 카피라이터가 광고할 제품에 대해서도 잘 알아야겠지만 제품이 팔릴 시장에 대해서도 충분히 조사해야 한다. 또한 광고주와의 원만한 의사소통도 중요하다. 무엇보다 소비자의 성향을 자세히 아는 것이 필요하다. 카피라이터는 단순히 글을 쓰는 사람이 아니므로 마케팅과 관련한 넓은 지식을 갖추어야 한다. 또한 대개의 인쇄광고는 사진이나 그림 같은 시각적 표현과 카피가 어우러지므로 카피라이터는 디자인이나 미술, 더 넓게는 예술 전반에 대한 감각과 지식을 지닐 필요가 있다. 이렇듯 복잡한 광고의 과정에서 이루어지는 한 부분이 카피라이팅이라는 이해가 있어야만 적절한 카피 작성이 가능하다.

실용글을 다루는 이 장에서는 직업적인 카피라이터가 되기 위한 목적으로 카피를 검토하는 것이 아니다. 카피가 지닌 언어의 효과적인 표현, 독자에 대한 호소력 등을 살펴보고 실제 카피라이팅을 연습하여 실용글쓰기의 전반적인 능력 향상을 꾀하는 것이 목적이므로, 마케팅의 관점보다는 글쓰기의 관점에서 카피를 접근하도록 한다.

2. 카피의 구성

㉠ 맥주의 90%는 물

어느 맥주를 드시겠습니까?

㉡ 이제 소백산맥 지하 150m의 100%

암반 천연수로 만든 하이트를 드십시오.

㉢ 탄수화물 3~4.5%, 알콜 3~6%를 빼고 나면 맥주의 90%는 물—물은 맥주
맛을 좌우하는 맥주의 생명입니다. 그렇다면 어느 맥주를 드시겠습니까?
일반물을 섞어 만든 지금까지의 맥주를 드시겠습니까?
소백산맥 지하 150m의 100% 암반 천연수로 빚은 하이트를 드시겠습니까?
맥주의 90%인 물이 전혀 다른 만큼 맛이 전혀 새로운 하이트,
지금 맛보십시오.
그 순수하고 깨끗한 맛에 놀라실 겁니다.

위의 광고는 신문에 실린 맥주 광고 카피다. ㉠은 헤드라인, ㉡은 서브헤드라인, ㉢은 바디카피다. 대체로 카피는 이렇게 세 단계로 구성된다. 각 구성 단계별로 작성 방안에 대해 알아보자.

(1) 헤드라인

헤드라인은 카피에서 소비자의 관심을 끌게 하는 가장 중요한 부분이다. 많게는 광고 효과의 80%가량이 헤드라인에 달려 있다고 할 수 있다. 헤드라인의 기능은 촌철살인(寸鐵殺人)의 말로 소비자의 이목을 끌어 마음을 움직이게 하는 것이다. 헤드라인은 가장 눈에 뜨일 만한 자리에 위치하며 서브헤드라인이나 바디카피보다

크고 굵은 글씨로 작성된다. 그러므로 강렬한 내용이나 표현을 해야 하며 그것으로 소비자의 주의를 끌어야 한다. 간결하고 명확한 표현으로 내용을 전달해야 하며, 헤드라인에서 끌어들인 관심을 바디카피까지 이어나갈 수 있도록 유도한다.

그 밖의 작성요령은 다음과 같다. 첫째, 그 매체(신문)를 구독하는 독자의 수준에 맞게 적절한 어휘를 구사해야 한다. 한자나 외국어, 전문용어를 되도록 쓰지 않도록 한다. 둘째, 마치 옆 사람에게 대화하듯이 친근한 용어와 표현을 사용해야 한다. 셋째, 불필요한 과장 표현이나 형용사, 부사의 남발을 피해야 한다. 넷째, 머릿속에 무언가 이미지가 그려질 수 있는 인상적인 표현 방법을 강구해야 한다.

(2) 서브헤드라인

서브헤드라인은 헤드라인과 바디카피 사이에 위치하는 것이 보통이지만 광고면 어디에나 놓일 수 있다. 서브헤드라인의 기능은 헤드라인에서 못다 한 이야기를 확대시킬 뿐 아니라 다른 정보를 추가하는 것인데, 더욱 중요한 것은 헤드라인에서 잡은 초점을 확실하게 강조하는 것이다. 그 표현이 헤드라인만큼 기발하고 강렬하지는 못해도 그에 버금갈 만큼 헤드라인을 받쳐주어야 한다. 헤드라인보다 작은 글자로 표시하며 1~3줄의 짧은 길이가 적당하다.

(3) 바디카피

바디카피는 헤드라인과 서브헤드라인을 읽고 난 소비자에게 더 상세한 정보를 줄 필요가 있을 때 작성된다. 바디카피는 광고가 의도하는 내용을 표현해야 하며 그 제품을 구입할 경우 소비자가 어떤 이득을 얻는지 구체적으로 말해주어야 한다. 바디카피는 짧은 문구가 아닌 한 편의 완결된 글로 표현해야 하기 때문에 숙련된 문장력을 요구한다. 짧고 신선한 문장으로 시작하여 제품의 특성을 선명하게 보여주고 마지막 문장은 소비자가 구매할 수 있도록 촉구하는 것이 좋다.

광고에 바디카피까지 붙는다면 긴 내용의 카피가 되는데 보통 낯선 제품, 고가의 제품은 카피를 길게 쓰는 경우가 많다. 소비자가 낯선 제품일 경우 제품의 정보를 상세하게 알기를 요구하고, 고가의 제품일 경우에도 제품을 신중하게 고르려는 경향이 있기 때문이다. 또한 이성적인 내용일 때는 카피 길이를 길게, 감성적인 내용일 때는 짧게 쓴다.

※ **슬로건** : 슬로건은 한 기업이 광고에 반복해서 사용하는 짧은 문구나 문장이다. 기업의 생각이나 주장, 상품의 특성을 장기간 반복하여 나타내 좋은 인상을 각인시키는 기능을 한다. 가령, "또 하나의 가족"(삼성), "소리 없이 세상을 움직입니다"(포스코), "just do it"(나이키), "우리 강산 푸르게 푸르게"(유한 캠벌리), "고향의 맛"(제일제당 다시다), "사람을 향합니다"(SK텔레콤) 등이 그 예다.

➡ 위의 하이트맥주 카피는 1990년대에 신문에 실린 것이다. 당시 국내 맥주업계는 OB맥주가 점유율에서 부동의 1위를 차지하고 있었다. 조선맥주는 하이트맥주를 내세워 30%가량에 지나지 않던 시장점유율을 획기적으로 끌어올려 10년 이상 1위를 유지하였다. 급기야 1998년에는 회사 이름을 조선맥주에서 하이트맥주로 바꾸기까지 하였다. 맥주업계에서 하이트맥주의 도약은 사실 광고 전략에 힘입은 부분이 크다.

하이트맥주 광고 카피에서 헤드라인 부분은 사람들이 보통 고려하지 않는 맥주 재료로서의 물을 환기시키고 있다. 맥주 재료의 90%가 물이라는 것을 언급하여 맥주에서 물이 얼마나 중요한가를 일깨우고 있다. 헤드라인에서 끌어들인 관심이 서브헤드라인으로 이어지고 있는데, 하이트맥주는 맥주에서 그토록 중요한 물로 '소백산맥 지하 150미터의 100% 암반 천연수'를 쓴다는 사실을 강조하였다. 위의 카피에서 가장 중요한 강조점이 헤드라인이 아닌 서브헤드라인에 놓여 있다는 점이 보통의 카피와는 다르다. 그러나 제품이 소비자에게는 낯선 특성을 지니고 있으며 기존의 제품과 차별화되었다는 것을 확실히 강조했다는 점에서 위의 광고는 굉장한 효과를 얻고 있다. 다만 바디카피가 앞서 말한 내용을 중언부언하는 경향이 있어 흠이지만 제품의 특성에 대한 강조로 여길 수 있다.

3. 광고의 다양한 표현 방법

(1) 헤드라인의 표현 형식

1) 뉴스 고지(告知) 형식

- 드디어 음성다중TV 등장
- 세계 최초, 우주 항공 기술이 주방에 들어왔다 (동양매직)

2) 효용이나 편익을 내세우는 형식

- 호텔의 편리함을 오피스텔로 옮겼다
- 코트를 30% 싸게 사는 방법

3) 단정 형식

- 더 이상 이런 아파트는 없다
- 침대는 가구가 아닙니다. 과학입니다
- 무소속이 아닙니다. 성동구 소속입니다 (국회의원 선거)

4) 증언 · 실증 형식

- 써봤더니 역시
- 7, 8, 9월 3개월 간 무려 20,000여 분 이상이 분양 문의를 해오셨습니다
- 부산의 아파트 주민 중 72%는 백화점이 너무 멀다고 생각한다

5) 주장 · 제안 형식

- 대한민국에 이런 컴퓨터 한 대쯤은 있어야 한다고 매직 스테이션은 생각
  합니다
- 좋은 집은 속 보고 고르세요
- 자, 남편들도 빨래를 하자

6) 암시 · 경고 형식

- 수출도 못 하는 무스탕을 입고 계십니까?
- 혈액 순환 장애 - 몸이 알면 늦습니다
- 불안하고 초조하십니까?

7) 질문 · 의뢰 형식

- 당신은 하루에 우유를 몇 병 마십니까?
- 당신의 간은 건강하십니까?
- 왜 유산균 발효유는 매일 마셔야 할까요?

8) 비교 · 논쟁 형식

- 닦지 말고 씻으세요 룰루 (웅진 룰루 비데)
- 3기통 경차를 탈 것인가? 4기통 경차를 탈 것인가?

9) 정서 유발 형식

- 남자느낌-마에스트로
- 또 다른 세상을 만날 땐 잠시 꺼두어도 좋습니다 (SK텔레콤)
- 여자는 아내보다 아름답다 (동서식품 프리마)
- 이 세상 가장 향기로운 커피는 당신과 마시는 커피입니다 (동서식품 맥심)

- 나를 알아주는 커피가 있다 (맥스웰하우스 캔커피)

- 그녀가 아름다운 건 내게서 조금 떨어져 있기 때문이다 (레쓰비 캔커피)

- 사랑이라 부르면 무겁고, 좋아한다 말하면 가볍다 (하이트 맥주)

- 크리넥스로도 닦을 수 없는 그리움이 있다 (크리넥스)

- 캔비어의 빈 깡통과 깨진 사랑은 가까운 쓰레기통으로 (산토리 캔비어
  - 일본)

(2) 헤드라인에 적용하는 수사법

1) 직유법

- 가족같이 든든한 새마을금고

- 오염 없는 피부, 이슬 같아요

- 산소 같은 여자 (마몽드)

2) 은유법

- 결코 닫히지 않는 도서관 (브리태니커 백과사전)

- 좋은 집은 평생 보약

- 자연을 담는 큰 그릇 (풀무원)

- 바지 속의 정장 (보디가드)

- 달리는 생명보험 (미쉐린 타이어)

- 가스비 다이어트 (에스라인 콘덴싱 보일러)

- 내 피부 속에 남자가 숨어있다 (로제화장품)

3) 활유법

- 돌침대가 숨을 쉰다

- 속이 후련한 아파트

- 정직한 정수기로 알뜰하게 삽시다

- 스포츠는 살아있다 (아디다스)

4) 대조법 · 대구법

- 3개나 틀렸네. 3개밖에 안 틀렸네 (눈높이)

- 모두가 갖고 싶어 하는 차, 모두가 탈 수는 없는 차 (재규어)

- 문화는 수입했지만 기술은 수출합니다 (에이스침대)

5) 두운법

- 꿈의 기술, 꿈의 복사기

- 누가 깨끗한 시대를 말하는가, 누가 깨끗한 소주를 말하는가

6) 각운법

- 관절염 퇴장, 근육통 퇴장

- 전통 100년, 도전 100년 (두산그룹)

- 아이도 크고 선생님도 크고

7) 역설법

- 피자보다 맛있는 피자

- 성실한 직장인일수록 위험하다

- 여성들이여 잠구러기가 되자 (에바스)

8) 중의법

- 역시 노는 바닥이 달라 (LG 황토방)
- 저도 알고 보면 부드러운 여자예요 (맥심 모카골드)
- 얼굴 펴고 사세요 (아이오페 레티놀 2500)
- 그녀의 자전거가 내 가슴 속으로 들어왔다 (빈폴)
- 여자의 모험은 내부에서 시작된다 (와코루)

9) 아포리즘

- 세월의 깊이에는 가치가 있다 (진로)
- 아내는 여자보다 아름답다 (동서식품 프리마)
- 믿음보다 더 큰 저축은 없다 (현대증권)

10) 패러디

- 유비무암(有備無癌) (삼성생명)
- 길고 짧은 것은 써 봐야 안다 (듀라셀 건전지)
- TV or Not TV? (대우전자)
- 청춘은 짧고 노후는 길다 (신한은행 개인연금신탁)

11) 도치법

- 해냈다 LG 싸이언!
- 소문내지 말자, 이 아파트!

12) 자존심 자극

- 행복한 단 한 분만을 위한 디자이너스 키친
- 모피는 그 여자의 오늘을 말해준다 (진도 모피)

- 대한민국 1% (렉스톤)

13) 감각화

- 올록볼록 화장지
- 향기로 목욕하세요.
- 고향의 맛 (다시다)
- 여자보다 촉촉한 세상은 없다 (헤르시나)
- 끈적거리는 남자는 싫다, 끈적거리는 에센스는 더욱 싫다 (에바스)
- 낯선 여자에게서 그의 향기를 느꼈다 (오버클래스 아이디)

‖ 참고자료 ‖

김원규, 카피, 카피라이팅, 카피라이터, 나남, 1993.
김홍탁, 광고, 대중문화의 제1원소, 나남, 2000.
______, 광고 리비도를 만나다, 동아일보사, 2003.
박영준 외, 광고언어론, 커뮤니케이션북스, 2006.
이성구, 광고 · 크리에이티브론, 나남, 1999.
이인구, 이교수의 광고특강 카피 한 줄의 힘, 컴온북스, 2002.
이화자, 광고표현론, 나남, 1998.

▌연습문제▐

1. 외국의 고등학생을 대상으로 자신이 다니는 대학교의 신입생을 모집하는 카피를
   작성하시오.

     * 헤드라인

     * 서브헤드라인

     * 바디카피

2. 환경문제를 내용으로 공익광고의 카피 헤드라인을 세 개만 작성하시오.

     1)

     2)

     3)

● 기사문

1. 기사문의 개념

기사문은 소식을 전하는 글이다. 기사문을 뉴스(news)라 부르기도 한다. 기사문
에는 두 가지 필요조건이 있다. 즉, 새로워야 하고, 가치가 있어야 한다는 것이다.
첫째, 기사문이 새로워야 한다는 것은, 기사문이 전하는 소식이 그것을 접하는
사람에게 그 이전에는 모르고 있던 새로운 사실(fact)로 전달되어야 한다는 것이다.
다 알고 있는 사실을 똑같이 전하는 글이라면 온전한 기사문이라 할 수 없다. 여기
서 기사문이 사실을 기록하고 전달한다는 것은 매우 중요한 의미를 지닌다. 아무리
그 소식이 새로울지라도 그것이 사실과 위배된다면 기사문의 생명은 사라지기 때문
이다. 그러므로 기사문을 쓰는 태도가 객관적이고 공정해야 한다. 또한 기사문은
그 내용이 독자에게 신속하게 전달되어야 새로운 사실로서 작용할 수 있다. 기사문
을 작성할 때 사실을 잘 표현하기 위한 대표적인 기술방법으로 육하원칙(5W1H)의
구체적인 적용을 들 수 있다. 또한 정확하고 간결한 문장을 쓰고, 누구나 쉽게 이해
할 수 있는 어휘를 구사하는 것도 기사문 작성의 필수적인 기술방법에 해당한다.
둘째, 기사문이 가치가 있어야 한다는 것은, 기사문이 그것을 접하는 사람에게
원하는 정보를 제공해야 한다는 것이다. 물론 어떤 소식이 새롭지 않거나 사실과
다르다면 그 기사문은 가치가 없다. 거기에 더하여, 기사문은 독자들에게 필요한
정보를 제공해야만 기사문으로서 효용을 지닌다. 그 정보는 사람들이 발견하기 어렵고
중요하게 생각하지 않지만 꼭 드러내어 알릴 필요가 있는 사실일 때 더 큰 가치를
지닌다. 예를 들어, 누구에게나 적용될 수 있는 의료보험제도의 허점을 파헤친다든지
어린이가 즐겨 먹는 어떤 제품에서 그동안 발견되지 않았던 치명적인 결함을 찾아내
알리는 것은 기사문이 할 수 있는 훌륭한 역할이다. 가치가 있는 기사문은 독자들이
긴요한 지식을 취하거나 사회와 세계에 대한 시각을 세우고 바꿀 때 결정적인 자료가

되기도 한다. 기사문은 여론을 반영하면서 나아가 여론을 이끌기도 한다.

2. 기사문의 종류

기사문은 기준에 따라 다양한 양상으로 구분할 수 있다. 크게는 보도기사(news story)와 특집기사(feature story), 보도기사와 연재기사로 나눌 수 있다. 그리고 기능에 따라 보도기사, 논평기사, 흥미기사로, 내용에 따라 정치기사, 경제기사, 사회기사, 사회기사, 문화기사, 스포츠기사, 각종 사건·사고기사 등으로 나눌 수 있다. 언론학자에 따라 기사문의 종류를 더 세분화하기도 하지만 우리나라 신문에서 쉽게 볼 수 있는 기사의 형태를 일곱 가지 정도로 살펴볼 수 있다. 각각의 개념들이 꼭 배타적 속성을 지니지 않고 일부가 서로 겹치거나 하나가 다른 것에 속하기도 한다.

1) 보도기사(news story)

신문에서 가장 흔히 볼 수 있는 형태의 기사이다. 스트레이트 기사(straight news)라고도 한다. 보도기사는 다른 형태의 기사보다도 객관성이 더 중시된다. 따라서 보도기사에 기사를 쓰는 사람의 견해가 들어가서는 안 된다. 객관적 사실을 전달하는 보도기사 외에도 독자에게 정보와 흥미를 동시에 주기 위한 보도기사도 있다. 그럴 경우 독자가 흥미를 가질 만한 내용을 추가하거나 딱딱한 내용을 부드럽게 풀어서 전하기도 한다.

2) 사설(社說)

논설의 일종으로 사회에서 당장 벌어지고 있는 시사적인 사안에 대해 자사(自社)의 견해나 주장을 제시하는 글이다. 어떤 사안에 대해 주필과 논설위원이 합의하여 견해와 주장을 결정한 뒤 그 가운데 한 사람이 무기명으로 집필한다. 개인의 주관적 견해를 금하는 것을 원칙으로 한다.

3) 논평(論評)

논평은 일반 기자가 쓰기보다는 논설위원이나 경력이 많은 기자, 혹은 한 사안과 밀접한 관련이 있는 분야의 전문가가 쓰는 글이다. 단지 사실만을 보도하는 데에서 그치지 말고 그 사안에 관한 깊이 있는 내용을 담아야 한다. 중요 사안에 대한 논평자의 전문가적 의견이나 분석적 평가가 필수적이다.

4) 칼럼(column)

칼럼은 신문 지면의 한 단(段)을 지칭하는데, 원래 1단 기사의 형태로 나가는 정기적 단평란을 말한다. 동아일보의 '횡설수설'이나 조선일보의 '만물상'은 많이 알려진 칼럼의 예이다. 칼럼을 쓰는 사람을 칼럼니스트라고 한다. 칼럼의 의미는 원래의 뜻에서 확장되어 논평, 시사평론, 에세이 등과 유사할 정도로 변화하기도 하였다.

5) 인터뷰(interview)

인터뷰는 면접자(interviewer)와 피면접자(interviewee)가 만나 이루어지는 기사문이다. 면접자인 기자가 독자의 입장에서 피면접자에게 궁금한 내용을 대화하듯 직접 질문하여 대답을 이끌어내는 기사문이므로, 흥미를 유발하기 용이하고 섬세한 접근이 가능하다. 때로는 면접자의 요구에 따라 피면접자가 숨기고 싶어 하는 정보까지도 최대한 이끌어낼 수 있다는 장점이 있다.

6) 르포

프랑스어 르포르타주(reportage)에서 온 말로 '보고'라는 뜻을 갖는다. 현지보고기사, 현지탐방기사로 부를 수 있다. 여타의 기사문보다 생생한 현장성을 더욱 중시한다. 이슈의 현장에 기자가 직접 뛰어들어 마치 독자가 그 상황을 들여다보는 것처럼 쓰는 기사문이므로 글이 실감이 나게 표현되지만 글 쓰는 사람의 주관이 글에 직간접적으로 반영되기도 한다. 르포가 문학에서는 기록문학, 보고문학으로 유형화되기도 한다.

7) 공고(公告)

어떤 사안을 다루는 글이 아니고 또한 단편적이기 때문에 일반 기사문으로 보기 어려운 점도 있으나 어디까지나 소식을 전달한다는 측면에서 기사문에 해당한다. 일반적으로 자사의 행사나 모집 등의 사항을 광고하거나, 중요인사의 부고, 이직 등의 사항을 짤막한 어구로 알린다.

3. 보도기사문의 구조

1) 역피라미드형

사안의 중요한 핵심이 앞부분에 요약적으로 제시되고, 그 다음으로 중요한 내용을 뒷받침하여 세부적인 내용을 채워가는 형식이다. 독자가 전체를 다 읽지 않고 요약 부분만 읽어도 전체 내용을 충분히 파악할 수 있도록 하는 구조이다.

2) 피라미드형

앞부분에서는 주로 독자의 흥미를 끌 만한 내용으로 가볍게 시작하다가 점점 중요한 내용을 드러내어 긴장감을 끌어올리고 마지막에 핵심을 제시하는 구조이다. 주로 특집기사(feature story)나 의견을 전달하는 기사에 사용된다.

3) 혼합형

역피라미드형과 피라미드형을 혼합하여 쓴 구조이다. 수정된 역피라미드형이라고도 불리며 가장 보편적으로 사용되는 구조이다. 혼합형은 앞부분에 요약적인 내용을 먼저 제시하고 나머지 본문을 피라미드형으로 이끌어가는 방식을 취한다.

4. 보도기사문의 형식

<table>
<tr><td>표제 →</td><td>

파멸부른 '名品 중독'

</td></tr>
<tr><td>부제 →</td><td>

女경리, 회사 카드로 '6억 쇼핑'
삼촌이 운영 중소기업 거덜내

</td></tr>
<tr><td>전문 →</td><td>

'명품(名品)'에 눈이 멀어 회삿돈 6억5000여만 원을 빼돌린 뒤 흥청망청 명품을 쇼핑해온 중소업체 여(女)경리 직원과 그 친구(무직)가 쇠고랑을 찼다. 그 바람에 회사는 부도 위기에 빠진 것으로 알려졌다.

</td></tr>
<tr><td>본문 →</td><td>

삼촌이 운영하는 중소업체 K금속의 금고를 관리하던 경리 최모(여, 31)씨가 '딴 주머니'를 찬 것은 지난 2000년 8월~작년 9월 사이. 최씨는 그 기간 동안 대학 동창생인 김모(여, 31, 무직)씨와 함께 신용카드 17장을 발급받았다. 이후 이들은 무려 605차례에 걸쳐 서울 압구정동 등에서 한 벌에 수백만 원을 호가하는 외제 옷과 신발 등 6억5000여만 원 어치의 명품을 카드로 사들였다. K금속은 작년 매출이 25억 원에 불과한 영세업체다.

최씨는 시가 1400만 원짜리 에르메스 가방을 할부로 구입하고 남자 친구가 중형차를 사는 데 회사에서 빼돌린 700만 원을 보태주기도 했다. 이들은 일본, 싱가포르, 홍콩 등으로 6차례에 걸쳐 해외 원정 쇼핑까지 나가 한번에 400만~1000만 원 정도를 썼다. 카드 대금은 모두 삼촌 회사에서 매월 수천만 원씩 자신의 통장으로 빼돌린 돈으로 막았다.

검찰 관계자는 "최씨의 장롱 3개는 수백 벌의 옷과 40여 개의 가방으로 가득차 있었지만 한 번도 사용하지 않은 명품이 태반이었다"며 "친구 김씨의 경우 명품이 싫증나면 친구들에게 그냥 주거나 심지어 버리기까지 했다"고 고개를 절레절레 흔들었다.

최씨는 검찰에서 "사흘에 한 번 꼴로 명품 쇼핑을 했으며 명품을 살 때마다 기분이 좋아졌다고 말했다.

최씨 삼촌은 "회사 사정이 나아졌는데도 자금에 여유가 없어 조카를 추궁하다가 충격적인 사실을 알게 됐다"며 어이없어 했다. 최씨는 사건이 터지자 구입한 명품을 인터넷을 통해 중고로 팔아 2억 원 정도를 회사에 돌려줬지만, 아직 1억여 원의 카드대금은 남아 있는 상태다.

『조선일보』 2004. 4. 24.

</td></tr>
</table>

보도기사문은 보통 제목과 본문으로 구성된다. 제목은 편집데스크, 즉 편집국장과 편집국 간부들이 상의해 결정하고 본문은 취재기자가 작성한다. 제목은 표제와 부제로 나눌 수 있고 본문은 전문(前文), 본문, 해설로 나눌 수 있다. 위의 기사문은 혼합식 구조의 기사문으로 해설은 빠져 있다. 예시를 참고로 하여 기사문 각각의 부분에 대한 개념과 작성방법을 살펴보자.

1) 표제

헤드라인이라고도 한다. 표제는 기사문의 핵심을 담는 가장 큰 제목이다. 기사문이 다루고 있는 사안의 가장 중요한 내용을 압축하여 제시하며 사안의 핵심과 윤곽을 독자에게 단번에 전달할 수 있도록 쓴다. 표제가 기사문에서 차지하는 비중은 굉장히 크다. 스포츠신문 1면의 기사에서 표제를 합쳐 제목이 차지하는 비중이 67%에 달하고 한 지면의 28%의 공간을 차지한다는 조사기록을 볼 때 표제가 지니는 비중을 단적으로 알 수 있다. 무엇보다 표제는 독자의 호기심을 자극하여 그 기사문을 읽도록 만드는 데 결정적인 역할을 한다. 표제는 대개 완성된 문장으로 구사하지 않는다. 조사도 거의 생략한다. 중요한 정보를 낭비 없이 한눈에 표현하기 위한 방법이다. 그리고 육하원칙 중에 가장 중요한 부분을 구문의 맨 앞에 배치하는 것도 표제를 잘 쓰는 방법이다.

2) 부제

서브헤드라인이라고도 한다. 부제는 표제를 뒷받침하는 제목으로 표제보다 더 구체적인 내용을 제시하는 부분이다. 보통의 경우 생략되는 경우가 많으며, 긴 기사문이나 중요한 사안을 다루어 제목에서 주의를 끌거나 정보를 더 알려줄 필요가 있을 때 쓰이는 제목이다. 표제와 마찬가지로 육하원칙 중 더 중요한 부분을 구문 앞으로 빼내어 쓴다. 가령, 서울시의 치안 문제를 우려할 만한 사건들이 자주 터지고 있는 상황에서 어느 날 밤 강도가 파출소를 터는 일이 발생했다고 하자. 그럴 경우 '강도가 파출소를 털었다'는 구문보다 '파출소가 강도에 털렸다'고 하는 편이 상황의 심각성을 더 잘 드러낸다.

3) 전문

요약문 혹은 리드(lead)라고도 한다. 제목에서 제시한 내용을 요약문의 형식으로 밝히는 부분이다. 다시 말해 전문은 본문에 드러낼 내용을 미리 요약문의 형태로 배치하는 글이다. 전문을 본문의 앞부분에 둘 경우 독자가 기사문의 전체 내용을 쉽게 알 수 있다는 장점이 있다. 보통 한 문장 정도로 표현하나 필요한 경우 문장 수를 늘릴 수 있다. 제목과 마찬가지로 전문을 어떻게 쓰느냐에 따라 기사문 전체의 초점이 정해지기도 한다. 또한 전문은 전체 본문의 앞부분이기 때문에 전문이 어떻게 시작되느냐에 따라 본문의 방향이 자연스럽게 결정되기도 한다.

4) 본문

바디(body)라고도 한다. 기사문의 몸뚱이가 되는 부분으로 본문을 쓸 때에는 모든 사항을 상세하게 기술한다. 가능한 한 길이가 짧은 문장을 구사하며 단락을 바르게 설정해야 한다. 한 편의 완성된 글을 이룰 수 있도록 통일성과 긴밀성을 유지하는 것도 중요하다. 신문은 단이 좁으므로 각 문단은 되도록 짧게 쓰는데 약 3개 이내의 문장을 쓰는 것이 좋다. 한 문단은 하나의 내용만을 독립적으로 다루어야 한다. 왜냐하면 그래야만 스스로 기사문의 양을 조정하거나 편집장이 문단을 바꾸고 삭제하더라도 전체 기사문에 영향이 없기 때문이다.

5) 해설

본문 뒤에 붙는 부분으로 사안에 대한 전망이나 분석 또는 평가 등을 표현하는 글이다. 일반적으로 심각하고 중요한 사안을 다루는 긴 기사문에서 덧붙인다.

1. 우리 주변에서 일어난 작은 사건을 기사문으로 작성해 보시오.

2. 한 인물을 정하여 인터뷰 형식으로 기사문을 작성하시오.

● 자기소개서

1. 자기소개서의 개념

자기소개서는 자기를 소개하는 글로 보통 학교를 졸업하고 입사시험을 치를 때 1차 전형 자료로 쓰이는 글이다. 그러므로 자기소개서는 입사시험에 통과할 수 있도록 자신을 잘 소개해야 한다는 목적을 갖는다. 물론 어떤 회사에 들어가 일하기 위해서는 그에 맞는 실질적인 능력을 쌓는 것이 가장 중요하다. 실질적인 능력 없이 자신을 자기소개서에 허위·과대 포장하여 인사담당자를 속일 수는 없는 노릇이다. 다만 입사지원자는 자신의 자질이나 능력을 자기소개서에 어떻게 효과적으로 표현할 것인가 궁리할 필요가 있다. 자기소개서가 적절히 작성되어야 인사담당자가 지원자의 자질과 능력을 잘 파악할 수 있고 그로써 지원자가 자신이 원하는 회사에 들어갈 가능성이 좀 더 커지기 때문이다.

자기소개서를 적절히 작성한다는 것은 지원하는 회사가 원하는 인재상이 무엇인지 파악하고 그에 부합하여 자기소개서를 쓴다는 것이다. 그런데 세상에 수많은 회사가 존재하고 각 회사마다 바라는 신입사원의 기준이 제각각 다를 수밖에 없다. 그러므로 자기소개서를 쓸 때에는 자신이 지원하는 회사가 원하는 사원의 기준에 맞춰 자신의 자질과 능력을 강조해야 한다. 결국 자기소개서에는 내가 표현하고 싶은 내용을 쓰는 것이 아니라 회사, 또는 인사담당자가 원하는 내용을 드러낼 수 있도록 노력해야 한다. 인사담당자가 자기소개서를 통해 지원자에 대해 알기 원하는 것은 지원자의 성장과정, 대인관계, 조직에 대한 적응력, 성격, 인생관, 장래성 등이다. 따라서 지원자는 자기소개서를 쓸 때 그 회사가 원하는 인재상을 정확히 파악해야 하고 그 회사의 설립이념이나 발전방향, 연매출액, CEO 등 구체적인 내용까지 참고한다면 유용할 것이다. 만일 분야나 성향이 다른 여러 회사에 동시에 지원한다면 그 회사에 따라 내용이 적합한 여러 개의 자기소개서를 작성해야 한다. 또한 인사담당자는 자기소개서를 통해 지원자의 문장구성력, 논리성뿐만 아니라 생각을 표현해 내는 의사소통 능력까지 확인할 수 있다.

인사담당자는 자기소개서를 읽다가 시선을 끌거나 중요한 부분에 표시를 해두고 면접 전형에서 질문의 기초 자료로 활용하기도 한다. 그러므로 자기소개서를 포함하여 회사에 제출하는 모든 자료는 반드시 복사본을 보관하고, 면접하기 전에 충분히 숙지해야 한다. 특히 자기소개서에서 애매하게 표현되었거나 약점이라고 생각하는 부분에 대해서는 따로 답변을 준비해 보는 것이 좋다.

회사마다 다른 자기소개서를 써야 하는 경우가 많지만 그렇다고 자기소개서 작성에 원칙이나 일반적인 방법론이 없는 것은 아니다. 또한 자기소개서에 꼭 들어가야 할 항목도 어느 정도 정해져 있다고 볼 수 있다. 그러므로 일반적으로 중요하다고 여겨지는 사항을 검토한 뒤 자신이 지원하는 회사를 고려하여 세부조사를 하고, 앞서 습득한 원칙과 방법들을 구체적으로 응용하는 것이 좋은 자기소개서를 쓰는 방편이 될 것이다. 무엇보다 중요한 것은 진솔하고 의욕적인 태도로 글을 써서 인사담당자를 설득해야 한다는 것이다. 아무리 능력이 뛰어난 사람이라도 열심히 하고자 하는 의욕이 결여되었다면 그는 발전가능성이 없을뿐더러 조직과 화합하지 못할 것이 분명하고, 인사담당자도 그런 사람을 발탁하지 않을 것이기 때문이다. 조금 능력이 부족하더라도 입사하여 적극적인 자세로 자신의 잠재력을 펼치려는 지원자라면 바로 그가 어느 회사에서나 원하는 기본적인 인재상에 가까울 것이다.

2. 자기소개서의 구성과 단계별 작성 방법

회사에 따라서 소정의 양식을 정해 놓고 그에 맞춰 자기소개서를 쓰게 하는 경우가 있지만 정해진 형식이 없을 때에도 대개 들어가야 할 항목들이 있다. 그것들은 성장과정, 성격, 학교생활, 지원동기, 입사 후 포부 등이다. 순서가 바뀌거나 명칭이 달라지기도 하지만 그 항목들은 지원자가 자기를 소개하는 필수적인 내용으로서 인사담당자는 그것을 검토하면서 지원자가 회사에 접합한 사람인지 판단한다. 지원자는 자기소개서를 제출하기 전에 자신이 쓴 것을 다시 읽고 나서 머릿속에 어떤 긍정적인 이미지가 그려지는지 확인해 본다. 동료들에게 읽혀서 객관적인 평가를 받아 보는 것도 효율적이다.

그 밖에 문장을 구사할 때 유의할 점은 다음과 같다. 장문보다 단문 위주로 서술한다. 한자어, 전문용어가 정확히 쓰였는지 점검한다. 맞춤법이나 문법이 틀리지 않았는지 확인한다. 문장에 어색한 표현이나 문장 사이 비약하거나 생략한 데는 없는지 살핀다. 이상한 통신용어, 불필요한 외국어는 쓰지 않는다.

각 구성 단계별로 쓰는 방법과 유의할 사항을 살펴보자.

(1) 성장과정

자기소개서의 맨 앞부분에 나오는 경우가 많으므로 인사담당자의 인상에 남을 만한 내용이나 참신한 표현을 하는 것이 좋다. 인사담당자는 수많은 자기소개서를 읽으므로 글을 빠른 시간에 통독하기 쉬운데, 평범하거나 상투적인 서두는 인상에서 금방 지워질 수밖에 없기 때문이다. 예를 들어 "저는 1984년 서울에서 1남2녀의 막내로 태어나(…)"와 같은 서두는 상투적일뿐더러 잘못 쓴 예라고 할 수 있다. 자기소개서는 자기를 소개하는 것이기에 굳이 1인칭 '저는', '나는'과 같은 주어로 첫 문장을 시작하는 것은 상투적이다. 또 출생년도나 출생지, 가족관계 등은 이력서에 기재하므로 자기소개서에 중복해서 밝힐 것도 없다.

성장과정을 낱낱이 기술하자면 많은 분량이 요구되므로 연대기 순으로 상세히 쓰지 말고 지원자의 자질과 성향을 잘 보여줄 수 있는 내용을 선택해서 표현하는 것이 유리하다. 가령, 어느 집안에나 있게 마련인 '역경 극복'의 사례를 기술한다든지 지원자의 과거에서 주목할 만한 일을 압축하여 서술하는 것이 좋다. 독특하고 의미 있는 사례일수록 인사담당자의 뇌리에 깊이 남을 것이다.

(2) 성격

자신의 성격에서 주로 장점에 대해 기술하지만 단점도 장점으로 변용시켜 표현하는 것이 좋다. 예컨대, 지원자가 한 가지에 집중하기보다 여러 가지 일에 관심이 있어 주의가 산만하다는 말을 많이 듣는 편이라면 유능한 '멀티플레이어'가 되도록 노력하겠다고 기술할 수도 있다. 솔직하게 쓰는 것이 좋은데 되도록 밝고 긍정적인 면을 강조하는 것도 좋다.

자신의 성격에 대해 기술할 때 보통의 경우 글이 설명적으로 치우치기 쉽다. 자신이 신중하다거나 성실하다거나 이해심이 많다고 기술하고 마는 것은 일방적인 설명에 지나지 않는다. 일방적인 설명은 인사담당자의 동의를 이끌어내기 어렵다. 이왕이면 구체적인 일화를 들어 '보여주기' 방식을 취한다면 인사담당자가 자연스럽게 설득될 수 있고 일화가 지니는 이야기의 형식이 기억에 남아 그 사람에 대한 전반적인 이미지가 금방 각인될 수 있다.

(3) 학교생활

학교생활은 성장과정과 중복되지 않게 쓰되 지원자의 전공 능력이나 취미, 특기 등을 빠트리지 않고 기술한다. 그리고 외국어 능력이나 국내외 연수 내용에 대해서도 언급하는데, 특히 기능 분야 경력이나 자격증 등 회사의 업무 수행 상 직접적인 도움이 될 수 있는 사항들을 기술하고 가급적 자신의 체험과 곁들여 자세히 소개하는 것이 좋다. 수상 내역이나 아르바이트, 과외활동 등을 기술할 때는 지원 회사와 관계되는 사항을 먼저 기술하거나 중요도가 높은 것부터 우선 쓴다.

(4) 지원동기

그 회사에 지원하게 된 이유나 동기를 밝히는 부분이다. 인사담당자가 가장 주의를 기울여 검토하는, 자기소개서에서 가장 중요한 항목이기도 하다. 지원자가 입사하려는 회사가 지원자의 적성, 능력과 얼마나 잘 맞아떨어지는지 구체적으로 제시해야 한다. 회사의 업종, 경영이념, 기업문화 등을 낱낱이 조사하여 어디까지나 그 회사의 성격에 어울리게 기술하는 것이 중요하다. 인사담당자는 지원동기를 주의해서 읽고 그 동기가 분명히 제시되지 않았다고 여길 경우 지원자가 성취욕과 비전이 없어 회사에 그다지 기여할 수 없는 사람이라 판단하기 쉽다. 반대로 지원동기가 뚜렷하면 지원자가 준비성이 철저하며 입사 후에도 매사에 진취적으로 일할 만한 사람이라는 인상을 가질 수 있다.

(5) 입사 후 포부

같은 분야의 경력자가 아니라면 회사를 다녀보지 않은 상태에서 입사 후의 계획을 치밀하게 세우기는 어렵다. 입사 후 포부를 기술하는 난에는 무엇보다도 지원자의 굳은 의욕과 적극적인 태도를 보여주어야 한다. 포부를 나타낼 때는 단순히 필요한 인물이 되겠다는 약속을 하기보다 업무에 대한 성취를 위해 혹은 업무에서의 자기 계발을 위해 어떤 계획을 가지고 있는지 구체적으로 제시해야 한다. 너무 지나친 포부를 내세우거나 계획을 추상적으로 표현하는 것은 삼가야 한다.

3. 자기소개서 실례

▌예▐ 자기소개서 1

수신처 - △△항공

세계 항공업계를 선도하는 글로벌 항공사 △△항공
고객의 기대를 뛰어넘는 초일류 서비스, 제가 하겠습니다.

❖ 성장과정

아버지의 사업이 여러 번 실패하는 바람에 제 어린 시절은 항상 우울했습니다. 빛이 들어오지 않는 지하방에서 어려운 시절을 보냈습니다. 부모님은 맞벌이하러 나가시고 동생은 시골에 내려가 있어서 저는 학교에 다녀와 항상 혼자 있어야 했습니다. 외로운 환경 때문에 사람을 무척 좋아하는 성격을 갖게 되었습니다. 저금통을 뜯어서 친구들에게 먹을 것을 사주고 집에 사다놓은 음식을 여기저기 나눠주었습니다. 그러나 한때 비행의 길에 빠지기도 했습니다. 그때 저를 잡아주신 분이 어머니였습니다. 어머니는 '정신이 올바른 사람이 되라'고 항상 말씀하셨습니다. 고생하시는 어머니를 위해 저는 공부를 열심히 하기 시작했습니다. 성적도 올라 학교 임원직을 도맡아 하였습니다. 이제 형편이 많이 나아져 감당할 수 없을 것 같았던 빚도 다 갚았는데 어머니는 여전히 절약을 생활화하십니다. 그리고 바쁜 직장생활 중에도 꼭 시간을 내 봉사활동을 다니십니다. 어떤 어려운 환경에서도 꿋꿋하게 살아야 한다는 어머니의 가르침이 있었기에 저는 역경에 굴하지 않는 씩씩한 사람으로 성장했습니다.

❖ 성격

어릴 때부터 주변 사람들은 저에게 "너와 있으면 심심하지가 않아"라고 말합니다. 저는 언제나 새로운 사람을 만나는 것에 흥미를 느끼고 주변 사람들을 챙기는 데 보람을 느낍니다. 처음 만난 낯선 사람과도 무척 쉽게 친해집니다. 지금 다니고 있는 영어학원에서도 십대부터 오십대까지 다양한 연령의 사람들과 두루 친하게 지내고 강의시간에도 분위기를 화기애애하게 만드는 재주가 있습니다. 장기자랑 시간마다 나가서 재미있게 발표를 하고 어떤 자리에서도 빠지지 않는 등 앞에 나가 분위기를 주도하는 성격을 지니고 있습니다. 저의 활달한 성격 때문에 '오지랖이 너무 넓다', '말이 많다'는 지적을 받기도 하지만 항상 남을 배려하는 태도를 견지한다면 그것이 꼭 단점이라고 생각하지 않습니다. 오히려 저의 성격이 승객을 즐겁게 모시고 언제 승객의 안전한 상태를 점검해야 하는 승무원의 직책과 부합되는 면이 크다고 생각합니다.

❖ 학교생활

대학교에 들어와서 학교 방송국원이 되었습니다. 방송국은 일반 동아리와 달리 선후배 관계가 엄격합니다. 또, 제가 맡은 PD라는 직책이 수행하기가 여간 어렵지 않아 고생을 많이 했습니다. 하지만 한번 시작한 일은 끝을 봐야 한다는 각오로, 많은 동기들이 방송국을 떠날 때도 끝까지 버텼습니다. 방송국의 가장 큰 행사인 방송제에서 총 제작을 맡아 성공적으로 행사를 마치기도 했습니다. 또 선후배 사이의 관계를 원만히 만들기 위해 앞장서서 노력했습니다. 짧지 않은 방송국 생활은 저에게 사회생활을 배우는 중요한 과정이었습니다.

3학년 때 교환학생으로 중국에 다녀왔습니다. 처음에는 음식도 입에 안 맞고 가족도 그리웠지만 변화에 금방 적응하는 성격이기에 보람 있게 지냈습니다. 다른 친구들이 병이 나고 향수병에 눈물을 흘릴 때 저는 색다른 즐거움을 찾아다녔습니다. 또 중국 친구들과 활발히 어울리고 난생 처음 혼자 사는 자유를 만끽했습니다. 특히 중국 하북성TV에서 주최하는 유학생 가요제에 참가한 것은 좋은 추억으로 남아 있습니다. 어학공부도 성실히 하여 HSK 8급의 성적도 받았습니다.

❖ 지원동기

어떤 곳에서 아르바이트를 하든지 저의 친절에 손님이 즐거워하시면 저도 기뻤습니다. 장애우캠프에 참여해 장애우들을 도와 즐거운 시간을 보낸 것도 제겐 큰 기쁨이었습니다. 저는 늘 상대방이 기뻐하고 즐거워하는 것에 중점을 두며 살았습니다. 이러한 태도는 항공사 승무원에게 꼭 필요한 것이라 생각합니다. 저의 친절한 서비스로 승객이 편안한 여행을 하였다면 저는 정말 행복할 것입니다. 가수 비의 월드투어협찬과 'Flying Mom' 서비스 등 다른 항공사와 차별되면서 새로운 전략을 선보이는 △△항공의 진취적인 모습에 저는 커다란 매력을 느껴왔습니다. 항상 도전을 두려워하지 않는 저의 자세가 △△항공의 진보적인 기업상과 잘 어우러진다고 생각합니다. 세계 91개 도시를 연결하며 항공화물 수송 세계 1위의 기록을 가진, 명실공이 대한민국을 대표하는 항공사 △△항공과 함께 세계로 도약하고 싶습니다.

❖ 입사 후 포부

손님이 담요를 요구해서 가져다드리는 것은 누구나 할 수 있는 일입니다. 손님이 요구하기 전에, 손님이 한기를 느끼기 전에 먼저 담요를 가져다드리는 것, 그것이 바로 진정한 서비스라고 믿습니다. 제가 추구하는 '먼저 다가가는 서비스', '고

객 감동의 서비스'를 귀사에서 실천하고 싶습니다. △△항공의 '수호천사'가 되겠
습니다.

 자기소개서 2

수신처 - 일러스트레이터를 모집하는 디자이너 그룹

1. 어렸을 때 살던 곳은 어디인가요?

속초, 태백이라고 하면 어떤 곳이 상상되세요? 두메산골에서 감자를 캐고 있는
모습인가요? 어렸을 적 공무원이신 아빠를 따라 제가 살았던 곳은 모두 자연환경
이 아름다운 곳들뿐입니다. 속초에는 넓은 바다와 산, 호수가, 태백에는 겨울이면
끝없이 펼쳐진 눈밭이 있습니다. 겨울이면 겨울, 여름이면 여름 시시각각 변하는
자연에서 색감을 배웠고, 새하얀 눈 속에서도 미묘하게 다른 농도를 읽을 수 있는
눈을 가지게 되었습니다. 아침부터 잠들 때까지 보는 모든 풍광이 그림이었던 곳
이니까요.

2. 특이한 아르바이트 경험이 있다면서요?

절에서 살아본 적 있으세요? 한 달간 설악산 백담사에서 숙식을 하면서 일한
경험이 있습니다. 일이라고는 하지만 다원에서 차를 만드는 것이 고작이었기에
남는 시간에는 스님들과 선문답을 하며 지냈습니다. 기독교인임에도 스님들 사이
에 섞여서 지낼 수 있었던 것은 타고난 사교적인 성격 때문이라고 생각합니다.
저녁 8시만 되면 캄캄한 산사에서 밤에 달을 보면서 스님들과 마시는 차는 제게
잃어버렸던 여유를 되찾아 주었습니다.

3. 추구하는 그림스타일이 있나요?

'진광불휘'라는 말이 있습니다. 참다운 것은 빛나지 않는다는 말입니다. 기교
있고 화려한 그림보다는 소박하고 약간 모자란 듯한 그림을 좋아합니다. 머리부터
발끝까지 성장한 미인에게서는 정감을 느끼기 어려운 것처럼 보는 이가 부족한

부분을 메워줄 수 있는 그런 그림을 좋아합니다. 장식으로 가려진 그림보다 보는 이에게 무언가 감동을 주는 그림을 좋아합니다. 그리고 완벽함보다 탁월함을 추구합니다.

4. 일러스트레이터로서의 경험이 있나요?

고등학교 때부터 축제 때 제가 그린 그림엽서를 판매했던 경험이 있습니다. 대학교에 와서 동아리 활동을 통해 여러 번 전시회를 열었고 다음 전시도 곧 시작할 예정입니다. 외국 학교와의 교류전시를 통해 제 그림이 뉴욕아트스쿨에서 전시된 적도 있습니다. 매주 홍대 앞에서 진행되는 '희망시장'과 '플리마켓'에 참여해 제 작품을 판매하기도 했습니다. 다른 일러스트레이터와의 교류도 활발히 쌓아가고 있습니다.

5. 우리 그룹에 지원하게 된 동기는 무엇인가요?

예전부터 ○○그룹의 전시를 흥미 있게 지켜봐 왔습니다. 홍대 □□ 갤러리에서 진행했던 전시부터 아트△△센터에서 열렸던 지난 전시까지 모두 제 가슴을 뛰게 만들었습니다. 스타일이 모두 다른 젊은 작가들이 모여서인지 자유롭고 신선한 발상이 돋보이는, 독특한 작품들이 상당히 인상 깊었습니다. 단순히 제시하고 주입하는 전시가 아닌 보는 이가 참여해서 작가와 교감할 수 있다는 점이 제가 추구하는 스타일과 잘 맞아떨어진다고 생각합니다. 서로 다른 생각을 가지고 다른 그림을 그리는 사람들이 서로의 세계를 이해하고 받아들인다는 점이 제게 감명을 주었습니다.

6. 우리 그룹에 참여한 뒤에 진행하고 싶은 프로젝트가 있나요?

현대 사회에 대두되고 있는 환경 문제를 다룬 전시를 진행하고 싶습니다. 동떨어져 있다고 생각하는 환경 문제를 생활 속으로 끌어들여 보는 이에게 충격을 주고 싶습니다. 더 나아가 사람들을 직접적인 행동으로 이끌어 우리의 삶을 친환경적인 삶으로 뒤바꾸도록 유도하는 전시를 하고 싶습니다.

또한 아직 우리나라에 체계적으로 자리 잡히지 못한 일러스트레이션 시장 조성을 위해 작가들과의 교류도 활성화시키고 일반인에게 일러스트레이션의 개념을 확산시킬 수 있는 전시도 기획하고 싶습니다.

▌연습문제 ▌

1. 다른 사람이 쓴 자기소개서 한 편을 읽고 장점과 단점을 나열하시오.
   그리고 개선 방향에 대해 기술하시오.

2. 헤드라인이 달린 자기소개서를 작성해 보시오.

● 논문

1. 논문의 개념

논문은 연구자가 연구한 결과를 정리하여 일정한 형식에 맞게 작성한 글이다. 그렇기 때문에 논문은 연구자라면 누구나 작성할 수 있고, 작성할 줄 알아야 한다. 연구의 대상에는 제한이 없지만 연구 대상을 선정할 때는 나름대로의 이유가 있어야 한다. 우선 연구자가 연구 대상에 대해 관심이 있어야 하고, 연구 대상에 대해 밝히고자 하는 바가 있어야 한다. 그래야만 연구를 할 수 있고, 연구한 결과를 논문으로 발표할 수 있다.

논문은 연구 분야의 발전을 도모한다. 연구 분야의 발전은 곧 인간 삶을 보다 나은 방향으로 나아가게 한다. 연구실에서 다양한 실험을 하고, 수많은 책을 읽는 것은 실생활과 동떨어진 행위가 아니다. 연구의 결과가 있었기에 인간의 삶은 보다 편리하고, 보다 합리적으로 발전할 수 있었다. 그러므로 논문은 인간을 삶을 보다 풍요롭게 만들기 위한 노력의 결과물이라 할 수 있다.

일반 사람들이 논문을 쓰는 경우는 많지 않다. 예전에는 대학생들이 졸업하기 위해서 졸업논문을 써야 했고, 대학 졸업논문이라도 나름대로 가치 있는 논문도 있었다. 하지만 현재는 졸업논문을 쓰기보다 자격증이나 시험으로 대체되고 있고, 졸업논문을 쓰더라도 형식적으로 진행되는 곳이 많다. 그러니 대학을 마친 사람들도 논문을 쓸 줄 모르는 경우가 적지 않다.

논문은 쓰기 어려운 것이 아니다. 논문도 일반적인 글쓰기와 크게 다르지 않다. 그러므로 논문의 요건과 논문 작성 과정을 통해 논문에 대한 이해를 높이고 작성법을 익힐 수 있도록 하자.

2. 논문의 요건

(1) 독창성

모든 글이 그렇듯이 논문도 새로운 내용을 담아야 한다. 이미 연구된 것을 다시 연구하는 것은 무의미하다. 새로운 내용을 담아야 한다는 것은 두 측면에서 접근해 볼 수 있다. 우선 연구 대상이다. 기존의 연구에서 전혀 다루지 않았던 것을 다루면 된다. 아무도 관심을 두지 않았던 것이나, 새로운 사실이나 자료를 발견하였다면 그것은 연구의 대상이 될 수 있다. 또 다른 측면으로 연구 방법이다. 이미 다루어진 대상이더라도 새로운 방법으로 연구하면 된다. 다만 새로운 방법이 기존의 방법보다 효율적이어야 하고, 그로 인한 결과가 기존의 결과보다 의미 있는 것이어야 한다. 그렇지 않다면 방법론을 바꿀 필요가 없다.

(2) 타당성

논문은 논의의 과정이 타당해야만 한다. 예를 들어 과학 논문에서 한 실험이 성공했다고 발표를 했다면, 누가 다시 그 실험을 재연하더라도 동일한 결과를 얻을 수 있어야 한다. 이는 다른 분야의 논문에서도 마찬가지이다. 논문에서 밝힌 연구 과정은 누가 보더라도 타당한 논의의 과정이어야만 한다. 그렇기 때문에 논의의 과정에서 데이터를 조작하거나, 논거를 제시하지 않거나, 추측으로만 진행하는 등의 행위를 해서는 안 된다.* 이럴 때 논문은 논문으로서의 가치를 잃는다.

---

* 『진실을 배반한 과학자들』(윌리엄 브로드·니콜라스 웨이드 저, 김동광 역, 미래M&B, 2007.)이란 책을 보면 논문의 타당성을 스스로 저버린 연구자들의 경우를 볼 수 있다.

(3) 가치

논문의 내용이 가치 있어야 한다. 시간과 노력을 들여서 연구한 결과가 학문의 발전에 아무런 도움이 없다면 무의미한 논문이 된다. 논문의 가치는 기존의 연구를 보다 진일보시킬 수 있을 때 찾아진다. 해당 분야의 학문이 더 나아갈 수 있도록 돕거나, 학문과 학문의 연구를 결합시킬 수 있거나, 새로운 학문 분야를 개척할 수 있을 때 논문으로서의 가치가 생긴다. 그런데 모든 논문이 그렇게 평가받을 수 있는 것은 아니다. 현재의 수준에서 큰 가치가 없다고 판단되는 논문이더라도 미래에 새롭게 가치가 부여될 수도 있다. 그렇기 때문에 연구자는 스스로 논문의 가치를 찾고 부여할 줄도 알아야 한다.

(4) 형식

논문은 논문으로서 일정한 체제를 갖추고 있어야 한다. 학위논문이거나 일반 논문이거나 요구하는 체제가 있다. 또 학문 분야에 따라서도 요구하는 체제가 따로 존재하기도 한다. 논문은 이 체제를 맞춰 작성하는 것이 필요하다. 일반 논문의 경우 '제목 - 작성자 - 목차 - 서론 - 본론 - 결론 - 참고문헌, 초록'으로 구성되며, 학위논문의 경우 '표지(제목, 작성자) - 인준지 - 목차 - 국문초록 - 서론 - 본론 - 결론 - 참고문헌 - 영문초록'으로 구성된다. 또한 논문에서는 다른 사람의 글을 인용하거나, 주석을 달 때 일정한 형식을 요구한다. 이 형식도 학문 분야에 따라 약간씩 다르며, 참고문헌을 제시하는 방식도 마찬가지이다. 논문을 작성할 때는 논문에서 요구하는 형식에 맞춰 작성하는 것이 필요하다.

3. 논문 작성 과정

(1) 연구 주제 선정

논문을 쓸 때 가장 중요한 것은 무엇을 쓸지 결정하는 일이다. 무엇을 쓸지 결정하기는 쉽지 않다. 하지만 우선적으로 고려할 사항은 자신이 무엇에 관심과 흥미를 갖고 있느냐이다. 자신이 관심과 흥미를 갖고 있는 분야야말로 연구 과정에서 포기하지 않고 논문을 쓸 수 있도록 하는 원천이기 때문이다. 자신이 관심과 흥미를 갖고 있는 분야를 알았다면 다음과 같이 해 보자.

1) 최근의 논문을 구하여 읽어본다

최근의 논문, 특히 학위논문의 경우 현재까지의 연구동향이 잘 정리되어 있고, 앞으로 연구해야 할 것을 발견하는 데 도움을 줄 수 있기 때문이다.

2) 비판적 시각으로 살핀다

완벽한 논문이더라도 오류나 잘못은 존재할 수 있으며, 하나의 문제를 해결하는 방법은 여럿일 수 있다. 그러므로 비판적 시각으로 문제의 본질을 꿰뚫어 볼 수 있도록 한다.

3) 전제와 예외에 관심을 갖는다

어떤 논문이든 일정한 전제를 수용하는 입장에서 논의를 전개하며, 예외가 존재한다. 따라서 전제와 예외의 검토는 새로운 문제를 발견하거나 새로운 주장을 펼 수 있는 아이디어를 제공해 줄 수 있다.

4) 주변에도 관심을 갖는다

새로운 것만이 가치가 있는 것은 아니다. 논의된 것들 중에는 현재에 논의할 필요가 없다고 여기거나 저평가된 것들이 존재한다. 이런 것들 중에는 새로운 방법론을 적용하여 훌륭한 연구 성과를 거둘 수 있는 것들이 있다. 따라서 이런 것들에 관심을 갖도록 한다.

이와 같이 한다면 자신이 관심을 갖고 있는 분야에서 어떤 것이 어떻게 다루어졌는지 알 수 있을 것이다. 또한 이를 통해 무엇을 더 논의할 필요가 있으며, 무엇이 다루어지지 않았고, 또한 '나 같으면 이렇게 한 번 해 볼 텐데'라는 생각이 들기도 할 것이다. 바로 이것이 자신이 쓸 연구 주제가 될 수 있다.

검토의 결과 몇 가지 문제를 발견했을 때, 그 문제들 중에서 한 문제를 선정하여 논문을 작성해야 한다. 문제를 선정하는 기준은 대체로 다음과 같다.

첫째, 자신의 지적 호기심을 자극하는 문제를 선정한다.
둘째, 자신의 능력으로 해결할 수 있는 문제를 선정한다.
셋째, 가치가 있다고 판단되는 문제를 선정한다.

문제가 세 가지 기준을 충족한다는 것은 쉬운 일이 아니다. 하지만 문제가 선정되면 인내를 가지고 문제를 풀어내려는 노력이 필요하다. 문제를 풀기 위해서는 우선 자료 조사가 이루어져야 한다. 자료 조사가 끝나야만 비로소 논문 작성에 들어갈 수 있다.

(2) 자료 수집

문제가 결정되면 그와 관련된 자료를 수집해야 한다. 자료 수집 방법은 기존 문헌에 의한 자료 수집과 실험, 관찰, 측정, 조사 등에 의한 자료 수집 등의 방법이 있다. 논문을 쓰기 위해서는 신뢰할 수 있는 자료를 확보하는 것이 기본이다. 그러기 위해서 그 문제와 관련된 전공 서적을 읽고 충분한 예비지식을 갖추어야 한다.

정보 통신 기술의 발달로 인해 기존 문헌 자료 수집은 인터넷을 통해 쉽게 할 수 있다. 인터넷을 이용하면 많은 정보를 얻을 수 있고, 논문도 확보할 수 있다. 아래 사이트들은 논문 작성하는 데 유용한 사이트들이다. 이 사이트들은 단행본을 비롯하여 학술논문에 대한 정보를 제공하고 있으며, 협약이 체결된 대학 도서관에서는 원문도 다운로드 받아볼 수 있다.

※ **주요 사이트**
- 국가전자도서관 : www.dlibrary.go.kr
- 국회도서관 : www.nanet.go.kr
- 한국교육학술정보원 : www.riss4u.net
- 한국학술정보 : www.koreanstudies.net
- 누리미디어 : www.dbpia.co.kr

문헌 자료 수집과 달리 실험, 관찰, 측정, 조사 등에 의한 자료 수집은 원칙적으로 논문 작성자가 실제로 수행해서 얻어야 할 것들이다. 중요한 것은 그 과정과 결과를 철저히 기록해야 하며, 자신의 문제를 해결하기 위해 결과를 의도적으로 유도해서는 안 된다. 즉 타인에 의해 검증되어도 동일한 결과가 나올 수 있도록 객관적으로 진행되어야 한다.

(3) 개요 작성

논문의 주제와 관련하여 어떤 방향으로 쓸 것인지 방향을 잡는 것을 말한다. 개요를 작성할 때 흔히 장절식*으로 항목화하여 작성한다. 그런데 대개 토픽 형식으로만 작성하는 데 그친다. 이렇게 짜는 개요는 분명하지가 않아서 논문을 작성할 때

---

* 장절식이란 '제1장', '제1절', '제1항', '제1목' 순으로 내려가면서 제목을 붙이는 방식을 말한다.

어려움을 준다. 개요를 잘 짜기 위해서는 문장형식으로 개요를 작성하는 것이 좋으며, 논문의 줄거리를 써본다고 생각하며 작성하는 것이 좋다. 즉 자신의 머릿속에 있는 논문의 밑그림을 글로 자세히 쓴다고 생각하며 작성해야 한다.

글을 쓴 후에 퇴고를 하는 것처럼 개요를 작성한 후에도 반드시 다시 보는 것이 필요하다. 항목간의 논리적 관계가 타당한지 살펴보고, 반드시 필요한 내용이 빠지지 않았는지, 불필요한 내용이 들어가지 않았는지 살펴봐야 한다. 잘 짜여진 개요는 좋은 글을 쓸 수 있는 지름길임을 있어서는 안 된다.

(4) 집필과 퇴고

1) 서론

학문 분야나 문제의 성격에 따라 서두를 작성하는 방법에는 다소 차이가 있을 수 있다. 그러나 대체로 서론에는 다음과 같은 사항이 포함된다.

- 연구나 조사의 목적, 문제의 제기
- 문제의 중요성과 범위
- 기존 연구에 대한 검토
- 연구의 대상 자료 및 논거의 출처
- 연구방법론
- 중요 용어 및 개념들에 대한 정의 등

2) 본론

논문에서 본론은 서론에서 제기한 문제를 본격적으로 풀어가며 자신의 주장을 펴는 부분이다. 따라서 읽는 사람들이 납득할 수 있도록 정확하고 충분한 분석과 해설이 이루어져야 한다. 본론에서는 제기한 문제들이나 가설의 검증이 이루어져야 하며, 부정할 수 없는 증거에 의해 필연적인 결말을 이끌어내야 한다. 이를 위해서는 논거를 제시하며 추론해 가는 논의의 과정이 매우 중요함을 명심해야 한다.

> ∞ 논의 : 제시된 자료나 이론을 중심으로 가설을 세우고, 그 정당성을 추구해
>   가는 과정
>   - 객관적이고 확실한 사실과 자료에 기초하여 문제와 관련된 일련의 분
>   석과 증명과정을 거친다.
>   - 이 과정에서 기존 논의에서 누락되었거나 다소 불분명한 부분들을 설
>   명해 간다.
>   - 예상 가능한 반론이나 다른 대안들에 대해서도 주의를 기울여야 한다.
>   - 기존 논의의 한계와 자신의 주장이 갖는 우월성을 조리있게 부각시킨다.
>
> ∞ 논거 : 자신의 가설이나 주장을 뒷받침하기 위한 증거 자료
>   - 사실논거 : 문헌상의 기록, 객관적인 자료·현상·실험 결과 등
>   - 소견논거 : 전문가의 견해나 주장
>
> * 논문 작성시 소견논거에 지나치게 의존해서는 안 된다. 왜냐하면 전문가의
>   견해나 주장이 거짓으로 입증되었을 때 그에 따른 자신의 주장도 거짓이 될
>   수밖에 없기 때문이다.
>
> ∞ 추론 : 논거를 제시하고 정당성 여부를 따지는 과정.
>   - 논리적인 면에서 일관성을 유지해야 하며, 모순되는 부분이 없어야 한다.
>   - 그 과정이 선명하여 읽는 사람이 전체의 내용을 파악하기 쉽도록 배려
>   해야 한다.

3) 결론 및 초록

본론에서 전개한 내용을 요약, 정리하고 자신의 주장을 최종적으로 확인하는 부분이다. 아울러 자신의 논문에서 해명되지 못한 문제들을 밝혀 두는 한편, 새로운 연구 방향을 제시해야 한다. 이는 그 문제를 연구하려는 사람들로 하여금 연구의 대상과 방법론을 분명히 해주고, 학문 발전을 도모하기 위한 것이다.

학위논문에서는 초록을 필수적으로 작성해야 한다. 국문초록과 영문초록 두 가지를 작성하는데, 국문초록은 생략될 수 있지만 영문초록은 반드시 작성해야 한다. 최근에는 일반 논문에서도 영문초록을 반드시 요구하므로 초록을 작성해야 한다. 결론이 논문 전체를 요약, 정리하는 것이라면, 초록은 논문의 핵심만을 뽑아서 간략하게 정리하는 것을 말한다.

4) 퇴고

퇴고하는 법은 일반 글과 다르지 않다. 잘못 사용한 단어나 어법에 맞지 않는 문장, 글의 통일성과 일관성을 저해하는 부분을 고치면 된다. 최근에는 워드프로세서를 많이 사용하므로 오타에도 유의해야 한다.

4. 논문의 외적 형식

(1) 인용

논문을 작성하다 보면 다른 사람의 글이나 견해를 인용하게 된다. 그 이유는 다른 사람의 글이나 견해를 비판하기 위해서도 필요하고, 자신의 주장을 뒷받침하기 위해서도 필요하다. 그래서 논문을 작성하는 사람은 인용을 적절하게 활용할 수 있는 능력을 갖추어야만 한다.

인용은 흔히 직접 인용과 간접 인용으로 구분된다. 이는 인용할 내용을 그대로 옮겨 놓느냐, 아니면 인용할 내용을 자신의 표현으로 바꾸어 놓느냐에 따라 구분된다.

1) 직접 인용

직접 인용은 다른 글의 원문을 그대로 옮기는 방식을 말한다. 직접 인용은 원문을 그대로 옮기는 것이 낫다고 판단될 때 사용된다. 즉 필자의 생각이 특정의 표현 방법을 통해 표현되었을 때 사용된다. 그래서 시나 소설의 일부를 인용할 때나, 법률 조문, 정부 시행령, 중요 포고문, 수학이나 과학에서 사용되는 공식 등을 인용할 때 사용된다.

직접 인용은 행을 바꾸지 않고 따옴표를 사용하는 방식과, 행을 바꾸고 인용문 전체를 한 칸씩 뒤로 미루어 기재하는 방식이 있다. 둘을 구분하는 명확한 기준은 없으나 대체로 3행 이내일 경우 따옴표를 이용하고, 3행이 넘을 때 행을 바꾸어 독립된 형태로 인용한다.

‖ **예문 1** ‖

『삼국사기』에서 열과 애정의 주체로서 자신의 삶을 완성해 나아간 대표적인 여성을 든다면 도미의 처와 설씨녀가 될 것이다. 그녀들은, 특히 도미의 처는 열녀의 전범으로 두고두고 추앙받았다. 『사기』의 편찬자 김부식은 ‘열녀’라는 단어를 사용한 바가 없다는 매우 중요한 문제가 열녀전에 관한 폭넓은 연구를 지속해 온 이혜순에 의해 지적된 바 있다.[7] 도미처의 행적은 "여성에게 부과된 열 윤리 때문이라기보다 인간의 보편적인 정리 위에 근거한 것이다."[8]라는 판단이다.

---

7) 이혜순, 「조선조 열녀전 연구」, 『성곡논총』 30집, 성곡학술문화재단, 1999, 100면. "실제로 『삼국사기』에는 열녀란 단어가 보이지 않는다.
8) 앞 글.

- 김대숙, 「문헌설화 소재 열과 애정의 주체로서의 여성」 -

> 위의 이야기가 역사적 실재가 아닌 문학적 허구임은 두 등장 인물 즉 도선과 일행이 동시대 인물이 아님을 보아서도 알 수 있다. 이에 대하여는 일찍이 車天輅가 『오산설림초고』에서 다음과 같이 看破한 바 있다.
>
> > 도선 국사를 사라들이 당나라의 중 일행의 제사라고 말함은 잘못이다. 일행은 바로 당나라 현종 때 사람이다. 도선은 바로 왕건태조의 아버지 王隆과 한 때요, 왕태조의 고려는 바로 趙씨의 송나라와 같이 섰다. 그런데 도선과 서로 떨어지기를 수백 년이 넘는 사람을 일행의 문인이라 하니, 어찌 망령이 아니겠는가?[7]
>
> 따라서 唐初年間의 인물인 일행과 당말 송초 연간 인물인 도선을 동시대인으로 설정해 놓은 상기 일화의 의미는 역사적 측면보다는 설화적 측면에서 고찰할 필요가 있다.
>
> ---
>
> 7) 『大東野乘』 卷五, 「五山說林草藁」.
>
> — 조희웅, 「白頭山 설화와 민간 의식」 —

직접 인용할 때 주의할 점은 원문대로 인용해야 하기 때문에 글쓴이의 필요에 따라 원문에 손을 댔을 경우 그 사실을 밝혀 주어야 한다. 즉 원문의 일부분을 강조할 때 글쓴이가 밑줄을 넣었다면 인용 부분 마지막에 '밑줄 필자'라 표시해야 하고, 원문이 길어 중간 부분을 생략했을 때는 생략 부분에 '(중략)'이라는 표시해야 한다. 또한 원문 자체에 잘못된 글자가 있어 오해가 생길 경우 그 잘못된 글자 다음에 '[원문대로] 또는 [sic]'이라 적어 원문대로 표기했음을 밝혀 주어야 한다. 이처럼 직접 인용은 원문의 형태를 존중해야 함을 명심해야 한다.

2) 간접 인용

간접 인용은 원문을 그대로 인용하지 않고, 글쓴이의 말로 바꾸어 인용하는 방식을 말한다. 보통 요약이나 의역의 형태를 취하는 것이 일반적이므로 원문의 의미를 훼손하지 않아야 하므로 상당한 기술과 훈련이 필요하다. 간접 인용의 경우 인용 부호를 사용하지 않고 주석을 달아 그 출처를 밝히게 된다.

┃ 예문 3 ┃

> (전략) 왜냐하면 "錫杖頭掛一布帒 錫自飛至檀越家 振拂而鳴 戶知之納齋費 帒滿則飛還"이라 하여 그 人物의 神異像을 傳하는데, 이는 그의 才全德充한 人格을 誇張해서 말한 것이겠고, 이의 實際는 布帒를 들고 檀越家를 찾아 齋費를 求하는 門僧 良志의 行脚이 있었기 때문이다.
>
> ― 金鍾雨, 『鄕歌文學研究』 ―

┃ 예문 4 ┃

> 錫杖을 부렸다는 내용은 지팡이의 끝에 포대를 걸어두면 그 지팡이가 날아가 스스로 시주를 받아온다는 것이다. 이에 대해 金鍾雨는 齋費를 구하는 良志의 행적을 과장한 것[21]이라 했고, 김창룡은 시주승으로서 良志의 능력적 탁월을 지시하고 의미하는 것[22]이라 했으며, … (후략) …
>
> ----
>
> 21) 金鍾雨, 『鄕歌文學研究』, 二友出版社, 1975, 50쪽.
> 22) 김창룡, 「三國遺事 〈良志使錫〉조의 이해, 『민족문화』 14, 민족문화추진회, 1991, 28쪽.
>
> ― 박인희, 「'義解'로 풀어본 良志使錫과 〈風謠〉」 ―

위 예문4의 '金鍾雨는 ~ 과장한 것'이라는 부분은 예문3의 '왜냐하면 ~ 때문이다.'
까지의 내용을 정리하여 간접 인용의 형태로 작성된 것이다. 이처럼 간접 인용은
글쓴이의 말로 바꾸어 인용하는 형태이다. 그리고 반드시 주석을 달아 출처를 밝혀
야 한다. 예문4의 각주 21)을 보면 김종우의 글이 어디에 실렸는지를 보여준다.

논문에서 인용을 하지 않을 수는 없다. 그러므로 간접 인용이나 직접 인용을 적절
히 활용할 수 있도록 그 방법을 잘 알아두어야 한다.

(2) 주석

논문을 작성할 때 본문에는 포함될 필요까지는 없지만 보충 설명을 하거나 인용
된 부분의 정보를 제공하기 위해 본문과 별도로 추가하는 정보를 주석이라 한다.
보충 설명을 하는 주석을 내용주라 하고, 인용된 부분의 정보를 제공하는 주석을
참조주라 한다. 예문5는 내용주이고, 예문6은 참조주이다.

∥ 예문 5 ∥

반면 노래로 전승될 때는 청자가 의문점이 생긴다 하더라도 노래를 중단시키기
어려워서 그 관계가 수동적이다.[14] 창자는 노래를 부르는 동안에는 청자의 의문
점을 고려하지 않으며, 청자 역시 노래를 듣는 동안 창자에게 자신의 의문점을
풀려고 하지 않는다.

---

14) 현지조사에서 노래를 부를 때 청자들의 개입이 존재하는 것을 볼 수 있으나 이것을 실제 상황이라 보기는
어렵다. 대개의 경우 청자들은 창자가 내용을 기억하지 못할 경우나, 자신이 기억하고 있는 것과 다를
경우 개입을 한다. 이는 이야기에서 청자들이 의문점이 생겨서 이야기에 개입하는 것과 본질적으로 차이
가 있다. 그렇기 때문에 이야기의 경우 능동적이라 할 수 있으나 노래의 경우는 수동적이라 할 수 있다.

- 박인희, 「시집살이 民謠 小考」 -

> 경덕왕 24년은 경덕왕이 승하하던 해이다. 그런데 이 해에 오악과 삼산의 신이 등장했다는 내용은 시사하는 바가 크다. 오악과 삼산의 기능은 '處容郞望海寺'조에서도 등장하는 것처럼 '국가의 멸망을 경계'하기 위한 성격이 짙다.[33] 경덕왕 때에는 유난히 천재지변이 많았고, 왕은 백성들을 위미하기에 바빴다. 또 경덕왕 즉위 16년과 18년에는 관제 개편을 했으며, 15년과 22년에는 신하들이 간곡히 간한 적도 있음을 볼 수 있다. 따라서 경덕왕 때에는 정치적으로나 사회적으로 불안정했음을 짐작할 수 있다.
>
> ――――――――――――
>
> 33) 金文泰, 『『三國遺事』의 詩歌와 敍事文脈 研究』, 太學社, 1995, 154~155면.
>
> – 박인희, 「『三國遺事』 所載 鄕歌 研究」 –

주석를 넣는 방식은 크게 두 가지로 나눌 수 있다. 본문 밑에다 일정한 순서로 각주를 다는 방식과 본문 안의 해당 부분에다가 특이한 형식의 협주를 다는 방식이 있다. 앞의 것을 외각주라 하고 뒤의 것을 내각주라 한다.

1) 외각주의 체재

본문 밑에 각주를 다는 외각주의 경우 순서대로 일련번호를 부여하면서 작성하면 된다. 인용 문헌의 출전을 밝히는 참조주의 경우 그 자체의 특이한 형식을 취한다. 각주 작성 순서는 다음과 같다.

∞ **완전 주석**
  * 논문의 경우
  각주번호) 저자, 논문제목, 논문게재지명 권호수, 논문간행처, 발행연도, 인용페이지.
  * 저서의 경우
  각주번호) 저자, 저서명, 판수, 출판지 : 출판사명, 출판연도, 인용페이지.

1) 박인희, 「시집살이 民謠 小考」, 『民謠論集』, 9, 民謠學會, 2006, p.116.
2) 노영근, 『가족탐색 서사연구』, 도서출판 박이정, 2006, pp.106~108.
3) 이병기·백철, 『국문학전사』, 서울: 신구문화사, 1963, p.95.
4) 김용직 외 7인, 『현대한국작가연구』, 서울: 민음사, 1987, p.45.
5) Rudolph H. Weingartner, Historical Explanation, *The Encyclopedia of Philosophy vol. 4*, ed. by P. Edwards, New York: Macmillan Publishing Co., 1967, pp.7~12.
6) Brik W. Otto et al., Basic Principle of Writing, New York: Pitman Publishing Co., p.43.

각주번호 다음의 사항들은 ' , '로 구분하며 제일 마지막에 ' . '를 찍는다. 저자의 경우 동양인은 성과 이름의 순으로 적으며, 저자가 세 사람 이상일 경우 대표자 이름 다음에 '외' 또는 '외 ○인'을 적는다. 논문의 경우 대개 따옴표 " "나 〈 〉, 「 」 등의 안에 제목을 넣으며, 저서의 경우 『 』안에 제목을 넣기도 한다. 출판지의 경우 논문인 경우는 대체로 작성하지 않으며, 저서의 경우도 최근에는 생략되는 추세이다. 인용 페이지의 경우 인용된 내용이 한 페이지에 있는 내용이면 'p'를, 여러 페이지에 걸친 내용일 경우에는 'pp'를 사용한다. 국내 출판물일 경우 최근에는 'p'나 'pp' 대신에 '면', '쪽' 등으로 사용하기도 한다.

외국 서적의 경우 서양인의 이름은 이름과 성의 순서로 적으며, 세 명 이상일 경우 'and other' 혹은 'et al.'로 그 밖의 이름을 대체한다. 논문이나 저서에 특별한 부호를 붙이지는 않지만 저서명은 반드시 이탤릭체로 적는다는 점을 명심해야 한다.

∽ 약식 주석

약식 주석은 각주에서 동일한 문헌이 반복될 때 약식 부호를 사용하여 간략히 기록하는 방법을 말한다. 대표적인 약식 부호는 아래와 같다.

Ibid. : 바로 위에서 언급한 문헌을 바로 이어 인용하면서 페이지만 달리하는 경우에 사용한다. 'Ibid.' 대신 '상게서, 상게 논문, 위의 책, 위의 논문' 등으로 표현되기도 한다. 아래와 같은 형식으로 사용하면 된다.

  2) 박인희, 「시집살이 民謠 小考」, 『民謠論集』 9, 民謠學會, 2006, p.116.
  3) Ibid., p.118.

  Op. cit. : 바로 위가 아니라 그 앞 어딘가에 언급한 문헌을 다시 언급할 때
중간에 다른 각주가 있어 'Ibid.'를 사용할 수 없을 때 사용한다. 이 경우 반드시
저자명을 적고 부호를 적고 인용한 페이지를 적는다. 'Op. cit.' 대신에 '전게서,
전게 논문, 앞의 책, 앞의 논문' 등으로 표현되기도 한다. 아래와 같은 형식으로
사용하면 된다.
  2) 박인희, 「시집살이 民謠 小考」, 『民謠論集』 9, 民謠學會, 2006, p.116.
  3) Ibid., p.118.
  4) 노영근, 『가족탐색 서사연구』, 도서출판 박이정, 2006, pp.106~108.
  5) 박인희, Op. cit., pp.118~120.

  Loc. cit. : 바로 위에서 한 번 인용한 것을 완전히 반복할 때 사용된다. 즉 바로
위에서 인용한 문헌의 같은 페이지에서 인용했을 때 사용하는 방식이다. 그런데
이런 경우는 흔하지 않아 실제로는 좀처럼 사용되지 않는다. 'Loc. cit.' 대신 '상게
문, 위와 같음' 등으로 쓸 수도 있다. 아래와 같은 형식으로 사용하면 된다.

  2) 박인희, 「시집살이 民謠 小考」, 『民謠論集』 9, 民謠學會, 2006, p.116.
  3) Ibid., p.118.
  4) 노영근, 『가족탐색 서사연구』, 도서출판 박이정, 2006, pp.106~108.
  5) 박인희, Op. cit., pp.118~120.
  6) Loc. cit.

2) 내각주의 체재

  내각주는 본문 속의 해당 부분에서 인용하는 방식의 주이다. 주로 간접 인용이나
극도로 압축된 요지를 제시하면서 그 출전을 해당 부분에 밝히는 방식이다. 내각주

는 해당 부분 다음에 소괄호를 하고, 그 안에 저자명과 출판연도, 그리고 필요한 경우에 인용한 페이지를 표시한다. 이때 출판연도와 페이지 사이에는 보통 쌍점 ' : ' 을 사용한다. 저자를 본문에 언급하면서 사용할 때는 저자명에 이어 소괄호를 하고 그 안에 출판연도와 페이지를 표시하면 된다. 또 같은 저자가 같은 해에 여러 편의 논문을 발표했을 때는 발표 순서에 따라 'a, b, c' 등으로 구분해서 표시하면 된다. 저자가 서양인일 경우에는 이름을 생략하고 성만을 제시하면 된다.

내각주 체재에서는 자연히 참고문헌란도 이에 맞추어 작성하게 된다. 내각주에서 주의할 점은 그것이 논저자를 나타내는 것이 아니라 인용문헌을 가리킨다는 것이다.

▌예문 7 ▐

> 　1960년 이후 부모교육의 개념도 교사, 전문가와 가정의 부모가 동반자로 동등한 입장에서 상호작용할 때 바람직한 교육이 이루어진다고 보고 있으며(이기숙, 1991), 대통령자문 교육개혁위원회가 1995년 발표한 5·31 교육개혁안(교육개혁위원회, 1995)에서도 중점 사항의 하나로 발표된 수요자 중심의 교육은 과거 공급자 위주의 교육에서 벗어나 교사와 부모가 서로 협력할 때 동반자적 관계에서 유아의 바람직한 교육성취를 함께 노력해야 한다고 하였다.
>
> － 이수남, 「Portage Model 프로그램에 대한 고찰」 －

3. 참고문헌

참고문헌란에서는 논문을 작성할 때 참고한 목록을 제시한다. 참고문헌란은 동일한 분야나 주제에 대한 논문을 준비하는 연구자들에게 서지사항을 소개한다는 의미가 있다. 참고문헌으로 들어가는 것은 자료수집의 대상이 되었던 문헌과 이론적인 참고논저들, 그리고 비판의 대상이 되었던 논저들이다.

참고문헌은 대체로 주석에서 인용된 순서와 상관없이 제시되지만 나름대로 일정한 순서가 있다. 대체로 논문을 작성하기 위한 기초 자료를 먼저 제시하고 그 다음에 논저를, 논저는 국내서적을 먼저 제시한다. 그리고 논저의 경우 이름을 중심으로 '가나다' 순이나 'abc'순으로 제시한다. 동일한 저자의 논저가 여럿일 때에는 출판연도순으로 배열한다. 단 참고문헌의 작성은 학문 분야에 따라, 게재지에 따라 그 규정이 존재할 수 있으므로 규정이 있으면 그에 따르면 된다. 일반적인 형식은 앞서 언급한 각주 작성 요령과 동일하다. 다만 인용한 페이지가 생략되는 것이 일반적이지만 최근에는 인용한 페이지까지 제시하거나, 논문이나 저서의 총페이지를 제시하기도 한다.

구인환·윤재천·이성교, 『신문장론』, 형설출판사, 1986.
김경남, 『지성을 위한 글쓰기 이론과 실제』, 경진문화사, 2006.
김종회 외, 『글쓰기 이론과 실제』, 경희대 출판국, 2005.
박인희, 「작문교육에서 컴퓨터의 위상」, 『새국어교육』 72, 한국국어교육학회, 2006.

서양서의 경우도 앞서 언급한 각주 작성 요령과 동일하다. 다만 저서의 성명은 각주와 달리 성과 이름의 순으로 적는다. 이 경우 성과 이름을 구별하기 위해 성 다음에 ' , '를 찍는다. 저자가 2인 이상일 경우 두 번째 성명부터는 이름과 성의 순서로 적는다.

Coleridge, Samuel T., *The Poems*, London: Oxford University Press, 1959.
Forester, Kenneth I., The Role of Semantic Hypotheses in Sentence Processing, *Problemes Actuels en Psycholinguistique*, ed. by F. Bresson & J. Mehler, Paris: Editions du CNRS, 1974.
Glanzer, Marray & Anita R. Cunitz, Two Storage Mechanism in Free-Recell, *Journal of Verbal Learning and Verbal Behavior 5*.

내각주의 형식을 취하는 논저에서는 참고문헌을 작성할 때도 출판연도를 논저자
명 다음에 소괄호 속에 표시한다.

김경남(2006), 『지성을 위한 글쓰기 이론과 실제』, 경진문화사.
김종회 외(2005), 『글쓰기 이론과 실제』, 경희대 출판국.
박인희(2006), 「작문교육에서 컴퓨터의 위상」, 『새국어교육』 72, 한국국어교육
학회.

자연과학 계통의 일부 분야 중에는 이상과 같은 형식을 따르지 않는 분야가 있다.
또한 참고문헌란의 전체 구성에도 차이가 있다. 즉 주석을 따로 처리하지 않고 해당
되는 논저들을 인용한 순서대로 일련번호를 붙여 배열하기 때문에 논저자명 중심의
가나다 순이나 ABC 순도 무시하게 되고 동양서와 서양서 등의 구별도 불필요하게
된다. 그러므로 논문을 작성할 때 반드시 편집 규정을 살펴보고 주석과 참고문헌을
작성해야 한다.

1. 다음의 내용을 외각주의 형식으로 작성하시오.

  ① 문혜원이 쓴 '한국 현대시와 모더니즘이'란 책은 1996년 신구문화사에서 간행되
    었다. 이 책에서 인용한 부분은 23쪽부터 25쪽까지이다.

  ② 박인희가 쓴 ''의해'로 풀어본 양지사석과 〈풍요〉'란 논문은 한국고시가학회가
    2007년 간행한 학회지 고시가연구 제20집에 실려 있다. 이 논문의 255쪽을 인용
    하였다.

Ⅳ 문장 쓰기

영어 단어 하나, 영문법 하나 틀리는 것은 부끄럽게 생각하면서 우리말글에 대해서는 소홀히 하는 사람들이 꽤 있다. 의미만 통하면 되지, 뭐 그렇게 까다롭게 구느냐는 식이다. 하지만 문장을 잘못 쓰면 제일 먼저 의미 전달에 문제가 생긴다. 또 맞춤법을 지키지 못한 글, 표준어를 제대로 사용하지 못한 글, 문법(어법)에 맞지 않는 글은 신뢰성에 문제가 생긴다. 이런 의미에서 어문 규범과 문법을 익힐 필요가 있는 것이다. 다음의 예에서 어떤 문제가 있는지 생각해 보자.

① 우리가 반드시 기억할 것은 김동민 교수의 주장처럼 전통이란 단일한 사건에 그 연원을 둔 것이 아니라는 것이다.

② 대구로 향하던 트럭이 중앙선을 침범해 과속으로 마주오던 버스와 충돌하는 사고가 일어났다.

곰곰이 생각하면 ①은 두 가지 의미로 해석이 가능하다. 하나는 '김동민 교수는 전통이란 단일한 사건에 그 연원을 둔 것이라 주장했는데, 그 주장이 틀렸다는 것을 우리는 기억해야 한다.'라는 의미다. 또 다른 하나는 '전통은 단일한 사건에 그 연원을 둔 것이 아니라는 김동민 교수의 주장을 우리는 기억해야 한다.'라는 의미다. ②도 마찬가지다. 중앙선을 침범한 것을 트럭이라 해석할 수도 있고 버스라 해석할 수도 있는 것이다. 이렇게 문장을 잘못 쓰면 의미 전달에 심각한 문제가 생길 수 있다. 정확한 의미 전달을 위해서는 반드시 어법에 맞는 바른 문장을 사용해야 한다.

바른 문장을 쓰기 위해서는 알아야 할 것이 많다. 조사와 어미의 바른 사용법, 단어의 정확한 의미와 용법, 우리말 문장의 구조, 자연스럽고 정확한 문장 등을 알아야 한다. 또 표준어 규정, 한글맞춤법, 외래어표기법 등의 어문규범을 익힐 필요가 있다. 이 단원에서는 혼동하기 쉬운 한글맞춤법과 표준어, 띄어쓰기, 외래어표기법에 대해 살펴보고, 적절하고 정확한 어휘와 문법형태의 선택, 자연스럽고 정확한 문장을 구사하기 위한 방법 등을 익혀 보자.

1. 원리로 배우는 한글 맞춤법

(1) 한글 맞춤법의 원리

맞춤법, 표준어, 띄어쓰기 등의 국어 규범 때문에 머리가 아프다는 사람도 있다. 하지만 국어 규범이 존재하는 이유는 언중(言衆)을 힘들게 하려는 것이 아니다. 규범이 없이 사람마다 제멋대로 자기 편한 대로 쓴다면 우리의 국어 생활은 심각한 혼란에 빠질 것이다. 언중의 원활한 국어생활과 의사소통이 규범의 목적이며, 규범이란 지켜야 하는 것이란 점을 다시 한번 생각하자.

문장은 단어가 모여서 이루어진다. 바른 문장을 만들기 위해서 먼저 단어에 관한 규범을 먼저 알아야 한다. 국어 규범 중에서도 가장 중요하고 기본이 되는 한글 맞춤법에 대해 먼저 공부해 보자. 한글 맞춤법이 어렵다는 사람이 많이 있다. 물론 쉽지는 않지만 그래도 좀 더 쉽게 접근할 수 있는 방법은 있다. 바로 맞춤법의 원리 (또는 원칙)를 먼저 아는 것이다. 어문 규범이나 문법은 원리를 먼저 알면 이해하기 쉽다. 현행 〈한글 맞춤법〉의 가장 기본적 원리는 맞춤법 규정의 제1항에 잘 나타나 있다.

> 제1장 총칙
> 제1항 한글 맞춤법은 표준어를 <u>소리대로 적되</u>, <u>어법에 맞도록</u> 함을 원칙으로
>   한다.

위의 제1항에서 핵심은 소리대로 적는다는 것과 어법에 맞도록 한다는 것이다. 한글은 말소리를 적는 표음문자이므로 소리대로 적는 것이 기본 원리이다. 모든 것을 소리대로만 적으면 편할 것 같지만 소리대로만 적을 경우에는 가독성(可讀性)의 효율이 떨어진다. 그래서 어법에 맞도록 적는 것이다. 그리고 '원칙으로 한다'라고 한 것은 예외가 있다는 것이다. 예외 없는 규정은 없다는 말처럼 뒤에서 언급할 예외도 잘 기억해 두어야 한다. 맞춤법의 원리를 예를 들어 좀 더 쉽게 풀어 보자.

> a. 나는 너를 사랑하는데 너는 왜 내 마음을 모르냐?
> b. 닥또 잡는다. 꼬치 조타. 감만 마니 나간다.
> c. 닭도 잡는다. 꽃이 좋다. 값만 많이 나간다.

a와 같은 경우는 읽는데 아무런 어려움이 없다. 하지만 b와 c를 비교해 보면, b처럼 소리대로만 적으면 c보다 이해하기 어렵다. 그래서 '소리대로 적되 어법에 맞도록' 하는 것이다. 여기서 어법에 맞도록 한다는 것은 '원형을 밝히어 적는다'는 것으로 생각하면 이해하기 쉽다.

'달기, 닥또, 당만 / 꼬치, 끋또, 꼰만 / 갑씨, 갑또, 감만'과 같이 소리 나는 대로만 적으면 '鷄, 花, 價格'의 의미를 가진 말이 '닭, 닥, 당 / 꽃, 끋, 꼰 / 값, 갑, 감' 등 여러 가지로 표기하게 되어 혼란이 생긴다. '닭이, 닭도, 닭만 / 꽃이, 꽃도, 꽃만 / 값이, 값도, 값만'와 같이 '닭, 꽃, 값'이라는 원형을 밝혀 적는 것이 보다 읽기 쉽고 이해하기 편하다는 것이다. 그리고 소리대로만 적을 경우에는 '반드시[必]'와

'반듯이[直]'을 구별하기 어렵다. 하지만 '반듯이'를 '반듯하다'와의 연관성을 생각해 '반드시'와 구별해 적으면 오해의 소지를 없앨 수 있다. 이런 것이 바로 소리대로 적되 어법에 맞도록 하는 원리이다.

(2) 틀리기 쉬운 한글 맞춤법

한글 맞춤법의 기본 원리는 살펴보았지만 사실 한글 맞춤법의 모든 조항을 세세히 공부하는 것은 전공자에게도 쉬운 일이 아니다. 여기서는 기본 원리를 바탕으로 실생활에서 흔히 틀리기 쉬운 말들을 중심으로 살펴보려 한다. 제시된 단어들 중 어느 것이 맞춤법에 맞는 표기인지 생각해 보자. 그리고 단순히 외우려만 하지 말고 맞춤법에 맞는 이유와 맞지 않는 이유에 대한 설명을 꼼꼼히 살핀다면 한글 맞춤법이 어렵지만은 않을 것이다.

1) 미다지 / 미닫이

'미닫이'는 밀고 닫는 것이라는 의미로 닫는다는 의미가 살아 있다. 그러므로 소리대로 적되, 어법에 맞게 한다는 원리 즉 원형을 밝히어 적는다는 원리에 맞추어 '미닫이'로 적는 것이 바른 표기이다. '여닫이'도 마찬가지 원리에 의한 것이다. 참고로 '미닫이, 여닫이'에서 '미-, 여-'는 '밀다, 열다'의 어간 '밀-, 열-'에서 'ㄹ'이 탈락한 것이다.

2) { 깍듯이 / 깎듯이 } 대하다

'깍듯이'에 '깎다'의 의미가 있다면 원형을 밝혀 '깎듯이'로 적여야 하겠지만, '깎다'의 의미와 관련이 없으므로 위 경우는 '깍듯이'가 맞는 표현이다.

3) { 오랫만에 / 오랜만에 } 만난 그녀

오래간만의 줄임말은 '오랫만'일까 '오랜만'일까? 본말의 형태가 살아있는 '오랜만'이 답이다. 원형을 밝히어 적는다는 원리를 생각해도 그렇고 발음을 생각해도 그렇다. [오랜만]으로 발음하는지 [오랟만]으로 발음하는지 생각해 보면, 역시 '오랜 만'이 맞는 표기이다.

4) { 객쩍은 / 객적은 } 소리 하지 마라.

말이나 행동이 쓸데없고 실없다는 뜻의 말은 '객쩍다'이다. '객쩍다'에 '적다[少]'의 의미가 있다면 '객적다'로 표기하겠지만 그런 의미가 없으므로 소리대로 적는다는 원칙에 따라 '객쩍다'가 맞는 표기인 것이다. 이를 보면 '멋쩍다, 겸연쩍다'가 바른 표기인 것도 알 수 있다. 멋이 적다거나 많다거나 하는 표현이 어색하기는 하지만 만일 멋이 적은 경우라면 '멋 적다'로 써야 한다.

5) 더우기 / 더욱이

'더욱이'는 '더욱'에 접미사 '이'가 결합한 형태이다. '더욱'의 의미가 살아있으므로 원형을 밝혀 적은 '더욱이'가 맞는 표기이다. '일찍이, 오뚝이'도 마찬가지 경우이다. 원형의 의미가 살아 있을 때, 즉 원형을 밝히어 적을 근거가 있을 때는 원형을 밝히어 적는 것이 원리이다.

6) 게 { 섰거라 / 섯거라 }

'게'는 '거기'의 준말이고, '섰거라'는 '서 있거라'의 준말이다. 그러니 '있-'의 'ㅆ'이 살아있는 '섰거라'가 맞는 형태이다.

7) 맑게 { 개인 / 갠 } 하늘

용언(동사, 형용사)의 경우는 기본형을 생각하는 것이 필요하다. '맑게 개인 하늘, 설레이는 마음, 실내에서는 흡연을 삼가해야 한다' 등으로 쓰는 경우가 많으나 이는 잘못이다. 각 단어의 기본형이 '개다, 설레다, 삼가다'이므로 활용할 때 '이'가 들어갈 이유가 없다. '갠, 설레는, 삼가야'가 맞는 표기이다. '네가 행복하게 사는 것이 나의 바램이다.'의 '바램'도 흔히 잘못 사용하는 말이다. '바램'은 '바라다'의 명사형 이다. 기본형이 '바라다'인데 명사형이 '바램'이 될 수는 없다. '떠나다, 나가다'의 명사형은 '떠남, 나감'이지 '떠냄, 나갬'이 될 수 없는 것과 같은 이치이다.

8) { 거친 / 거칠은 } 들판

유명한 노랫말 중에 나오는 표현인데 '거칠은 들판'은 잘못된 표기이다. '거칠다' 의 활용형은 '거친'이 맞다. 어간 말음에 'ㄹ' 받침을 가진 용언에 관형형 어미가 연결될 때는 'ㄹ'이 탈락하는 것이 맞춤법의 원칙이다. 'ㄹ' 받침이 있는 '놀다'의 활 용형을 생각해 보자. '재미있게 논 기억'이 맞는지 '재미있게 놀은 기억'이 맞는지 생각해 보라. 또 '칼을 가는 일'과 '칼을 갈으는 일'은 어느 것이 맞겠는가? '거칠은, 날으는, 녹슬은, 낯설은'이 아니라 '거친, 나는, 녹슨, 낯선'이 맞는 표기이다. 그런데 '퉁퉁 불은 라면'은 맞는 표기이다. '불은'의 기본형은 '붇다'로 'ㄹ' 받침을 가진 말이 아니기 때문에 '불은'으로 활용하는 것이 맞다.

9) 귓대기 / 귀때기

둘 다 발음은 [귀때기]이다. 이 때 '귓대기'라고 적을 근거가 없다. 즉 원형을 밝히 어 적을 근거가 없다. 표준어를 소리대로 적는 것이 원리이므로 '귀때기'로 적는 것이 옳다.

10) 민서는 눈을 감았다.{ 그러고 나서 / 그리고 나서 } 고개를 숙였다.

흔히 '그리고 나서'로 잘못 쓰고 있다. '그렇게 하고 나서'가 줄어든 형태가 '그러 고 나서'이다. '그리고 나서'가 잘못되었다는 것은 '그러나 나서, 그런데 나서'가 잘 못이라는 것을 생각해 보면 쉽게 알 수 있다.

11) 퍼래지다 / 퍼레지다

　모음조화를 알면 쉬운 문제이다. 모음조화란 우리말에서 양성모음(ㅏ, ㅑ, ㅐ, ㅗ, ㅛ, ㅘ 등)은 양성모음끼리, 음성모음(ㅓ, ㅕ, ㅔ, ㅜ, ㅠ, ㅝ 등)은 음성모음끼리 어울리는 경향이 있는 것이다. '알록달록, 얼룩덜룩, 졸졸졸, 줄줄줄'이라 하지 '알룩달룩, 얼록덜록, 졸줄졸'이라 하지는 않는 것이 그 예이다. 모음조화는 의성어, 의태어, 큰말과 작은말, 어간과 어미의 연결 등에 주로 나타난다. '파랗다, 퍼렇다'에서 보이듯이 '파-'에는 '-랗-'이 연결되고, '퍼-'에는 '-렇-'이 연결된다. 그렇다면 맞는 표기는 '파래지다, 퍼레지다'이다. 참고로 용언의 어간 끝 음절의 모음이 'ㅏ, ㅑ, ㅗ'일 때는 '-아, -아서, -아라, -아도, -았-' 등의 '-아' 계열의 어미가 이어지고 나머지는 '-어, -어서, -어라, -어도, -었-' 등의 '-어' 계열의 어미가 이어진다. 예를 들어 '잡다'는 '잡아, 잡아서, 잡아라, 잡아도, 잡았다'로 활용하고, '접다'는 '접어, 접어서, 접어라, 접어도, 접었다'로 활용한다. 이 규칙에 따라 '새다, 재다, 뱉다' 등은 어간 끝 음절의 모음이 양성모음이지만 '새어서, 재어라, 뱉었다' 등의 '-어' 계열 어미가 이어진다.

12) 내가 해 { 줄게 / 줄께 }
　　벌써 { 도착했을걸 / 도착했을껄 }
　　이 일을 어찌 { 할꼬 / 할고 }?

　한글 맞춤법 제53항에 의하면 '-(으)ㄹ거나, -(으)ㄹ걸, -(으)ㄹ게, -(으)ㄹ세라, -(으)ㄹ수록, -(으)ㄹ시, -(으)ㄹ지'의 어미는 예사소리로 적는다고 규정하고 있다. 과거에 된소리로도 적던 것을 예사소리로 통일한 것이다. 이 규정에 의하면 '줄게, 도착했을걸'이 맞는 형태이다. 다만, 의문을 나타내는 어미 '-(으)ㄹ까? -(으)ㄹ꼬? -(스)ㅂ니까? -(으)리까? -(으)ㄹ쏘냐?'는 된소리로 적는다고 예외를 인정하고 있다. 앞에서도 말했듯이 예외 없는 규칙은 없는 것 같다. 안타깝지만 예외 조항은 외울 수밖에 없다.

13) 나뭇군 / 나뭇꾼 / 나무꾼

한글 맞춤법 제54항을 보면 다음과 같은 접미사는 된소리로 적는다고 규정하고 있다. '심부름꾼, 익살꾼, 일꾼, 장꾼, 장난꾼, 지게꾼, 때깔, 빛깔, 성깔, 귀때기, 볼때기, 판자때기, 뒤꿈치, 팔꿈치, 이마빼기, 코빼기' '지겟군'과 '지게꾼'으로 혼동되던 것을 사이시옷을 생략하고 접미사를 된소리로 처리한 것이다. '지겟군'과 '지게꾼'은 모두 [지게꾼]으로 발음되며 '군'으로 적을 근거가 없기 때문에 소리대로 적는 원리를 따른 것이다. 이에 따라 '곱빼기'도 맞는 표기이다. 단, 여기도 '농군(農軍), 젓갈, 상판대기(얼굴의 의미), 뚝배기, 언덕배기'의 예외가 있다.

14) 자칫하면 / 자칟하면, 덧저고리 / 덛저고리

한글 맞춤법 제7항은 'ㄷ' 소리로 나는 받침 중에서 'ㄷ'으로 적을 근거가 없는 것은 'ㅅ'으로 적는다는 규정이다. 이에 따라 '자칫하면, 덧저고리'가 바른 표기이다.

15) 오이소배기 / 오이소박이, 점배기 / 점박이, 외눈배기 / 외눈박이

원형을 밝히어 적을 근거가 있는 것은 밝혀 적는다고 하였다. 오이에 소(김치 등에 넣는 각종 고명)를 '박아 넣은' 것이므로 '오이소박이'가 맞다. 같은 원리로 점이 박혀 있으니 '점박이', 외눈이 박혀 있으니 '외눈박이'가 맞다. '한 살배기'는 한 살이 박힌 것이 아니므로 '한 살배기'로 적는다.

16) 밭사돈 / 밧사돈

여자 사돈은 안주인이라 안사돈이라 부르고. 남자 사돈은 '안'의 반대인 '바깥사돈'이라 한다. '바깥사돈'의 준말은 'ㅌ'받침을 살린 '밭사돈'이 된다.

17) 비러먹다 / 빌어먹다, 뱉아먹다 / 배라먹다

'빌다[乞]'의 의미가 살아 있으므로 '빌어먹다'가 맞는 표기이다. 그런데 이 말의

작은말은 '밸아먹다'가 아니라 '배라먹다'이다. '밸다'라는 말이 없으므로 '밸아'로 적을 근거가 없기 때문에 '배라먹다'로 적는다.

18) 선동렬 / 선동열, 성공률 / 성공율, 순국선열 / 순국선렬, 실패율 / 실패률

한글 맞춤법 제11항 한자음 '랴, 려, 례, 료, 류, 리'가 단어의 첫머리에 올 적에는 두음 법칙에 따라 '야, 여, 예, 요, 유, 이'로 적는다. 다만, 모음이나 'ㄴ' 받침 뒤에 이어지는 '렬, 률'은 '열, 율'로 적는다. 이 규정에 따라 '선동렬, 순국선열, 성공률, 실패율'이 바른 표기이다. 발음을 해봐도 알 수 있다. 자신이 [순국선열, 실패율]로 발음하는지 [순국설렬, 실패률]로 발음하는지 점검해 보라.

19) 다리를 { 뻐치다 / 뻗치다 }, 기운이 멀리 { 뻐치다 / 뻗치다 }

구별하여 적던 것을 '뻗다'와의 의미적 연관성을 고려하여 '뻗치다'로 통일하였다.

20) 식량이 { 넉넉지 / 넉넉치 } 않다.

한글 맞춤법 제40항을 찬찬히 살펴보자.

제40항 어간의 끝음절 '하'의 'ㅏ'가 줄고 'ㅎ'이 다음 음절의 첫소리와 어울려 거센소리로 될 적에는 거센소리로 적는다.

(본말)	(준말)	(본말)	(준말)
간편하게	간편케	다정하다	다정타
연구하도록	연구토록	정결하다	정결타
가하다	가타	흔하다	흔타

[붙임 2] 어간의 끝음절 '하'가 아주 줄 적에는 준 대로 적는다.

(본말)	(준말)	(본말)	(준말)
거북하지	거북지	넉넉하지 않다	넉넉지 않다
생각하건대	생각건대	못하지 않다	못지않다

생각하다 못해　　생각다 못해　　　섭섭하지 않다　　섭섭지 않다

깨끗하지 않다　　깨끗지 않다　　　익숙하지 않다　　익숙지 않다

[붙임 3] 다음과 같은 부사는 소리대로 적는다.

결단코　　결코　　기필코　　무심코　　아무튼　　요컨대

정녕코　　필연코　　하마터면　　하여튼　　한사코

이 규정에서 혼란을 야기하는 것은 어떤 경우에 어간의 끝음절 '하'가 아주 줄어드는가 하는 점이다. 규정을 분석해 보면 '하' 앞의 받침이 'ㄴ, ㄹ ㅁ, ㅇ' 이거나 받침이 없는 경우에만 'ㅎ'을 남겨 적는다. 그러면 다음 문장에서는 어느 것이 맞을까?

'{서슴지/서슴치} 말고 말해라.'

'ㅁ' 받침이니까 '하'가 통째로 줄지 않아서 '서슴치'라고 생각한다면 실수다. 기본형이 '서슴다'로 '하'가 원래 없는 말이니 '서슴지'가 바른 표기이다.

21) 반가와 / 반가워

한글 맞춤법 제18항을 보면 어간의 끝 'ㅂ'은 활용할 때 'ㅜ'로 적는다고 규정하고 있다. 이 규정에 따라 '반가워, 고마워, 차가워, 괴로워' 등으로 적는다. '아니꼽다'의 활용형도 어색한 느낌이 들지만 '아니꼬워, 아니꼬워서'로 적는다. 다만, '곱다, 돕다'만은 예외로 '고와, 도와'로 적는다.

22) { 올바른 / 옳바른 } 행동

'올바르다'를 '옳고 바르다'의 준말로 생각하여 '옳바르다'라고 적는 경우가 있다. 하지만 '올바르다'는 '올이 바르다'가 변한 말이므로 '올바르다'로 적는 것이 올바른 행동이다.

23) 아름답니? / 아름다우니?

　결론부터 말하면 둘 다 맞다. 어간 끝에 'ㅂ' 받침이 있는 말 중 '자랑스럽다, 차갑다' 등의 형용사는 '자랑스럽니? 자랑스러우니?'의 두 형태가 모두 가능하다. 그러나 '돕다' 등의 동사는 '돕니?'의 형태만 가능하다.

24) { 자랑스러운 / 자랑스런 } 조국

　어느 것이 맞춤법에 맞는 표기인지 혼란스러울 때 유용한 방법으로 비슷한 형태의 다른 말을 생각해 보는 것이 있다. '부끄런 행동'과 '부끄러운 행동' 중 어느 것이 맞는가를 생각하면, '자랑스러운'이 맞는 것을 알 수 있다.

25) 너에게 { 알맞는 / 알맞은 } 일이다

　우리말에서 동사는 현재진행형이 가능하지만 형용사는 현재진행형이 불가능하다. '허리가 굵은 사람'이란 표현은 가능하지만 '허리가 굵는 사람'은 불가능한 것이다. 마찬가지로 '알맞다'는 형용사이므로 '알맞은 일'이 바른 표기이다.

26) 나 어떡해 / 나 어떻해

'어떻게 해'가 줄어든 것이 '어떡해'이다.

27) 연거퍼 / 연거푸

　이어진다는 뜻의 '연'을 빼고 생각해 보자. '넉 잔을 { 거퍼 / 거푸 } 들이켰다.' '연거푸'가 맞다는 것을 바로 알 수 있을 것이다.

28) 무슨 일 있어요? { 아니요 / 아니오 }, 아무 일 없어요.

　'아니요'는 부사 '아니'에 보조사 '-요'가 결합한 형태이고, '아니오'는 '아니다'의 활용형이다. '아니오'는 '나는 그렇게 옹졸한 사람이 아니오. 아무 일도 아니오.'와 같이 서술어로만 사용된다. 물음에 대한 대답에는 '아니요'를 써야 한다. '-요'는 생략이 가능한 보조사이니 '아니'만 사용해도 문장은 충분히 성립한다.

29) 옛스럽다 / 예스럽다

'예'는 명사로 '예나 지금이나 변함이 없다.' 같은 경우에 쓴다. '옛'은 관형사로 '옛 어른들, 옛 모습' 등을 사용한다. '-스럽-'은 접사로서 일반적으로 관형사에는 접사나 조사가 붙을 수 없다. 그러므로 '예스럽다'가 맞는 표기이다. '옛길, 옛날, 옛말, 옛이야기, 옛사랑, 옛정' 등은 이미 한 단어로 굳어져 명사로 취급하는 것이다.

30) 사과를 { 껍질째로 / 껍질채 }로 먹었다.

'채'는 '-ㄴ'이나 '-은' 뒤에 쓰여, '어떤 상태가 계속된 대로 그냥'의 뜻을 나타내는 의존 명사이다. '옷을 입은 채로 물에 빠지다. 미해결인 채로 남아 있다.'처럼 사용한다. 반면 '-째'는 접미사로 명사 뒤에 붙여 '있는 그대로 · 통째로'의 뜻을 나타내는 말이다.

31) 오늘은 { 웬지 / 왠지 } 기분이 좋다.

'왜인지'가 줄어들면 '왠지'일까? '웬지'일까? 답은 물론 '왠지'이다. 풀어 보아서 '왜인지, 왜 그런지'의 의미라면 '왠지'가 맞는 표기이다. '웬지'라는 표기는 없으며 '웬'은 '웬걸, 웬만하면, 이게 웬 떡이야? 웬 말이 그렇게 많아?' 등으로 사용한다.

32) 착한 사람이 { 됐다 / 됬다 }.

'돼'는 '되어'의 준말이라는 것을 기억하자. 그렇다면 '되었다'의 준말은 '됐다'이다. '이제 다 됬다'와 같은 표기는 잘못된 것이다. 혼란스러울 때는 풀어서 따져 보자. '준비 다 됐니? 아직 안 됐어.'는 '준비 다 되었니? 아직 안 되었어.'의 의미이다. 그렇다면 '준비 다 됐니? 그러면 안 돼.'로 써야함을 알 수 있다.

33) 오늘이 몇 월 { 몇일 / 며칠 }이지?

  부산에서 홍콩까지 가는 데 { 몇일 / 며칠 } 걸리지?

 어떤 경우도 다 '며칠'이다. '몇 월'은 [며둴]로 발음한다. 마찬가지로 [며딜]로 발음한다면 '몇일'로 적을 근거가 되지만, 우리가 [며딜]이라 발음하지는 않는다. 그래서 '몇일'로 적을 근거가 없다고 판단하여 '소리대로'의 원리를 적용하여 '며칠'로 적는 것이다.

34) 짭짤하다 / 짭잘하다

 '박수[박쑤], 각시[각씨], 몹시[몹씨], 우리말에서 'ㄱ'이나 'ㅂ' 받침 뒤의 자음(ㄱ, ㄷ, ㅂ, ㅅ)은 언제나 된소리로 나지만 된소리로 적지 않는 것이 원칙이다. 그러나 한 단어 내에서 'ㄱ', 'ㅂ' 받침 뒤에 나는 된소리 중 같거나 비슷한 음절이 겹쳐 나는 경우에는 된소리로 적는다. '쑥쑥하다, 딱따구리, 똑똑하다'가 맞는 표기이다.

35) 깨끗이 / 깨끗히

자주 혼동하는 것인데 규정을 찬찬히 살펴보고 익히자.

(1) '-이'로 적는 경우
① '이'로만 소리 나는 것 : 깊숙이, 고즈넉이, 끔찍이, 가뜩이, 길쭉이, 두둑이
② ㅅ 받침 뒤: 깍듯이, 느긋이, 둥긋이, 따뜻이, 반듯이, 버젓이, 산뜻이, 의젓이
③ 형용사 뒤 : 가까이, 가벼이, 고이, 날카로이, 쉬이, 새삼스러이, 같이, 굳이, 많이, 적이, 헛되이
④ 부사 뒤 : 곰곰이, 더욱이, 오뚝이, 일찍이
⑤ 첩어 뒤 : 간간이, 겹겹이, 번번이, 일일이, 집집이, 틈틈이

(2) '-히'로 적는 경우

① '히'로만 소리 나는 것 : 극히, 급히, 딱히, 속히, 익히, 작히, 족히, 특히, 엄격히, 간곡히, 까마득히, 막막히, 똑똑히

② '이, 히'로 나는 것 : 솔직히, 가만히, 간편히, 나른히, 무단히, 각별히, 소홀히, 쓸쓸히, 정결히, 과감히, 꼼꼼히, 심히, 열심히, 급급히, 섭섭히, 공평히, 능히, 당당히, 분명히, 상당히, 조용히, 간소히, 고요히, 도저히

36) ① 마당이 { 널따랗다 / 넓다랗다 } ② 얼굴이 { 넓적하다 / 널쩍하다 }

①과 ②를 '널-'로 발음하는지 '넙-'으로 발음하는지 생각해 보자. '널-'로 발음하면 '널-'로 적고, '넙-'으로 발음하면 '넓-'으로 적는다. '넓-'과 같이 겹받침을 가진 말에서 앞의 받침이 발음되면 소리 나는 대로 적고, 뒤의 받침이 발음되면 원형을 밝혀 적는다. '널따랗다, 널찍하다, 넓적하다, 넓죽하다, 얄팍하다, 짤따랗다' 등이 맞는 표기이다.

37) -던지 / -든지

'-던지'는 회상을 나타내는 어미 '-더-'에 '-ㄴ지'가 붙은 형태이다. '아까 얼마나 졸리던지 참기 힘들었어.'와 같은 경우에 사용한다. '-든지'는 '선택' 또는 '물건이나 일의 내용을 가리지 아니함'의 뜻을 나타내는 조사 또는 어미이다. '사과든지 배든지 마음대로 골라라. 먹든지 말든지 네 맘대로 해라.'와 같은 경우에 사용한다.

38) 쇠조각 / 쇳조각 (한글 맞춤법 제30항)

단어와 단어가 결합하여 만들어진 합성어에 사이시옷이 들어가는 경우가 있다. 합성어는 고유어와 고유어의 결합하는 경우, 한자어와 고유어(또는 고유어와 한자어)가 결합하는 경우, 한자어와 한자어가 결합하는 경우의 세 가지가 있다. 이 중 한자어와 한자어의 합성어는 아래 표 ④의 여섯 단어 이외에는 사이시옷을 쓰는

경우가 없다. ④의 여섯 단어는 예외이므로 외워야 한다. 나머지는 아래의 규정과 같이 합성어에서 뒷말의 첫소리가 된소리로 날 때, 뒷말 첫소리가 'ㄴ, ㅁ, 모음'인 경우 이들 앞에서 'ㄴ'소리가 덧날 때, 뒷말 첫소리 모음 앞에서 'ㄴ, ㄴ' 소리가 덧날 때 사이시옷을 적는다.

예를 들어 '귓밥'은 고유어 '귀'와 고유어 '밥'을 합친 말로 [귀빱] 또는 [귇빱]으로 발음한다. 고유어와 고유어가 합쳐진 유형인데 뒷말 첫소리 'ㅂ'이 된소리 'ㅃ'으로 나는 것이다. 아래 표의 ①-㉠에 해당하는 것으로 사이시옷을 적어야 하는 경우인 것이다. 하나 더 예를 들어, '제삿날'은 한자어 '제사'와 고유어 '날'이 결합된 말로 [제산날]로 발음한다. 한자어와 고유어가 결합한 유형 중 뒷말 첫소리가 'ㄴ'('날'의 'ㄴ')이고, 이 'ㄴ' 앞에서 'ㄴ' 소리가 덧나고 있다('제산'의 'ㄴ'). 아래 표의 ②-㉡에 해당한다.

사이시옷 규정

각 항의 ㉠은 '고유어+고유어' 유형, ㉡은 '한자어+고유어' 유형이다.
① 뒷말 첫소리가 된소리로 날 때
　㉠ 귓밥, 나룻배, 나뭇가지, 냇가, 모깃불, 잇자국, 잿더미, 조갯살, 찻집, 핏대
　㉡ 귓병, 사잣밥, 샛강, 아랫방, 전셋집, 찻잔, 탯줄, 텃세, 핏기, 햇수
② 뒷말 첫소리가 'ㄴ, ㅁ, 모음'인 경우 이들 앞에서 'ㄴ'소리가 덧날 때
　㉠ 아랫니, 뒷머리, 잇몸, 깻묵, 냇물, 빗물
　㉡ 곗날, 제삿날, 훗날, 툇마루, 양칫물
③ 뒷말 첫소리 모음 앞에서 'ㄴ, ㄴ' 소리가 덧나는 것
　㉠ 두렛일, 뒷일, 베갯잇, 깻잎, 나뭇잎, 댓잎
　㉡ 가욋일, 사삿일, 예삿일, 훗일
④ 두 음절로 된 다음 한자어
　곳간(庫間), 찻간(車間), 툇간(退間), 셋방(貰房), 숫자(數字), 횟수(回數)

39) 문을 { 잠궜다 / 잠갔다 }

'잠그다, 담그다' 등은 '잠그고, 잠그니, <u>잠가서</u>, <u>잠가라</u>, 담그고, 담그니, <u>담가서</u>, <u>담가라</u>' 등으로 활용한다. 그러므로 '잠갔다, 담갔다'가 맞는 표기이다.

40) 안녕히 { 가십시요 / 가십시오 }.

'가십시오'가 맞다. '-오'는 어미로서 생략할 수 없으며, '-요'는 조사로서 생략할 수 있다. 즉 생략이 가능하면 '-요', 불가능하면 '-오'이다. '밥 맛있게 먹어요.'에서는 '-요'를 생략할 수 있으니 '먹어요'가 맞다.

(3) 의미를 구별하여 적을 말

한글 맞춤법 제57항에 의하여, 다음 말들은 발음은 비슷하나 그 의미와 표기가 다르니 각각 구별하여 적어야 한다. 예문과 보충 설명을 보고 잘 익혀 두자.

가름	둘로 가름. - '가르다'의 명사형
갈음	새 책상으로 갈음하였다. - '갈다'에서 파생된 명사
거치다	영월을 거쳐 왔다.
걷히다	외상값이 잘 걷힌다. - '걷다'의 피동형
걷잡다	걷잡을 수 없는 상태.
겉잡다	겉잡아서 이틀 걸릴 일. - '겉'으로 보아 대충 짐작하는 것
그러므로(그러니까)	그는 부지런하다. 그러므로 잘 산다. - '그렇기 때문에'의 의미. 이유, 원인을 뜻함.
	*'그러므로써, 하므로써' 등의 형태는 없다.

그럼으로(써)   열심히 공부한다. 그럼으로(써) 은혜에 보답한다. - '그
                      렇게 하는 것으로'의 의미.
                      수단, 방법을 뜻함.

노름   노름판이 벌어졌다.
놀음(놀이)   즐거운 놀음. - '놀음놀이'의 준말

느리다   진도가 너무 느리다.
늘이다   고무줄을 늘인다. - 길이를 길게 하다.
늘리다   수출량을 더 늘린다. - 수(數)나 량(量)을 늘게(많아지
                      게) 하다.

다리다   옷을 다린다. - 다리미, 다림질
달이다   약을 달인다. - 한약 달여 드립니다.

다치다   부주의로 손을 다쳤다.
닫히다   문이 저절로 닫혔다. - '닫다'의 피동형
닫치다   문을 힘껏 닫쳤다. - '힘차게 닫다'의 의미.

돋구다   '안경 도수를 높이다'의 의미로만 쓰인다.
돋우다   {입맛/심지/사기}를 돋우다.

떼다   {돈을/벽보를/영수증을/젖을/정을/천자문을/화투를} 떼다.
띠다   {웃음을/사명을/색깔을} 띠다.
띄다   눈에 띄다('뜨이다'의 준말). 책상과 책상 사이를 띄다
                      ('띄우다'의 준말).

마치다   벌써 일을 마쳤다.
맞히다   여러 문제를 더 맞혔다.

| 맞추다 | 내 답과 정답을 맞추다. 계산을 맞춰 보다. - 비교하다. |

바치다	나라를 위해 목숨을 바쳤다.
받치다	우산을 받치고 간다. 책받침을 받친다.
받히다	쇠뿔에 받혔다.
밭치다	술을 체에 밭친다.

| 반드시 | 약속은 반드시 지켜라. |
| 반듯이 | 고개를 반듯이 들어라. |

| 부딪치다 | 차와 차가 마주 부딪쳤다. - '부딪다'를 강조한 말. '세게 부딪다'의 의미 |
| 부딪히다 | 마차가 화물차에 부딪혔다. - '부딪다'의 피동. '부딪음'을 당하다의 의미. |

| 부치다 | 힘이 부치는 일이다. 편지를 부친다. 논밭을 부친다. 빈대떡을 부친다.
식목일에 부치는 글. 회의에 부치는 안건. 인쇄에 부치는 원고. 삼촌 집에 숙식을 부친다. |
| 붙이다 | 우표를 붙인다. 책상을 벽에 붙였다. 벽에 그림을 붙이다. 흥정을 붙인다. 불을 붙인다. 감시원을 붙인다. 조건을 붙인다. 취미를 붙인다. 별명을 붙인다. - '붙다'의 의미가 살아있으면 '붙이다'로 적는다. |

| 시키다 | 일을 시킨다. |
| 식히다 | 끓인 물을 식힌다. |

| 아름 | 세 아름 되는 둘레. |
| 알음 | 전부터 알음이 있는 사이. - '안면, 연관'의 의미 |

앎	앎이란 무엇인가? - '아는 것'
안치다	밥을 안친다.
앉히다	의자에 앉히다. 윗자리에 앉힌다. - '앉게 하다'의 의미, '앉다'의 사동형
어름	두 물건의 어름에서 일어난 현상. - 두 물건의 끝이 맞닿은 자리. 물건과 물건의 한가운데.
얼음	얼음이 얼었다.
이따가	이따가 오너라. - 잠시 후
있다가	돈은 있다가도 없다. - 조사 '도'를 붙일 수 있다.
저리다	다친 다리가 저린다.
절이다	김장 배추를 절인다. - 배추 겉절이
조리다	생선을 조린다. 통조림, 병조림.
졸이다	마음을 졸인다.
주리다	여러 날을 주렸다. - 굶주림
줄이다	비용을 줄인다. - 줄게 하다
하노라고	하노라고 한 것이 이 모양이다.
하느라고	공부하느라고 밤을 새웠다. 자느라고 늦었다. 싸우느라고 힘이 다 빠졌다.
- (으)러(목적)	공부하러 간다.
- (으)려(의도)	서울에 가려 한다.
- (으)로서(자격, 지위, 신분)	사람으로서 그럴 수는 없다. 학생으로서 할 일

- (으)로써(수단, 방법, 도구)   닭으로써 꿩을 대신했다. 이것은 연필로써 그린
                               것이다.

- (으)므로(어미)   그가 나를 믿으므로 나도 그를 믿는다. - '믿기 때문에'
                               의 의미 : 이유, 원인
(- ㅁ, - 음)으로(써)(조사)   그는 진실을 믿음으로(써) 살아있는 보람을 느꼈다.
                               - '믿는 것으로써'의 의미 : 수단, 방법

▎연습문제 ▎

* 다음 중 한글 맞춤법에 맞는 말을 고르시오.

1.	틈틈이 / 틈틈히	32.	네가 나한테 이러면 안 (되지 / 돼지).
2.	촉촉이 / 촉촉히	33.	여간 (거북지 / 거북치) 않았다.
3.	솔직이 / 솔직히	34.	살림이 (넉넉지 / 넉넉치) 않다.
4.	능이 / 능히	35.	다시 (생각건대 / 생각컨대) 그의 잘못이다.
5.	각별이 / 각별히	36.	(대가 / 댓가)는 (섭섭지 / 섭섭치) 않게 주겠다.
6.	간소이 / 간소히	37.	남 일이라고 너무 (무심지 / 무심치)는 말아라.
7.	끔찍이 / 끔직히	38.	가까와 / 가까워
8.	나루배 / 나룻배	39.	날씨가 (개다 / 개이다).
9.	나무가지 / 나뭇가지	40.	(거친 / 거칠은) 들판
10.	아래마을 / 아랫마을	41.	널찍하다 / 넓직하다
11.	회수 / 횟수	42.	주는 대로 (넓죽 / 넙죽) 받다.
12.	개수 / 갯수	43.	여기 (왠일이니 / 웬일이니)?
13.	머리말 / 머릿말	44.	일군 / 일꾼
14.	예사일 / 예삿일	45.	농군 / 농꾼
15.	해도지 / 해돋이	46.	조그마하다 / 조그만하다
16.	구비구비 / 굽이굽이	47.	통째로 / 통채로
17.	선률 / 선율	48.	통털어 / 통틀어
18.	백분률 / 백분율	49.	여름에는 음식이 (금새 / 금세) 상한다.
19.	곱배기 / 곱빼기	50.	공사를 (연기하고자 함 / 연기하고저 함).
20.	언덕배기 / 언덕빼기	51.	거꾸로 / 꺼꾸로
21.	걸맞는 / 걸맞은	52.	구레나룻 / 구렛나루
22.	식성에 맞는 / 맞은 음식	53.	갈치 / 칼치
23.	생각할는지 / 생각할런지 / 생각할른지	54.	하마터면 / 하마트면
24.	원서 접수를 하려고 / 할려고 기다렸다.	55.	얼마나 (막히기에 / 막히길래) 이리 늦었나?
25.	내노라하는 / 내로라하는 부잣집	56.	눈살 / 눈쌀
26.	이것은 책(이오/이요), 저것은 붓(이오/이요).	57.	메밀국수 / 모밀국수
27.	이따가 다시 올게 / 올께	58.	짜깁기 / 짜집기
28.	지난 여름은 몹시 덥더라 / 덥드라.	59.	추스르다 / 추스리다
29.	그렇게 잘 먹던 / 먹든 사람이 이젠 통 못 먹어.	60.	이파리 / 잎파리
30.	이러시면 안 (되요 / 돼요).	61.	잔디 / 잔듸
31.	그러면 안 (된다 / 됐다).	62.	뒤치다꺼리 / 뒤치닥거리

2. 꼭 알아야 할 표준어

　표준어를 정한 목적은 의사소통의 편의를 위해서이다. 사적인 자리에서는 구수한 사투리에 고향을 떠올리는 사람도 있을 것이다. 또 비속어로 친근감을 표현하는 경우도 있을 것이다. 하지만 공적인 자리에서도 저마다 제 고향 사투리 비속어를 사용한다면 분명 소통에 큰 어려움이 생길 것이다. 사투리도 정감이 있고 특정 지역의 문화를 반영하고 있으며 우리 언어생활을 풍부하게 하는 꼭 필요한 우리 국어이다. 문학작품에는 비속어도 필요할 것이다. 하지만 공적인 자리나 문서에는 표준어를 사용해야 의사소통이 원활하게 이루어질 수 있다.

　현재 우리가 사용하는 표준어 규정은 1988년 1월 19일에 고시하고, 1989년 3월 1일부터 시행하여 지금에 이르고 있다. 표준어 규정을 만들면서 각 항에 대표적 사례를 제시했지만 부족함이 있어서 1990년 9월 14일 문화부 공고로 '표준어 모음'을 발표하여 보충하였다. 언어란 생물과 같아서 태어나고 변하고 사라진다. 앞으로도 표준어 사정은 계속해야 하지만 규범이란 보수성이 있는 것이어서 현재 우리의 언어 감각에 잘 맞지 않는 것도 있을 수 있다. 하지만 우선은 정해진 것을 잘 지키려는 노력이 필요하다.

　표준어 규정은 크게 두 부분으로 이루어져 있다. '표준어 사정 원칙'과 '표준 발음법'인데, 여기서는 글쓰기가 중심이므로 '표준 발음법'은 다루지 않는다. 표준어를 정하는 기본 원칙을 먼저 살펴보고, 표준어 규정 중 중요한 것, 혼동하기 쉬운 것을 각 항목에 따라 찬찬히 살펴보자.

> 제1항 : 표준어는 ①교양 있는 사람이 두루 쓰는 ②현대 ③서울말로 정함을 원
> 　　　　칙으로 한다.

　위 규정은 표준어 사정(査定)*의 기본 원칙을 밝힌 것이다. 첫째, 교양 있는 사람들

---

* 조사하여 정함.

이 쓴다고 했으니 비속한 말, 저속한 말은 표준어가 될 수 없다는 의미이다. 둘째, 중세어나 근대어가 아닌 현대어, 현재 우리가 사용하는 말 중에서 표준어를 정한다는 뜻이다. 셋째, 다른 지역의 방언*이 아닌, 서울 지역의 방언에서 표준어를 정한다는 의미이다. 또 '원칙으로 한다'라고 했으니 예외가 있다는 의미다. 예를 들어 서울 방언 중에도 표준어가 아닌 것이 있다. 서울·경기 방언에서는 조사 '-도'를 '-두'로 발음한다. '나두 가고 싶다.'처럼 서울·경기 방언을 쓰는 사람들은 거의 다 실제 입말에서는 조사 '-도'를 '-두'로 발음한다. 하지만 이것은 표준어가 아닌 것이다.

제2항 : 외래어는 따로 사정한다.

〈외래어 표기법〉을 따로 정해서 사용하고 있으니, 뒤에서 살핀다.

제3항 : 다음 단어들은 거센소리를 가진 형태를 표준어로 삼는다.
끄나풀 / 끄나불,　나팔꽃 / 나발꽃,　동녘 / 동녁,　칸 / 간
살쾡이 / 삵괭이,　털어먹다 / 떨어먹다

'나팔꽃, 방 두 칸, 재산을 다 털어먹다' 등이 표준어이다. '칸'은 '간(間)'에서 온 말인데 '초가삼간(草家三間), 수간모옥(數間茅屋), 윗간' 등은 그대로 '간'으로 쓴다.

제5항 : 어원에서 멀어진 형태로 굳어져서 쓰이는 것은, 그것을 표준어로 삼는다.
강낭콩 / 강남콩,　고삿 / 고샅**,　사글세 / 삭월세,　울력성당 / 위력성당
말곁 / 말겻,　적이 / 저으기

'강남(江南)콩***'이 발음이 변해서 '강낭콩'이 되었는데, 현제에 많이 쓰이는 것

---

* 어떤 지역의 말. 사투리는 표준어 이외의 지역의 말이라는 뜻이다.
** 좁은 골목길이라는 의미의 '고샅'은 표준어이다.
*** 따뜻한 남쪽 지역에서 재배되던 콩이라는 의미를 담고 있다.

을 표준어로 삼는다는 원칙에 따라 '강낭콩'을 표준어로 정한 것이다. '사글세'도
원래 다달이 내는 세라는 의미의 '삭월세(朔月貰)'가 발음하기 편한 형태로 변한 것
이다. 어원에서 많이 멀어졌기에 굳이 어원을 밝히지 않고 현재 많이 쓰이는 형태를
표준어로 정한 것이다. 단, 월세(月貰)는 표준어다. '고샅'은 '초가지붕을 일 때 쓰는
새끼', '울력성당'은 '떼를 지어서 으르고 협박하는 일', '말곁'은 '남이 말하는 곁에서
덩달아 참견하는 말', '적이'는 '약간 · 다소'의 의미이다.

제6항 : 다음 단어는 의미를 구별함이 없이 한 가지 형태만을 표준어로 삼는다.
돌 / 돐,　둘째 / 두째,　셋째 / 세째,　빌리다 / 빌다

구별하여 사용하던 어려움을 없애기 위해 하나의 형태로 통일한 것이다. '아기의
생일'이나 '주년(週年)'을 의미하는 말이나 모두 '돌'이 표준어다. 수량을 나타낼 때
는 '둘째, 셋째'로 차례를 나타낼 때는 '두째, 세째'로 사용하던 것을 '둘째, 셋째'로
통일하였다. 단, 앞에 '열, 스물, 서른' 등의 말과 합쳐져 사용할 때는 '두째'가 표준
어이다. 즉 22번째는 '스물두째'가 표준어이다. '빌려 오다'는 의미는 '빌다'로 '빌려
주다'는 의미는 '빌리다'로 쓰던 것을 모두 '빌리다'로 통일하였다.

제7항 : 수컷을 이르는 접두사는 '수-'로 통일한다.
　　ⓐ 수나사, 수놈, 수말, 수사돈, 수소, 수은행나무, 수개미, 수거미, 수
　　　곰, 수고양이, 수벌
　　ⓑ 수캉아지, 수캐, 수컷, 수탕나귀, 수평아리, 수키와, 수탉, 수톨쩌귀,
　　　수퇘지
　　ⓒ 숫양, 숫염소, 숫쥐

'수-'와 '숫'으로 나누어 사용하던 것을 ⓐ와 같이 '수-'로 통일하였다. ⓑ는 접두
사 '수-'가 결합하면서 음운 변화가 일어난 예이다. '수-'는 중세어 시기에는 '수ㅎ-'
과 같이 끝에 'ㅎ' 소리가 있는 말이었다. 이 'ㅎ'의 흔적이 이어져 오늘날 다른 말과

결합할 때 '수+강아지 → 수캉아지'가 되는 것이다. 'ㅎ'과 'ㄱ, ㄷ, ㅂ, ㅈ'이 하나로 합쳐지면 'ㅋ, ㅌ, ㅍ, ㅊ'이 된다*. 그래서 '수+개=수캐, 수+것=수컷, 수+당나귀=수탕나귀'가 된다. '암-'도 마찬가지이다. 일종의 예외이다. ⓒ도 예외로 세 단어만 '숫-'을 인정한 것이다. '수양, 수염소, 수쥐'라고 하면 너무 어색하다는 것이 그 이유이지만 이해하기 어렵다. '수놈, 수소'는 어색하지 않다는 것인가? 하지만 규범이라는 것이 완벽할 수는 없을 것이다. 문제가 있더라도 일단 지키면서 개선책을 모색해야 할 것이다.

제8항 : 양성 모음이 음성 모음으로 바뀌어 굳어진 다음 단어(ⓐ)는 음성모음의
형태를 표준어로 삼는다. 다만, 어원 의식이 강하게 작용하는 다음 단어
(ⓑ)에서는 양성 모음 형태를 그대로 표준어로 삼는다.
ⓐ 깡충깡충, 막둥이, 발가숭이, 보퉁이, 뻗정다리, 오뚝이, 오순도순,
주추(←柱礎)
ⓑ 부조(扶助), 사돈(査頓), 삼촌(三寸)

언어는 계속 변화한다. 언중들이 현재 많이 쓰는 형태를 표준어로 삼은 것이다. '깡충깡충, 막둥이, 오뚝이, 오순도순'이 표준어이던 것을 1988년에 새 규정을 발표하면서 언어 현실에 맞춰 바꾼 것이다. 표준어는 현재 두루 쓰는 말로 정하는 것이 원칙이라 점을 다시 상기하자. '키가 작은 데 비해 다리가 좀 길다. 치마나 바지 따위 옷이 좀 짧다.'의 의미인 '깡총하다'는 표준어이다. 막둥이에서 유추할 수 있듯이 '쌍둥이'가 표준어이다. 하지만 한 톨 안에 두 쪽이 들어있는 밤은 '쌍동밤'이 표준어이다.

제9항 : ① 'ㅣ'역행동화 현상에 의한 발음은 원칙적으로 표준발음으로 인정하지
아니하되, ② 다만 다음 단어는 그러한 동화가 적용된 형태를 표준어로
삼는다.

---

* '좋다'의 발음이 [조타]인 것을 보면 쉽게 알 수 있다.

ⓐ 아지랑이 / 아지랭이, 아기 / 애기, 아비 / 애비
ⓑ 시골나기 / 시골내기, 남비 / 냄비

‘ㅣ’역행동화란 모음 ‘ㅣ’가 앞의 말에 영향을 주어 앞의 말이 변하는 음운 현상이다. ‘왼손잡이, 먹이다’에서 ‘이’가 앞의 ‘잡, 먹’에 영향을 주어 ‘왼손잽이, 멕이다’로 변하는 것과 같은 현상이다. 그러나 이것은 표준어로 인정하지 않는다는 것이다. 그러므로 ①의 규정에 따라 ⓐ에서는 ‘아지랑이, 아기, 아비’가 표준어이고, 예외 규정인 ②에 따라 ⓑ에서는 ‘시골내기, 냄비’가 표준어이다.

참고로 ‘장이’에서 ‘ㅣ’역행동화가 일어난 것이 ‘쟁이’인데, ‘미장이, 대장장이, 멋쟁이, 개구쟁이, 요술쟁이, 욕심쟁이’처럼 기술자에는 ‘장이’를 쓰고, 그 외에는 ‘쟁이’를 사용한다.

제10항 : 다음 단어는 모음이 단순화한 형태를 표준어로 삼는다.
괴팍하다 / 괴퍅하다, 미루나무 / 미류나무, 케케묵다 / 케케묵다
허우적허우적 / 허위적허위적, 으레 / 으례

‘괴팍’의 원래 한자는 ‘乖愎’으로 ‘愎’의 한자음은 ‘퍅’이나 발음의 어려움 때문에 언중들이 ‘팍’으로 발음하는 것을 고려하여 ‘괴팍하다’를 표준어로 정했다. ‘미루’도 원래 ‘미류(美柳)’였으나 언중들이 실제로 ‘미루’로 대부분 발음하는 것을 반영하여 ‘미루나무’를 표준어로 정한 것이다. ‘으레, 케케묵다’도 발음의 변화를 수용하여 정한 표준어이다.

제11항 : 모음의 발음 변화를 인정하여, 발음이 바뀌어 굳어진 형태를 표준어로 삼는다.
상추 / 상치, 주책 / 주착, 튀기 / 트기, 미숫가루 / 미싯가루
나무라다 / 나무래다, -하구려 / -하구료

그 변화의 속도는 빠르지 않지만 언어는 변하고 있다. 현재의 표준어 규정도 언젠가는 또 바뀔 것이다. 일단 이 항도 표준어 규정을 새로 정할 당시까지의 변화를 인정한 경우이다. 이 표준어 규정을 정할 때로부터도 벌써 10년 정도가 흘렀다. '하구려, 나무라다, 상추, 주책, 튀기, 미숫가루'가 이제는 익숙할 것이다.

제12항 : '옷-' 및 '윗-'은 명사 '위'에 맞추어 '윗'으로 통일한다.
윗눈썹, 윗니, 윗도리, 윗사람, 윗목, 윗자리

'윗'으로 통일했으나 예외가 있다. 가능하면 예외는 만들지 않는 것이 좋으나 규범이니 일단 인정하자. '위쪽, 위층'과 같이 뒷말의 첫소리가 된소리나 거센소리일 때는 사이시옷을 뺀 '위'를 쓴다. 그리고 위와 아래의 대립이 없이 위만 있는 경우에는 '웃'을 사용한다. '웃거름, 웃고명, 웃국, 웃돈, 웃돌다, 웃어른, 웃통, 웃풍' 등은 '웃'으로 적는다. '윗사람'은 '아랫사람'도 있으니 '윗사람'이 맞고, '웃어른'은 '아랫어른'은 없으니 '웃어른'이 맞다.

제13항 : 한자 '구(句)'가 붙어서 이루어진 단어는 '귀'로 읽는 것을 인정하지
아니하고, '구'로 통일한다.
구절, 대구, 시구

단, 예외로 '글귀, 귀글'은 '귀'를 인정한다. ※ 글귀 : 글의 구나 절. 좋은 글귀를 적어서 간직하다. ※ 귀글 : 한시(漢詩)처럼 두 마디가 한 덩이씩 되게 지은 글.

제14항 : 준말이 널리 쓰이면 준말만을 표준어로 삼는다.
귀찮다 / 귀치않다, 김매다 / 기음매다, 똬리 / 또아리, 빔* / 비음,
샘 / 새암

---

* 설빔

온갖 /온가지, 장사치 / 장사아치, 생쥐 / 새앙쥐, 솔개 / 소리개

제15항 : 본말이 널리 쓰이면 본말을 표준어로 삼는다.
　　　　귀이개 / 귀개, 부스럼 / 부럼, 수두룩하다 / 수둑하다

제17항 : 비슷한 발음의 몇 형태가 쓰일 경우, 그중 하나가 더 널리 쓰이면 그
　　　　한 형태만을 표준어로 삼는다.
　　　　귀고리 / 귀엣고리, 꼭두각시 / 꼭둑각시, 천장 / 천정, 금반지 너
　　　　돈 / 네 돈, 집에 [가려고 / 갈려고]

제20항 : 사어가 되어 쓰이지 않게 된 단어는 고어로 처리하고, 현재 널리 사용
　　　　되는 단어를 표준어로 삼는다.
　　　　설거지하다 / 설겆다, 애달프다 / 애닲다, 오동나무 / 머귀나무, 자두
　　　　/ 오얏

제21항 : 고유어 계열의 단어가 널리 쓰이면 그 단어만을 표준어로 삼는다.
　　　　까막눈 / 맹눈, 박달나무 / 배달나무, 사래논 / 사래답

제22항 : 한자어 계열의 단어가 널리 쓰이면 그 단어만을 표준어로 삼는다.
　　　　개다리소반 / 개다리밥상, 고봉밥 / 높은밥, 총각무 / 알타리무

제25항 : 의미가 똑같은 형태가 몇 가지 있을 경우, 그중 하나가 압도적으로
　　　　널리 쓰이면, 그 단어만을 표준어로 삼는다.
　　　　고치다 / 낫우다, 까다롭다 / 까탈스럽다, 까치발 / 까치다리, 이리
　　　　다오 / 이리 다구

　　표준어는 현재 우리가 널리 쓰는 말 중에서 정하는 것이 원칙이다. 제14, 15, 17,
20, 21, 22, 25항은 언어 현실을 고려하여 잘 쓰이지 않는 말을 버리고 널리 쓰이는
말을 표준말로 정한 것이다. 앞의 말이 표준어이다. 물론 어느 말이 더 널리 쓰이냐

는 개인에 따라 이견이 있을 것이다. 하지만 여러 가지 언어학적 조사와 연구에 의한 결과이니 일단 믿고 따라야 할 것이다. 특히 제17항의 {가려고/갈려고}와 같은 경우는 '공부를 할려고 도서관에 갔다'처럼 흔히 잘못 쓰는 경우가 많으니 주의가 필요하다.

제16항 : 준말과 본말이 다 같이 쓰이면서 준말의 효용이 뚜렷이 인정되는 것은 두 가지를 다 표준어로 삼는다.
거짓부리 / 거짓불, 노을 / 놀, 머무르다 / 머물다, 서두르다 / 서둘다
시누이 / 시뉘 / 시누, 외우다 / 외다, 찌꺼기 / 찌끼

제18항 다음 단어는 ㄱ을 원칙으로 하고, ㄴ도 허용한다.

ㄱ	ㄴ	비　　고
네	예	
쇠 -	소 -	- 가죽, - 고기, - 기름, - 머리, - 뼈.
괴다	고이다	물이 ~, 밑을 ~.
꾀다	꼬이다	어린애를 ~, 벌레가 ~.
쐬다	쏘이다	바람을 ~.
죄다	조이다	나사를 ~.
쬐다	쪼이다	볕을 ~.

제19항 : 어감의 차이를 나타내는 단어 또는 발음이 비슷한 단어들이 다 같이 널리 쓰이는 경우에는, 그 모두를 표준어로 삼는다.
거슴츠레하다 / 게슴츠레하다, 고까 / 꼬까 / 때때, 고린내 / 구린내 / 쿠린내, 꺼림하다 / 께름하다*, 나부랭이 / 너부렁이, 넝쿨 / 덩굴, 딴전 / 딴청, 말동무 / 말벗, 벌레 / 버러지, 뾰두라지 / 뾰루지, 자물쇠 /자 물통, 중신 / 중매 , 책씻이 / 책거리, 여물다 / 영글다

---

* '꺼림칙하다'도 표준어이다.

제26항 : 한 가지 의미를 나타내는 형태 몇 가지가 널리 쓰이며 표준어 규정에
맞으면, 그 모두를 표준어로 삼는다.
가는허리 / 잔허리, 가락엿 / 가래엿, 가뭄 / 가물, 가엾다 / 가엽다
감감무소식 / 감감소식, 개수통 / 설거지통, 개숫물 / 설거지물
갱엿 / 검은엿, -거리다 / -대다, 거위배 / 횟배, 것 / 해*
게을러빠지다 / 게을러터지다, 고깃간 / 푸줏간, 곰곰 / 곰곰이
관계없다 / 상관없다, 꼬리별 / 살별, 눈대중 / 눈어림 / 눈짐작
돼지감자 / 뚱딴지, 되우 / 된통 / 되게, 뒷갈망 / 뒷감당, 뒷말 /
뒷소리, 마파람 / 앞바람, 만큼 / 만치, 모쪼록 / 아무쪼록, 봉선화
/ 봉숭아, 보조개 / 볼우물, 부침개 / 지짐, 서럽다 / 섧다**, -(으)셔요
/ -(으)세요, 애꾸눈이 / 외눈박이, 언덕빼기 / 언덕바지, -이에요
/ -이어요, 철따구니 / 철딱서니 / 철딱지***

제16, 18, 19, 26항은 결국 복수 표준어에 해당한다.

제23항 : 방언이던 단어가 표준어보다 더 널리 쓰이게 된 것은, 그것을 표준어로
삼는다. 이 경우, 원래의 표준어는 그대로 표준어로 남겨 두는 것을
원칙으로 한다.
멍게/ 우렁쉥이, 물방개/선두리, 애순/어린순

제24항 : 방언이던 단어가 널리 쓰이게 됨에 따라 표준어이던 단어가 안 쓰이게
된 것은, 방언이던 단어를 표준어로 삼는다.
귀밑머리 / 귓머리, 까뭉개다 / 까무느다, 빈대떡 / 빈자떡
생인손 / 생안손, 역겹다 / 역스럽다, 코주부 / 코보

제23항은 방언이 표준어가 되어 둘 다 표준어인 경우이고, 제24항은 방언이던

---

* 내 해, 네 해, 뉘 해
** '설다'는 비표준어
*** '철때기'는 비표준어

앞의 말이 표준어의 지위를 얻고, 뒤의 말은 표준어에서 제외된 것이다.

  이외에도 많은 표준어의 예가 있으나, 여기에는 사용 빈도가 높은 것들은 추린 것이니 더 많은 사례는 표준어 규정집을 참고하기 바란다.

▌연습문제 ▌

1. 다음 중 표준어를 고르시오.
 ① 수퀑 ② 수닭 ③ 수고양이 ④ 수쥐 ⑤ 수염소 ⑥ 수병아리

2. 다음 중 표준어가 아닌 것을 고르시오.
 ① 미쟁이 ② 양복장이 ③ 양복쟁이 ④ 갓장이 ⑤ 갓쟁이

3. 다음 중 표준어를 모두 고르시오.
 ① 윗짝 ② 윗어른 ③ 웃통 ④ 윗돈 ⑤ 웃도리 ⑥ 웃옷

4. 다음 중 표준어가 아닌 것을 고르시오.
 ① 우렁쉥이 ② 푸줏간 ③ 거짓불 ④ 똬리 ⑤ 까탈스럽다

5. 다음 중 표준어를 고르시오.
 ① 부주 ② 사둔 ③ 삼춘 ④ 오뚝이 ⑤ 지리하다 ⑥ 코주부

6. 다음 중 표준어가 아닌 것을 고르시오.
 ① 육계장 ② 미루나무 ③ (부사) 금세 ④ 꼭두각시 ⑤ 찌개 ⑥ 장사꾼

3. 재미있는 외래어 표기법

얼마 전에 한 교육계 인사가 영어 교육을 강조하면서 이런 이야기를 한 적이 있다. '오렌지'라고 하면 외국인이 못 알아들으니 '오륀지'라고 외래어 표기법을 바꾸자는 것이었다. 이는 외래어의 개념을 전혀 모르고 하는 말이다.

외래어와 외국어의 차이를 모르기 때문에 외래어 표기법에 불만이 많은 사람들이 있다. 외래어의 개념, 유형, 특징 등을 먼저 차근차근 알아보면서 외래어 표기법을 익혀 보자. 그런데 외래어 표기법에는 영어, 독일어, 프랑스 어, 에스파냐 어, 이탈리아 어, 일본어, 중국어, 폴란드 어, 체코 어, 세르보크로아트 어, 루마니아 어, 헝가리 어, 스웨덴 어, 노르웨이 어, 덴마크 어, 말레이인도네시아 어, 타이어, 베트남어에 대한 표기 세칙이 있다. 하지만 이 세칙은 복잡하고 전문성을 요하기에 여기서는 일상생활에서 많이 사용하는 것, 혼동하기 쉬운 것을 중심으로 알아본다.

(1) 외래어의 개념과 유형

외래어와 외국어를 혼동하는 경우가 많다. 사전에서 외래어의 개념을 살펴보면 '한자어 이외의 말로, 외국어에서 빌려 마치 국어처럼 쓰는 단어'로 정의하고 있다. 우선 알아야 할 것은 외래어는 외국어가 아니라 국어라는 점이다. 외래어를 한글로 표기하는 것은 쉬운 일이 아니다. 국어와 외국어의 음운 체계가 서로 달라 어떻게 표기할지 정하기 어려운 경우도 있고, 외래어 표기법이 만들어지기 전에 굳어버린 단어들도 있다. 어쨌거나 외래어 표기법의 기본 원칙을 알면 좀 더 쉽게 외래어를 적을 수 있다.

외래어는 외국어에서 들여와 국어로 쓰는 말이기에 일반적으로 세 단계의 변화를 거쳐 국어로 정착한다. 이 단계에 따라 외래어의 유형을 나누어 볼 수 있다. 첫째, 외국어의 단계로 발음, 의미가 외국어의 모습 거의 그대로인 유형이다. '뉴스페이퍼(newspaper), 투모로우(tomorrow), 펜슬(pencil)' 등이 그 예이다. 둘째, 차용어 단계로 발음, 의미가 어느 정도 국어와 비슷한 모습으로 변한 유형이다. '라디오, 바나나, 미팅, 마트' 등이 그 예이다. 셋째, 귀화어 단계로 본래 언어의 특징을 잃고 고유어와 다름없이 인식되어 쓰이는 유형이다. '붓(←筆), 고무(←프gomme), 가방(←네 kabas)' 등이 그 예이다.

(2) 외래어의 특징과 외래어 표기법의 필요성

외래어는 원래는 외국어였으나, 국어에 차용되어 동화되면서 국어의 음운적 특징을 띄게 된다. 영어에서는 [r]과 [l]을 구별하지만 국어의 음운 체계에서는 이런 규별이 없다. 그래서 right나 light나 모두 '라이트'라고 적고, file이나 pile이나 모두 '파일'로 적게 된다.

형태적으로도 국어에 동화된다. 외국어의 동사나 형용사에 '-하다, -되다'를 붙여, '해피하다. 심플하다, 미팅하다, 리필하다, 리필되다, 서비스되다'와 같이 국어처럼 사용한다.

의미도 변화한다. 1920,30년대 서구 문물이 들어올 때, 식당, 술집에서 시중드는 젊은 남자를 '보이[boy]'라 부른 적이 있었다. 아르바이트(Arbeit)도 독일어로 '일'이라는 의미이지만, 현재 국어에서는 '부업' 정도의 의미로 사용된다. 'Hof : 앞마당 → 생맥주, madamme : 부인 → 술집 여주인'도 의미가 변한 예들이다.

다음 중 어느 것이 맞는 표기일지 생각해 보자.

수퍼마켓, 수퍼마켙, 수퍼마킷, 슈퍼마켓, 슈퍼마켙, 슈퍼마킷

실생활에서 외래어는 다양한 형태로 나타난다. 이것은 외국어의 음운 체계가 국어의 음운 체계와 달라서, 외국어 발음에 가장 가까운 우리말 발음이 무엇인지에 대해 사람마다 의견이 다르기 때문이다. 위의 '슈퍼마켓'의 예처럼 제각각 외래어를 적으면 언어생활에 불편함이 생긴다. 그래서 다양하게 나타나는 외래어의 표기를

통일하고 단어의 형태를 고정하여 국민의 언어생활에 표준을 제공하는 것이 외래어 표기법의 목적이다. 한글 맞춤법, 표준어 규정의 다른 어문 규범과 마찬가지로 외래어 표기법도 언중들의 편의를 위해 만든 것이라는 점을 다시 한 번 상기하자.

(3) 외래어 표기법의 원리와 표기 기본 원칙

외래어 표기법의 첫째 원리는 외국어의 발음을 고려하는 것이다. 외래어는 다른 말에서 들여온 것이기에 원래 그 언어를 사용하는 지역의 발음, 즉 원지음을 고려하는 것이다. 예를 들어 'random'은 랜덤으로 적는다. 우리말의 두음법칙을 적용하지 않는 것이다.

둘째 원리는 국어의 특성을 중시하는 것이다. 외래어는 외국어에서 비롯되었지만 국어생활에 사용되는 국어 어휘이다. 외국어의 발음에 가깝게 적는 것 못지않게 국어의 일반적 특성에서 크게 벗어나지 않아야 한다. 앞에서 말한 어느 인사처럼 외국어의 발음을 정확하게 표기하기 위해 한글에 없는 새로운 글자를 만들거나, 외래어 표기법을 전면 개정해야 한다는 주장을 하는 사람들도 있다. 하지만 이것은 역시 외래어가 국어의 일부라는 것을 모르고 하는 주장이다.

다음으로 원리와 함께 외래어 표기의 기본 원칙을 살펴보자. 먼저 알아야 할 것은 외래어의 원래 발음이다. 원지음의 발음기호를 바탕으로 표기하는 것이 원칙이기 때문에 표기하려는 단어의 발음기호를 아는 것이 필요하다. 규정을 보면서 외래어 표기의 기본 원칙을 살핀다.

제1항　외래어는 국어의 현용 24자모만으로 적는다.

한글 맞춤법에서 정한 24자모 이외의 특수한 기호나 문자를 만들어서는 안 된다. [l]과 [r], [b]와 [v], [f]와 [p]를 구별하여 적기 위해 새로운 기호를 만들자는 주장이 있지만, 이는 혼란과 학습의 부담만 더할 뿐이다. 외래어도 국어의 어휘이므로 현용

자모만으로 적는 것이 당연한 것이다.

제2항　외래어의 1음운은 원칙적으로 1기호로 적는다.

외국어의 소리 하나에 국어의 소리 하나를 대응시켜 언중들이 기억하고 사용하는
데 편리하게 하려는 것이다. [ə]는 국어의 [오]와 [어]의 중간 정도의 발음이다. 그렇
다고 경우에 따라 '오'와 '어' 두 가지로 적는다면 혼란이 생기므로 하나로만 적는
것이다. 그러나 외국어에서 하나의 음운이라도 그것이 음성 환경에 따라 여러 가지
다른 소리로 실현될 때에는 불가피하게 두 기호로 적어야 할 수도 있을 것이다.
그래서 '원칙적으로' 라는 단서를 붙인 것이다.

제3항　받침에는 'ㄱ,ㄴ,ㄹ,ㅁ,ㅂ,ㅅ,ㅇ'만 적는다.

diskette을 '디스켓'이 아니라 '디스켙'으로 적는 경향이 있다. 이는 원어에 't'가
있어서 한글로 적을 때 받침을 'ㅌ'으로 적어야 한다는 생각 때문일 것이다. 다음
문장을 밑줄 친 부분을 읽어 보자. '<u>디스켓이</u> 망가졌다. <u>디스켓을</u> 복원하다.' 밑줄
부분을 '디스케티, 디스케틀'이라 읽는 사람은 아마 없을 것이다. 외래어는 국어라고
했다. 한글 맞춤법의 원리가 소리대로 적는 것이라고 했었다. 국어 화자가 모두 '디
스케시, 디스케슬'이라 읽는다면 '디스켓'이라 표기하는 것이 타당한 것이다.

제4항　파열음 표기에는 된소리를 쓰지 않는다.

유성파열음은 평음(예사소리)으로, 무성파열음은 격음(거센소리)으로 적도록 한
다. 유성파열음이란 [g, b, d] 등을 말하며, 무성파열음이란 [k, t, p] 등을 이른다.
국어의 파열음은 평음(ㄱ, ㄷ, ㅂ), 경음(된소리 : ㄲ, ㄸ, ㅃ), 격음(ㅋ, ㅌ, ㅍ)의 세
가지로 구분된다. 그러나 영어, 독일어, 프랑스어, 이탈리아어 등 대부분의 외래어

는 파열음이 무성음(k, t, p), 유성음(g, d, b) 두 가지로 만 구분된다. 외국어의 유성
파열음을 가장 가깝게 나타낼 수 있는 표기는 평음이다. 따라서 [g]는 'ㄱ'으로, [d]는
'ㄷ'으로, [b]는 'ㅂ'으로 표기한다. 그러면 무성파열음을 표기할 수 있는 방법은 된소
리와 거센소리 두 가지가 있으나, 혼란을 줄이기 위해 거센소리로만 적도록 규정한
것이다. 다만, 제5항과 관련하여 된소리로 적는 예외가 있다. '껌, 빵, 삐라, 빨치산,
히로뽕'은 관용을 존중하여 된소리로 적는 것을 인정한다.

제5항　이미 굳어진 외래어는 관용을 존중한다.

외래어은 그것을 받아들이는 경로와 방식이 굉장히 다양하다. 이러한 외래어를
일정한 규칙에 따라서만 적게 되면 언어 현실에 크게 어긋날 수도 있고, 결국 혼란
만 초래할 수도 있다. 그래서 1986년에 외래어 표기법을 발표하면서, 이미 굳어진
것들은 관용대로 쓰는 것을 인정한 것이다. banana[bənǽnə]는 표기법에 따르면 '버
내너'로 적어야 하지만 관용을 존중하여 '바나나'로 적는 것이다. 다음의 예도 마찬
가지이다.

‖ 예 ‖
　　radio[reidiou] 레이디오 → 라디오, camera[kǽmərə] 캐머러 → 카메라,
　radar[reida:r] 레이다 → 레이더

(4) 틀리기 쉬운 표기 세칙

일상에서 혼동하기 쉬운 표기 세칙을 살펴보며 빈 칸을 채워 보자.

1) 단모음 다음에 오는 [p, t, k]는 받침으로 적고, 장모음이나 이중모음 다음에
   오는 [p, t, k]는 '으'를 붙여 적는다.

   cat[kæt] 캣,   robot[rɔbɔt] ____,   gap[gæp] 갭,   tap[tæp] ___
   cake[keik] 케이크,   part[pa:t] 파트,   tape[teip] _____,   work[wə:rk] ____

2) 유성파열음[b, d, g]는 어말이나 자음 앞에서 항상 '으'를 붙여 적는다.

   herb[hə:b] 허브,   mad[mæd] 매드,   bug[bʌg] 버그
   ※ 예외 : bag 백,   lap 랩,   web 웹

3) 프랑스어, 독일어는 유무성에 관계없이 어말 파열음은 '으'를 붙여 적는 것
   이 원칙이다.

   avec[avɛk] 아베크,   baobab[baɔbab]______,   Rostock[rɔstɔk] 로스토크
   Stadt[ʃtat] 슈타트

4) 'f'는 'ㅍ'으로만 적는다.

   'fighting'을 '화이팅'으로, 'fantasy'를 '환타지'로 적는 경향이 있는데 이는 잘
   못이다. 이렇게 적는다면 France는 '후랑스'로 factory는 '홱토리'로 적어야 할
   것이다.
   family 훼미리 → 패밀리,   file 화일 → _____,   final 화이널 → ______

5) 'ㅈ, ㅊ'는 '쟈, 져, 죠, 쥬, 챠, 쳐, 쵸, 츄'로 발음되더라도 '자, 저, 조, 주,
   차, 처, 초, 추'로 적는다.

   '비젼, 져널, 스케쥴, 쥬스, 챠트'으로 적는 경우가 있는데 이는 잘못이다.
   실제로 '비전, 저널, 스케줄, 주스, 차트'로 발음하기에 이렇게 적는 것이다.

6) [ʃ]는 자음 앞에서는 '슈', 어말에서는 '시', 모음 앞에서는 뒤따르는 모음에 따라 '샤, 섀, 셔, 셰, 슈, 시'로 적는다.

shoes 슈즈, supermarket 슈퍼마켓, flash 플래시, sash 새시, dash ___
fashion 패션, shopping 쇼핑, Shakespeare 셰익스피어

7) [s]는 'ㅅ'로 적는다.

된소리로 적지 않도록 주의한다.
service 써비스 → 서비스, system 씨스템 → _____, center 쎈터 → ___

8) [ts]는 'ㅊ'로 적는다.

Zürich 쮜리히 → 취리히, Mozart 모짜르트 → _______

9) [θ, ð]는 모음 앞에서는 'ㅅ, ㄷ'으로, 자음 앞이나 어말에서는 항상 '스, 드'로 적는다.

Thin Pizza 씬 피자 → 신 피자, thriller 드릴러 → 스릴러

10) 철자에 'l'이 있으면 'ㄹㄹ'로 적고, 'r'이 있으면 'ㄹ'로 적는다. 다만, [m], [n] 뒤의 [l]은 모음 앞에 오더라도 'ㄹ'로 적는다.

flash 플래시, fresh 프레시, glamour 글래머, grammar 그래머, clean 클린, Hamlet[hæmlit] 햄릿, Henley[henli] 헨리

11) 모음의 표기

① [ə]는 '어'로 적는다.
⇒ digital[didʒitəl] 디지털, terminal[təːrminəl] 터미널
② [ʌ]는 '어'로 적는다.
⇒ color[kʌlər] 컬러, honey[hʌni] 허니

③ [ɔ]는 '오'로 적는다.

　　⇒ concert[kɔnsəːrt] 콘서트, concept[kɔnsept] 콘셉트

④ 중모음은 각각의 단모음의 음가를 살려서 적는다. [ai]아이, [ei]에이,
[au]아우, [ɔi]오이. 다만 [ou]는 '오'로, [auə]는 '아워'로 적는다.

　　⇒ time 타임, skate 스케이트, boat 보트, bowling 보울링 → 볼링
　　　　 power 파워, tower 타워, window 윈도, snow 스노, yellow 옐로

⑤ 장모음을 따로 표시하지 않는다.

　　⇒ 그리이스 → 그리스, 뉴우욕 → 뉴욕, 유우머 → 유머

12) 기타 표기 세칙

① 원어가 따로 설 수 있는 말의 합성으로 이루어진 복합어는 그것을
구성하고 있는 말이 단독으로 쓰일 때의 표기대로 적는다.

　　⇒ bookmaker[bukmeikə] → 북메이커, headlight[hedlait] → 헤드라이트

② 프랑스 어에서 [w]는 '우'로 적고 뒤따르는 모음과 합쳐 적지 않는다.

　　⇒ Renoir → 르누아르, Beauvoir → 보부아르, Francois → 프랑수아

③ 중국이나 일본의 인명·지명도 원어의 발음을 따라 적는다.

　　⇒ 풍신수길 → 도요토미 히데요시, 이등박문 → 이토 히로부미

④ 중국 인명 중에서 고대인의 경우는 우리 한자음으로 읽는 관용을 따
른다. 중국 현대인*은 중국어 발음에 맞추어 적는다.

　　⇒ 공자, 노자, 왕안석
　　⇒ 朱鎔基 → 주룽지, 江澤民 → 장쩌민

---

* 고대인과 현대인의 구별은 신해혁명(1911년)을 기준으로 한다.

▌연습문제 ▌

1. message[mésidʒ]를 외래어 표기법에 따라 쓰시오.

2. Paris Bagette를 외래어 표기법에 맞게 쓰시오.

3. '휘트니스 크럽'을 외래어 표기법에 맞게 고쳐 쓰시오.

4. 다음 중 외래어 표기법에 맞는 것을 고르시오.
 ① 환타스틱 ② 네트워크 ③ 텔레비젼 ④ 패취파일 ⑤ 잉글리쉬

5. 다음 중 외래어 표기법에 맞는 것을 고르시오.
 ① 콤플렉스 ② 로타리 ③ 본네트 ④ 클라이막스 ⑤ 프로포즈

6. 다음 중 외래어 표기법에 맞지 않는 것을 고르시오.
 ① 비타민 시 ② 초콜릿 ③ 다이얼 ④ 소시지 ⑤ 코메디

7. 다음 중 외래어 표기법에 맞지 않는 것을 고르시오.
 ① 카운슬러 ② 컨트롤 ③ 플래카드 ④ 브이티아르 ⑤ 옐로우카드

4. 띄어 쓰지 않는 띄어쓰기

(1) 띄어쓰기의 필요성

띄어쓰기 규정은 한글 맞춤법의 일부로 포함되어 있다. 10개 항으로 이루어져 있는데 이것만으로는 실제 국어 생활에서의 혼란을 해결하기 어렵고, 상당히 복잡한 문제가 많다. 하지만 앞 장과 마찬가지로 실생활에서 혼동이 잦은 몇 가지 사항을 원리를 중심으로 익힌다면, 띄어쓰기 때문에 겪는 큰 어려움은 없앨 수 있을 것이다.

> a. 아버지 가방에 들어갔다. 아기다리 고기다리 던미팅.
> b. 서울시장 묘문화센터(버스 안내 방송 중에서)
> c. 김성형외과

위 글의 a는 '아버지가 방에 들어갔다. 아, 기다리고 기다리던 미팅'을 장난스럽게 일부러 띄어쓰기를 변형시킨 것이지만 띄어쓰기의 중요성을 상징적으로 보여 주는 글이다. b는 '서울시 장묘문화센터'의 잘못이다. c도 '김성형 외과'인지 '김 성형외과'인지 혼동의 여지가 있어, 분명 문제가 있는 경우이다. 물론 위와 같은 경우는 잘못을 알아차리는 것이 크게 어렵지는 않다. 하지만 아래와 같이 띄어 쓸 때와 안 쓸 때의 의미가 모두 성립할 수 있는 것은 큰 문제가 된다.

> d. 송연이는 큰 집으로 들어갔다.
> e. 송연이는 큰집으로 들어갔다.

곧 d는 '큰'이 관형어로 '집'을 꾸며 주는 것이므로 실제 규모가 큰 집에 들어갔다는 것이고 e에서 '큰집'은 합성어로 큰아버지[伯父] 댁으로 들어갔다는 뜻이 된다. 다시 말해 "큰 집"은 두 단어요, "큰집"은 한 단어인 것이다. 비록 문맥을 통해 의미를 추리할 수 있다고 해도, 다른 어문 규범과 마찬가지로 띄어쓰기도 의미 전달과 의사소통의 정확성을 위해 필요한 것이다.

(2) 띄어쓰기의 원리와 원칙

띄어쓰기의 가장 기본적인 원리(또는 원칙)는 '모든 단어는 띄어 쓴다'는 것이다. 이 단원의 제목을 다시 보자. '띄어 쓰지'는 띄어 썼고, '띄어쓰기'는 띄어 쓰지 않았다. 즉 '띄어 쓰다'는 '잡아 던지다'와 같이 두 단어이고, '띄어쓰기'는 '돌아보기'처럼 한 단어인 것이다. 단, 조사는 단어지만 앞에 붙여 쓴다.(은, 는, 이, 가, 을, 를, 도, 만, 에, 에서, 와, 과, 서술격조사 '이다' 등)

1) 반드시 띄어 써야 하는 경우

① 조사를 제외한 단어와 단어 사이

② 의존 명사 : 의존명사도 하나의 단어이니 띄어 쓰는 것이 기본 원칙에 비추어 당연한 것이다.

> 내가 할 수 있다.　　　 /　　 집에 갈 것이다.
> 기타는 칠 줄 모른다. /　　 아는 이를 만났다.
> 먹을 만큼 먹어라

③ 단위를 나타내는 명사 : 역시 의존명사이므로 띄어 쓴다.

> 두 명, 한 개, 차 두 대, 금 서 돈, 소 한 마리, 옷 한 벌, 열 살, 버선 한 죽, 북어 한 쾌

④ 두 말을 이어 주거나 열거하는 말 : 겸, 내지 등도 의존명사로 하나의 단어이니 띄어 써야 한다.

국장 겸 과장, 열 내지 스물, 청군 대 백군, 책상, 걸상 등이 있다. 이사장 및 이사들,
사과, 배 귤 등등. 사과, 배 등속, 부산 광주 등지

⑤ 수를 적을 적에는 '만(萬)' 단위로 띄어 쓴다.

십이억 삼천사백오십육만 칠천팔백구십팔   12억 3456만 7898

2) 반드시 붙여 써야 하는 경우

① 합성어 : 단어와 단어를 결합하여 만든 합성어는 하나의 단어이므로 붙여 쓴다.

우리나라, 의사소통, 더욱더, 송장메뚜기, 돌아가다

② 파생어 : 단어에 접사를 결합하여 만든 파생어도 하나의 단어이므로 붙여 쓴다.

사랑하다, 가중되다, 좋아지다, 첫사랑, 맨손

③ 조사 : 보통의 조사는 구별이 어렵지 않으나, 의존 명사나 어미와 형태가 같은
조사가 있어서 혼란이 생기는 경우가 있다. 이 경우는 뒤에서 자세하게 살핀다.

3) 띄어 쓰는 것이 원칙이나 붙여 쓰는 것도 허용하는 경우

① 순서를 나타내는 경우나 숫자와 어울리어 쓰이는 경우

두시 삼십분 오초 / 제일과 / 삼학년 / 육충 / 1446년 10월 9일
2대대 / 16동 502호 / 제1어학실 / 80원 / 10개 / 7미터

순서를 나타낼 때는 '제'를 생략하지 않는 것이 좋다. '2항, 5회'라고만 하면, 두
번째 항목인지 두 개의 항목인지, 다섯 번째인지 다섯 회인지 혼동할 우려가 있기
때문이다. 붙여 쓴 '십오일'은 어느 달의 열다섯 번째의 날을 뜻하고, 띄어 쓴 '십오
일'은 열닷새 동안을 의미한다.

② 보조 용언은 띄어 씀을 원칙으로 하되, 경우에 따라 붙여 씀도 허용한다.

> 내 힘으로 막아 낸다. / 내 힘으로 막아낸다. 어머니를 도와 드린다. / 어머니를
> 도와드린다.
> 그릇을 깨뜨려 버렸다. / 그릇을 깨뜨려버렸다. 비가 올 듯하다. / 비가 올듯하다.
> 그 일은 할 만하다. / 그 일은 할만하다.   일이 될 법하다. / 일이 될법하다.
> 비가 올 성싶다. / 비가 올성싶다.   잘 아는 척한다. / 잘 아는척한다.

다만, 앞말에 조사가 붙거나 앞말이 합성 동사인 경우, 그리고 중간에 조사가 들어갈 적에는 그 뒤에 오는 보조 용언은 띄어 쓴다.

> 잘도 놀아**만** 나는구나!(놀아나다) / 책을 읽어**도** 보고….(읽어보다) - 앞말에 조사
>   가 붙은 경우
> **덤벼들어** 보아라.(덤벼보다) / 강물에 **떠내려가** 버렸다.(가버렸다) - 앞말이 합성
>   동사 인경우
> 그가 올 듯**도** 하다.   잘난 체**를** 한다. - 중간에 조사가 들어간 경우

③ 성명 이외의 고유 명사는 단어별로 띄어 씀을 원칙으로 하되, 단위별로 띄어 쓸 수 있다.

> 대한 중학교 / 대한중학교   한국 대학교 사범 대학 / 한국대학교 사범대학

④ 전문용어는 난어별로 띄어 씀을 원칙으로 하되, 붙여 쓸 수 있다.

> 만성 골수성 백혈병 / 만성골수성 백혈병   중거리 탄도 유도탄 / 중거리탄도유도탄

⑤ 성과 이름, 성과 호 등은 붙여 쓰고, 이에 덧붙는 호칭어, 관직명 등은 띄어 쓴다. 다만, 성과 이름, 성과 호를 분명히 구분할 필요가 있을 경우에는 띄어 쓸 수 있다.

> 김양수   서화담   채연신 씨   최치원 선생   박동식 박사   충무공 이순신 장군

서문탁 / 서문 탁   남궁억 / 남궁 억   독고준 / 독고 준   황보지봉 / 황보 지봉

(3) 혼동하기 쉬운 띄어쓰기

민서가 {잡은/잡던/잡는/잡을} 물고기

　의존 명사와 조사, 의존 명사와 어미, 의존 명사와 접사가 형태가 같은 경우가 있어 우리를 혼란스럽게 만든다. 의존 명사인지 아닌지를 판별할 때 먼저 할 일은 바로 앞에 어떤 성분이 오는지를 살피는 것이다. 위의 예문처럼 용언(동사, 형용사)의 활용형 다음에는 체언(명사, 대명사, 수사)이 온다. 의존 명사도 명사의 일종이므로, 앞에 오는 성분이 용언이면 대부분 띄어 써야 하는 의존 명사이다. 앞에 체언이나 조사가 오면 대부분 조사이고, 조사는 앞말에 붙여 쓴다. 접사는 어근에 붙는 말로 별개의 단어가 아니라 접사가 붙은 형태가 하나의 단어이므로 당연히 붙여 쓴다.

1) 의존 명사와 조사

① 대로

의존 명사	조사
㉠ <u>본 대로</u> 글을 쓴다. ㉡ 내가 <u>원하는 대로</u> 이루어지다. ㉢ <u>시키는 대로</u> 하다. ㉣ <u>될 대로</u> 되라는 식이다. ㉤ 너 <u>좋을 대로</u> 해라.	㉥ <u>그대로</u> 두어라. ㉦ 나는 <u>나대로</u> 하겠다. ㉧ 가해자는 <u>가해자대로</u> 할 말이 있다.
용언의 활용형 다음에는 의존 명사가 온다고 했다. '본, 원하는, 시키는' 등의 다음에 온 '대로'는 의존 명사이기에 띄어 쓴다. '그, 나, 가해자'와 같은 체언 다음의 '대로'는 조사이므로 체언에 붙여 쓴다.	

② 만

의존 명사	조사
㉠ 화를 낼 만도 하다. ㉡ 한 번쯤 읽어볼 만도 하다. ㉢ 십 년 만에 연락이 닿았다. ㉣ 이틀 만에 만나다. ㉤ 이게 얼마 만인가. ㉥ 들으면 좋아할 만한 이야기	㉠ 빚만 지다. / 나만 피난을 갔었다. ㉡ 자네 아우는 자네만 못하군. ㉢ 오기만 해 봐라. ㉣ 그는 빙그레 웃기만 했다. ㉤ 그를 만나야만 하오. ㉥ 내 비록 늙었다만 그 정도 힘은 있다.
㉢-㉤ : 기간을 나타내는 것은 의존 명사이다. ㉥ : 의존 명사 '만'에 '하다'가 붙으면 보조형용사가 되어 '-ㄹ 만하다'의 형태로 쓰이고, 앞에는 용언이 온다.	㉢-㉤ : '용언+기'의 형태나 '용언+야'의 형태 뒤에 '만'이 오면 조사로 보아 붙여 쓴다. ㉥ : '마는'의 준말로 조사이다.

③ 만큼

의존 명사	조사
㉠ 싫증이 날 만큼 먹다. 배운 만큼 득이 된다. ㉡ 그가 갔으니 만큼 네가 열심히 해야 한다.	㉠ 누구나 너만큼은 할 수 있다. ㉡ 명주는 무명만큼 질기지 못하다.
용언의 활용형 다음에 오는 것은 의존 명사이고, 체언 뒤에 오는 것은 조사이다.	

④ 밖

명사	조사
이 선 밖으로 나가시오. 예상 밖의 결과가 나왔다. 밖에 나가 놀다.	날 알아주는 사람은 너밖에 없다. 500원밖에 가진 것이 없다.
바깥의 의미를 지니는 것은 명사이다. '밖에'의 형태로만 쓰이며 '그것 말고는, 그것 이외에는'의 뜻의 지니는 것은 조사이다. 뒤에 반드시 부정이 온다.	

⑤ 뿐

의존 명사	조사
최선을 다했을 뿐이다. 우승했을 뿐만 아니라 신기록을 세웠다.	희망자는 너뿐이다. 이것뿐이다. 친구에게뿐만 아니라 선배에게도 인기가 있다.

‘뿐만 아니라’에서 ‘뿐’ 뒤에 붙은 ‘만’은 조사이다.

2) 의존 명사와 어미

① 것

의존 명사	어미
내가 원하는 것은 자유다. 그에게 먹을 걸 좀 줘라. 그리움 때문일 거야 아직 준비할 게 많다. 이것은 무엇이냐?	있을 때 잘해 줄걸. 공부 좀 해 둘걸. 지금쯤 도착했을걸.
‘것’은 의존 명사이므로 띄어 쓴다. ‘것을’의 준말인 ‘걸’도 띄어 쓴다. ‘것이야’의 준말인 ‘거야’와 ‘것이’의 준말인 ‘게’도 띄어 쓴다. ‘이것, 저것, 그것’은 한 단어로 굳은 것으로 보므로 붙여 쓴다. 후회나 추측을 의미하는 ‘걸’은 어미로 보아 붙여 쓴다.	

② 데

의존 명사	어미
온 데 간 데 없다. 아픈 데에 먹는 약. 노래 부르는 데도 소질이 있다. 지금 비가 오는 데가 어디냐?	㉠ 시장엔 아직도 참외가 있데.* ㉡ 밥은 있는데 반찬이 없다. 지금 비가 오는데 어딜 나가냐? ㉢ 기회를 주었는데도 못했다.

---

* ‘있대’라고 하면 ‘있다고 해’의 준말로 남의 말을 전하는 경우에 사용한다.

'장소, 처지, 일, 것'의 의미로 쓰이는 '데'는 의존 명사로 띄어 쓰며, 조사를 붙일 수 있다.	㉠ : 지난 일을 회상할 때 쓰는 '-데'는 어미이다. ㉡ : '그런데'의 의미로 문장과 문장을 연결하는 기능을 하는 어미이다. ㉢ : '도' 이외의 조사는 붙이기 어렵다.

③ 바

의존 명사	어미
내가 알 바(가) 아니다. 어찌할 바를 모른다. 이미 말한 바와 같다. 맡은 바(의) 책임을 다하다. 매번 싸울 바에는 만나지 말자.	열심히 연구한바 원리를 찾아냈다. 내 이론이 맞다고 생각하는바 이의를 제기한다.
'방법, 일, 것' 등의 의미로, 조사를 붙일 수 있는 것은 의존 명사이다.	

④ 지

의존 명사	어미
그가 죽은 지 2년이 지났다. 고향을 떠나 온 지가 벌써 10년이나 되었다.	해결책이 무엇인지 알 수 없다. 실패할지라도 후회하지 말자. 어지 해야 할지를 모르겠다.
'기간'의 경과를 의미할 때에만 의존 명사이다.	

⑤ -(으)리만큼

의존 명사	어미
쓰러질 만큼 힘들다.	밥도 못 먹으리만큼 아팠다.

'-(으)리만큼'은 ㄹ 이외의 자음으로 끝나는 어간에 붙어, '-을 정도로'의 뜻으로, 뒤의 사실이 그 정도에 있어 최상 또는 극단의 경우인 앞의 사실에 이르거나 미침을 나타내는 연결 어미이다.

⑥ 터

    ㉠ 자기 앞도 못 가리는 <u>터</u>에 누굴 돕는다고?

    ㉡ 기어이 해낼 <u>테다</u>.

    ㉢ 이제는 너를 잊을 <u>테야</u>.

    ㉣ 여유가 없을 <u>텐데</u> 뭐 하느냐?

'터이다, 테다('터이다'의 준말), 터이야, 테야('터이야'의 준말), 터인데, 텐데('터인데'의 준말)'는 의존 명사 '터'에 서술격 조사가 결합한 형태이므로 모두 띄어 써야 한다.

⑦ 중, 간

    ㉠ 지금 <u>논의 중</u>이다. <u>작업 중</u>이다. <u>대기 중</u>의 산소. 꽃 중의 꽃. 내일 중으로

       마쳐라.

    ㉡ <u>열흘 간</u> 휴가다. <u>80일 간</u>의 세계 일주

'중, 간'은 의존 명사이므로 띄어 써야 하지만, '무의식중, 은연중, 한밤중, 남녀간, 다소간, 조만간, 부부간, 상호간, 얼마간' 등은 한 단어로 굳은 것으로 보아 붙여 쓴다.

⑧ '라고', '부터', '커녕'

    ㉠ '너를 만나서 다행이다.'<u>라고</u> 말했다.

    ㉡ 오늘<u>부터</u> 내일까지. 이 문제집으로 공부하고서<u>부터</u> 실력이 늘었다.

    ㉢ 밥은<u>커녕</u> 물도 못 마시겠다.

'라고, 부터, 커녕'은 모두 조사이므로 붙여 쓴다.

3) 의존 명사와 접사

의존 명사	접사
㉠ 책, 공책, 연필 들을 샀다. ㉡ 보고 싶던 차에 잘 왔다. ㉢ 옳은 일을 한 이도 많다.	㉠ 사람들 ㉡ 인사차 왔다. ㉢ 옮긴이, 지은이

이외에 '백 원짜리 동전, 천 원어치, 아저씨뻘로 보이는 남자, 흙투성이가 되다, 집안 형편상 공부를 계속하기 어렵다'에 사용된 '짜리, 어치, 뻘, 투성이, 상'은 모두 접사이므로 붙여 써야 한다.

(4) 기타

1) 관형사와 접두사

① 맨 처음, 맨 끝, 맨 나중 : 관형사
② 맨손, 맨주먹 : 접두사
③ 현(現) 대통령, 전(前) 내무부 장관, 전(全) 공무원은 각성하라. : 관형사
④ 현시점, 전단계, 전신(全身) : 접두사

관형사는 독립된 단어이므로 띄어 쓰며 체언 앞에만 온다. 그러나 접두사는 독립성이 없으므로 붙여 쓰고 용언 앞에도 올 수 있다.

2) 시(市) : 서울시, 런던 시

외국 지명에 붙는 '시(市)'는 띄어 쓴다. 인도의 '바라나시 시(市)'와 같은 경우에 붙여 쓰면 혼란이 생기기 때문이다.

3) 한번

① 한번 해 보다. 한번 먹어 보다. 제가 일단 한번 해 보겠습니다.
　⇒ 어떤 일을 시험 삼아 시도함을 나타내는 말.
② 우리 집에 한번 놀러 오세요, 시간 날 때 낚시나 한번 갑시다.
　⇒ 기회 있는 어떤 때.
③ 춤 한번 잘 춘다, 공 한번 잘 찬다.
　⇒ 어떤 행동이나 상태를 강조하는 뜻을 나타내는 말.

횟수를 나타내는 것이 아닌 '한번'은 붙여 쓴다.

4) 안되다, 못되다

① 시험에 실패했다니 참 안되었다. / 시간이 아직 안 되었다.
② 못된 송아지 엉덩이에 뿔난다. / 떠난 지 채 1년이 못 되었다.

'안되다'는 '불쌍하다'는 의미의 한 단어이고, '못되다'는 '나쁘다'는 의미의 한 단어이므로 붙여 쓴다. 부정을 나타내는 부사 '안, 못'은 띄어 쓴다.

5) '알 만하다'

'듯하다, 만하다, 법하다, 성싶다, 척하다' 들은 기원을 따져 보면 의존 명사 '듯, 만, 법, 성, 척'들에 '하다, 싶다'가 붙은 것으로 보아 이들을 모두 보조 용언으로 분류하고 있다. 따라서 '알만 하다'와 같이 '만'과 '하다'를 뗄 수는 없다. 이 말은 '알 만하다'로 띄어 쓰는 것이 원칙이다(관련 규정 제47항). 다만, 보조 용언의 띄어 쓰기 규정에는 붙여 쓰는 것도 허용하고 있기 때문에 '알만하다'로 써도 맞다.

6) 합성어와 구

'감나무, 밤낮, 높푸르다'와 같은 합성어는 하나의 단어이므로 붙여 쓰고, '푸른

바다, 사회 발전, 잡아 돌리다' 등은 구(句)이므로 띄어 쓴다. 그런데 구인지 합성어인지 구분하기가 어려울 때가 많다. '큰집'이라는 말이 '백부(伯父)'의 집을 뜻할 때는 합성어이다. 하지만 크기가 큰 집을 뜻할 때는 두 단어로 이루어진 구이다. 합성어는 중간에 다른 말이 끼어 들어갈 수 없다. 큰아버지의 집을 '큰 우리 집'이라할 수 는 없다. 또 합성어 '큰집' 앞에는 '나의, 부유한' 등의 관형어가 오고, 구 '큰집' 앞에는 '아주, 매우' 등의 부사어가 오는 것도 차이점이다. 하지만 실제 국어생활에서는 역시 구별이 어려운 경우가 많다. '그런대로, 하루하루, 민주혁명, 지난주, 다음주' 같은 말은 한 단어로 굳은 합성어로 본다. 하지만 '어떤대로, 또하루, 민주시민, 이번주, 저번주'는 합성어로 인정하지 않는다. 또 '주인아저씨, 주인아주머니'는 합성어이지만, '주인 총각, 주인 처녀' 등은 합성어로 보지 않는다. 가장 좋은 방법은 글을 쓸 때 가능하면 사전의 도움을 받는 것이다.

▌ 연습문제 ▐

1. 다음 문장을 바르게 띄어 쓰시오.

① 띄어쓰기를익히는데꼬박두달이걸렸지만아직잘모르겠다.

② 이두사람에게는가장행복한날이자기쁜날이될것입니다.

③ 행복을남긴채사랑이충만한삶이될수있도록하는것이필요하다.

5. 바른 문장 쓰기

바른 문장이란 의미 전달이 명확하고 어법에 맞는 문장이다. 문장을 바르게 쓰기 위해서는 앞에서 배운 어문 규범을 익히는 것과 함께 우리말 문장의 구성에 대해 먼저 알아야 한다. 국어 문장을 구성하는 요소를 문장 성분이라고 한다. 이 문장 성분에는 주어, 목적어, 서술어, 보어의 주성분(문장의 뼈대가 되는 성분)과 관형어(주로 체언을 수식), 부사어(주로 용언, 다른 부사를 수식)의 수식 성분(주성분을 꾸며 주는 성분), 부르는 말이나 감탄사처럼 문장에서 비교적 독립적으로 쓰이는 독립어가 있다.

주어와 서술어가 한 번 나오는 문장을 단문(單文) 또는 홑문장이라 하고, 두 번 이상 나오는 문장을 복문(複文) 또는 겹문장이라 한다. 겹문장은 다시 문장과 문장이 '이어진 문장'과 문장 속에 문장이 들어간 '안은 문장'으로 나뉜다.

> a. <u>은수야,</u> <u>철수가</u> <u>예쁜</u> <u>민서를</u> <u>정말로</u> <u>좋아하니?</u>
>   독립어 　주어 　관형어 　목적어 　부사어 　서술어
> b. <u>준석이는</u> <u>회장이</u> <u>쉽게</u> <u>되었다.</u>
>   　주어 　　　보어 　　부사어 　서술어
> c. <u>민성이는</u> <u>집으로</u> <u>갔다.</u> + <u>민기는</u> <u>학교로</u> <u>갔다.</u>
>   　주어 　　부사어 서술어 　주어 　부사어 서술어
> ⇒ 민성이는 집으로 가고 민기는 학교로 갔다.
> d. <u>현진이가</u> <u>수빈이를</u> <u>좋아한다.</u> + <u>나는</u> <u>무엇을</u> <u>몰랐다.</u>
>   　주어 　목적어 　　서술어 　　주어 목적어 　서술어
> ⇒ 나는 현진이가 수빈이를 좋아함을 몰랐다.

위에서 a, b는 홑문장이고 c는 겹문장 중 이어진 문장, d는 겹문장 중 안은 문장이다. 이제 실제 문장에서 자주 나타나는 오류를 살피면서 바른 문장을 작성하는 법을 익혀 보자.

(1) 너무 긴 문장

국어의 모든 문장은 앞에서 본 기본 문장 유형에 수식이 더해지고, 다른 문장과 연결하면서 만들어진다. 그런데 문장에 문법적 오류가 발생하고, 의미를 쉽게 파악하기 힘들어지는 첫째 이유가 문장을 너무 길게 쓰기 때문이다. 모든 문장을 단문으로 쓰는 것은 비효율적이고 의미 파악이 오히려 어려워지는 경우도 많다. 하지만 가능한 한 문장을 짧게 쓰는 것이 오류 발생을 막고 의미를 쉽게 전달할 수 있는 방법이다. 일반적으로 하나의 문장이 60자를 넘으면 의미에 혼동이 생기고, 머릿속에서 처리해야 할 부담량이 커져 의미 파악이 어려워진다. 문장이 길어진다는 것은 문장 구조가 복잡해진다는 뜻으로 수식어를 많이 사용하거나 문장을 여러 개 겹친 겹문장을 만든다는 뜻이다. 하나의 문장에 하나의 중심 생각만을 담은 단문(單文)을 쓰는 것이 의미를 간단명료하게 전달할 수 있는 방법이다. 가능하면 문장을 짧게 쓰고, 홑문장으로 쓰려는 의식을 갖는 것이 중요하다.

> ① a. 올해로 9번째 졸업생을 배출하며 사회로 뻗어 나가 있는 000 선배 여러분과 재학 중인 학생들과의 만남·교류를 통해 친목 증대 및 선배님께서 앞으로 사회에 진출할 후배분의 좋은 선도자가 되주시길 바라는 마음에서 이 자리를 만들고자 합니다.
>   b. 올해로 9번째 졸업생을 배출하며 사회로 뻗어 나가 있는 000 선배 여러분과 재학 중인 학생들과의 만남·교류를 통해 친목을 증대하고자 합니다. 선배님께서, 앞으로 사회에 진출할 후배들의 좋은 선도자가 돼주시길 바라는 마음에서 이 자리를 만들고자 합니다.

모든 문장을 단문으로 쓸 수는 없다. 그러나 한 문장에서는 하나의 이야기만을 하도록 노력하는 것이 필요하다. 한 문장으로는 한 가지 개념, 한 가지 사실만을 말하려는 노력이 필요하다. ①a의 주요 내용은 선배와 후배의 만남을 통해 친목을 증대하려 한다는 것과 선배의 도움을 바라며 자리를 만든다는 것 두 가지이다. ①a

를 ①b와 같이 두 문장으로 나누면 더 간명하게 내용을 전달할 수 있다. 한 문장에 많은 내용을 담으려 해서 문장이 너무 길어지고 내용 파악이 힘들어졌다.

다음 글에서 생각이 바뀌는 부분, 즉 끊어야 할 부분을 찾아보자.

② a. 플라시도 도밍고는 루치아노 파바로티, 호세 카레라스와 함께 세계 3대 테너가수로 꼽히며 3대 테너 중 가장 비싼 개런티인 38만 달러로 공연계 일부에서 과소비 억제 분위기와 함께 국내공연계 풍토에 비추어 도밍고의 개런티의 엄청난 가격으로 인한 지적이 일고 있다.

위 문장이 담고 있는 생각은 크게 세 가지이다. 첫째, 플라시도 도밍고는 루치아노 파바로티, 호세 카레라스와 함께 세계 3대 테너 가수로 꼽힌다는 것. 둘째, 도밍고가 셋 중 가장 비싼 개런티인 38만 달러를 받는다는 것. 셋째, 공연계 일부에서 도밍고의 개런티에 대한 지적이 일고 있다는 것이다. 그렇다면 세 문장이나 ②b와 같이 두 문장으로 나누어야 한다.

② b. 플라시도 도밍고는 루치아노 파바로티, 호세 카레라스와 함께 세계 3대 테너가수로 꼽히며 3대 테너 중 가장 비싼 개런티인 38만 달러를 받는다. 이 때문에 과소비 억제 분위기와 함께 국내 공연계 풍토에 비추어 도밍고의 엄청난 개런티에 대한 지적이 공연계 일부에서 일고 있다.

※ 다음의 문장을 읽고, 어떻게 문장을 나누어 고칠 수 있을지 생각해 보자.

전공과에 대한 수업뿐만 아니라, 동시에 실내디자인을 하기위한 실내건축산업 기사 자격증 취득과 KDC 공모전 특선 입상과, 건축봉사 모임에 참어히여 짜여진 학과 시간표가 아닌, 제가 익혀야 할 배움의 지식을 스스로 습득하는 학교 생활을 하였습니다.

위 문장은 '전공 수업, 자격증 취득, 공모전 입상, 건축봉사 모임 참여'라는 여러 내용을 명사구 형태로 접속 조사를 이용해 계속 연결하다 보니 너무 긴 문장이 되었다. 또 '전공과 수업, 자격증 취득, 특선 입상'이라는 명사구 구조를 열거하다가 마지막에는 '참여하여'라는 절 구조를 사용하여 균형이 깨졌다. 이를 고려하여 적절하게 문장을 나누면서 의미가 간명하게 전달되도록 고쳐 보자.

(2) 문법적 오류

문법적 결함은 문장 성분의 오류, 조사와 어미 사용의 오류, 피동법·사동법의 오류, 높임·시제의 오류, 어문 규범의 오류로 나누어 볼 수 있다. 이 중에서 어문 규범의 오류는 앞에서 다루었으니 여기서는 다루지 않는다.

1) 문장 성분의 오류

꼭 필요한 문장 성분을 빠뜨리거나 문장 성분의 호응이 맞지 않는 경우가 많다. 성분의 순서를 정확히 배열하지 못하는 오류도 있다. 이런 오류 역시 문장이 길어질 때 생기는 경우가 많다.

① 필요한 문장 성분의 누락

    a. 새롭게 민족 경상대에 몸담게 된 07학번 학우들에게 선배님들의 응원과 조언의 장으로 앞으로 사회 여러 분야에서 더 큰 영향력의 민족 경상을 다지고자 하오니 많은 참석 부탁드립니다.

    b. 생각해 보니 그때 제가 벌어서 쓴 돈은 저에게 노동의 의미, 값진 땀의 대가, 성실함 등을 알게 해준 소중한 것이었다는 것을 말입니다.

    c. 어느 조직에 속해도 언제나 저에게는 막대한 책임감이 부여됐고, 저는 그 조직에 속해서 성실하게 수행해 나갔습니다.

    d. 선배님들께서는 항상 수업자료나 교수님에 대해 도움을 주시며 후배가 잘되기를 진심으로 바라고 계십니다.

    e. 단지 시스템을 관리하고 개발할 수 있는 인재가 아닌 회사의 이익과 발전을 위해 무엇이 필요한지를 직감할 수 있습니다.

위 a에서는 '응원과 조언의 장으로' 다음에 서술어가 빠져서 부정확한 문장이 되었다. 문장도 둘로 나누는 것이 좋다. '이번 행사는 새롭게 민족 경상대에 몸담게 된 07학번 학우들에게 선배님들이 응원과 조언을 하는 장으로 준비했습니다.'와 같이 서술어를 보충해야 하고, 주어까지 보충하면 더욱 정확한 문장이 된다. b에서는 '말입니다'의 주어가 없다. 전체 문장의 주어가 '돈은'이며 이에 해당하는 서술어는 '소중한 것이었다'이다. 불필요하게 들어간 '말입니다'를 삭제하고 '소중한 것이었습니다.'로 수정하면 문장 성분의 오류도 바로잡을 수 있고, 문장이 한결 간결해진다. c는 '수행해 나갔습니다'의 목적어를 넣어 '제게 주어진 임무를 성실하게 수행해 나갔습니다.'로 수정해야 한다. d는 수업자료에 대해 도움을 주고 교수님을 돕는다는 의미로 해석될 소지가 있다. 그러나 문맥상 교수님을 도와주는 것이 아니라 후배들이 교수님의 성격, 강의 스타일 등에 대해 알 수 있도록 도움을 준다는 의미이다. 그러므로 '교수님의 성향 파악에 대해 도움을 주시며' 정도로 성분을 보충해야 한다. e는 앞 절에서 '단지 시스템을 개발할 수 있는 인재가 아닌'이라 했으니, 뒤 절에는 '이러이러한 인재가 되겠다'라고 써야 한다.

확인 학습 1

다음 문장에서 빠진 성분을 보충해 보자.

1. 그가 약속 장소에 도착했을 때는 벌써 끝난 뒤였다.

2. 서로 의견이 강하게 대립하고 있어 단기간에 찾을 수는 없을 것 같다.

3. 인격 수양은 고치고 다듬는 데서 시작해야 한다.

4. 음악은 소리의 조화를 보여 주는 예술 장르로서 음악을 즐길 예술적 본능을 지닌다.

② 주어와 서술어의 호응

    a. 내가 진심으로 바라는 것은 너와 네 아내가 행복하게 산다.
    b. 휘발유 값이 또다시 내렸다.

위 a에서 전체 문장의 주어 '바라는 것'과 서술어의 호응이 이루어지지 않았다. 전체 문장의 주어가 '것, 점, 일, 말' 등일 때에는 서술어도 '것, 점, 일' 등으로 써야 한다. '내가 진심으로 바라는 것은 너와 네 아내가 행복하게 사는 것이다.'로 고쳐야 정확하다. b는 주어는 '값이'와 서술어 '내렸다'가 호응하지 않는다. '휘발유 값이 또다시 떨어졌다.'나 '정유사가 휘발유 값을 내렸다'로 고쳐야 맞다.

 c. 나는 영화를 좋아한다.+나는 추리 소설을 좋아한다. = 나는 영화와 추리 소설을 좋아한다.
 d. 나는 키가 크다. + 나는 달리기가 빠르다. = *나는 키와 달리기가 빠르다.
 e. 낮에는 그렇게 햇볕이 강하더니 밤에는 비와 바람이 강하게 불어서 무척 을씨년스러웠다.

c처럼 두 문장을 결합할 때 서술어가 동일한 경우에는 하나의 서술어를 생략해도 좋다. 하지만 d와 같이 서술어가 다를 때는 함부로 서술어를 생략해서는 안 된다. e에서 '비'는 '내리다'와 호응하고, '바람'은 '불다'와 호응하는데 '내리다'를 생략해서는 안 되는 것이다. 흔히 범하는 잘못이니 주의하자.

확인 학습 2

다음 문장을 주어와 서술어가 호응하도록 고쳐 보자.

1. 제를 올리는 장소는 복지관 2층의 회의실 2호실에서 있을 예정이다.

2. 이제 우리 모두가 관심을 가져야 할 점은 세계 어디를 가더라도 세계 시민으로서 공중질서를 지켜야 합니다.

3. 이 조사를 통하여 우리는 장애우에 대한 인식의 변화와 관심이 높아지고 있음을 알 수 있다.

4. 환자의 인간다운 권리나 의료사고로부터 환자를 보호하는 문제는 다른 무엇보다 우선되어야 한다.

③ 문장 성분의 순서, 수식어와 피수식어

> a. 3대 테너 중에서도 도밍고의 개런티가 가장 높다고 한다. 그러나 일부 공연
>   계에서는 도밍고의 비싼 개런티에 대한 지적이 일고 있다고 한다.
> b. 나의 모든 야구에 관한 지식을 그 책에 기록하였다.
> c. 나도 모르게 수업 시간에 졸다가 벌떡 일어났던 일이 생각나서 미소를 지었다.

a는 성분의 순서가 바뀐 경우이다. '일부 공연계'라 하면 여러 분야의 공연계 중 일부라는 의미가 되는데 이는 문맥상 맞지 않다. 성분의 순서를 바꿔 '공연계 일부에서는'이라 써야 바르다. b도 '야구에 관한 나의 모든 지식'으로 성분의 순서를 고쳐야 바르다. c는 '나도 모르게'가 '졸다가'를 수식하는지, '생각나서'를 수식하는지 '미소를 지었다'를 수식하는지가 불분명하다. 수식하는 말은 수식을 받는 말 앞에 와야 정확하다. '나도 모르게'가 '생각나서'를 수식하는 경우라면 '수업 시간에 졸다가 벌떡 일어났던 일이 나도 모르게 생각나서 미소를 지었다'로 고쳐야 한다.

확인 학습 3

다음 문장을 의미가 정확히 전달되도록 바르게 고쳐 보자.

1. 이제는 실종된 소비자의 권리를 적극적으로 찾아나서야 한다.

2. 우리는 이제 매년 우리나라의 이산화탄소 배출량에 관한 보고서를 세계기후변화대책위원회에 작성하여 제출해야 할 의무를 지게 되었다.

3. 수많은 김수영에 대한 연구가 있으나 아직도 우리는 김수영에 대해 탐구해야 할 영역이 많다고 생각한다.

2) 조사와 어미 사용의 오류

실제 문장을 살펴보면 조사를 잘못 사용하거나 필요한 조사를 빠뜨리는 오류가
상당수 있으며, 어미를 잘못 사용한 오류도 많다. ①은 조사 사용의 오류 중 몇몇
예를 보이고 바르게 고친 것이며 ②는 어미 사용의 오류 중 몇몇 예이다.

① a. <u>예술이라는</u> 낡고 딱딱한 이미지 대신 새로움을 추구하는 장르다. → 예술은
   b. 저는 고3때부터 관광학과 컨벤션에 많은 관심이 있어 컨벤션 관련 다음
    카페 <u>정모로</u> 참여하여 그 방면에 계신 분들도 만나며 제가 준비해야 할
    것을 알려고 뛰어다녔습니다. → 정모에
   c. 뮤지컬 데뷔의 큰 계기가 <u>지킬 앤 하이드 "루시"</u>였습니다. → 지킬 앤
    하이드의 '루시'역이었습니다.
   d. <u>사회 중역에서</u> 훌륭하게 활동하고 계신 선배님들을 모시고자 합니다. →
    사회에서 중역으로
   e. 이번 공연 개런티는 38만 <u>달러로써</u> 3대 테너중 도밍고의 개런티가 가장
    비싼 걸로 알려졌다. → 달러로
   f. 그렇게 해서 전 과대로서의 <u>역할을</u> 충실했고 즐거운 학교생활을 했습니
    다. → 역할에

② a. 저는 한참 진로에 <u>대한</u> 고민하는 시기에 광고인이 되겠다고 마음을 먹고
    광고인이 되기 위해 꾸준히 노력하여 현재까지 왔습니다. → 대해
   b. 꼭 참석하셔서 의미 있는 시간 가지시길 바라겠습니다. OO학과 재학
    중인 학생들은 <u>출석체크로 대신되오니</u> 필히 참석하십시오. → 참석여부
    로 출석체크를 대신하오니
   c. 하지만 신입생 장기자랑과 선후배화합을 위해 포스트게임을 제안하여 <u>새
    로웠다라는</u> 평을 받았습니다. → 새로웠다는
   d. 도밍고는 세계 3대 테너가수로 <u>꼽히지만</u> 3대 테너 중 가장 비싼 개런티를
    받는다고 한다. → 꼽히는데

①의 조사 사용의 오류 중에서 ①d는 필요한 조사를 생략해서 생긴 오류이다. ①e는 도구, 수단, 방법에 사용하는 '로써'를 쓸 자리가 아닌데 잘못 썼다. ②c는 직접인용과 간접인용을 구별하지 못해 생긴 오류이다. '라고, 라는'은 따옴표를 이용하여 인용할 때 사용하는 말이다. ②d에서는 앞 절과 뒤 절의 내용이 상반될 때 사용하는 어미 '-지만'을 잘못 사용하였다. ②d에서 앞 절과 뒤 절의 내용은 상반되는 것이 아니다. 그러므로 뒤 절에서 어떤 일을 설명하거나 묻거나 시키거나 제안하기 위하여 그 대상과 상관되는 상황을 미리 말할 때에 쓰는 연결 어미인 '-는데'를 사용하는 것이 옳다.

확인 학습 4

다음 문장에서 잘못 사용된 조사를 바르게 고쳐 보자.

1. 그것은 시험을 임하는 학생의 정신 상태에 관한 문제이다.

2. OO노래패의 공연은 이제까지 추구해온 재미의 측면에 사회비판적인 면을 더할 계획이다.

3. 태훈이는 지현이에게 관심을 끌려고 무던히 애쓰고 있다.

4. 김 감독은 사격 선수의 첫째 조건을 강한 집중력으로 꼽았다.

5. 박 의원은 정체를 알 수 없는 괴한들로부터 폭행을 당했다.

6. 미국에게 승리하였다.

7. 중국 선수에 패하였다.

다음 문장에서 잘못 사용된 어미를 바르게 고쳐 보자.

1. 시인 천상병의 생애는 무척 가난한 것이었으니, 그는 가난을 즐기며 살았다.

2. 동건이는 최선의 연기를 다하고 심사위원에게 좋은 인상을 주려고 하였다.

3. 정부는 통상 마찰 회피를 위한 수입 규제를 풀었다.

4. 루빈스타인은 뛰어난 피아노 연주자로서 활약했고, 작곡에서는 독일 낭만파의 영향 아래 절충적인 경향을 풍겨 국민음악파로부터 맹렬한 비난을 받기도 했다.

5. 한국 축구 대표팀은 수비 불안과 골 결정력이 부족하여 결국 독일 팀에 패했다.

3) 피동법과 사동법의 오류

    a. 많은 파트로 <u>나뉘어진</u> 찬양팀 → 나뉜
    b. 국내 공연계 풍토에 비추어 볼 때 도밍고의 개런티는 엄청난 가격으로 <u>보여진다</u>. → 보인
    c. 한번 <u>완결시킨</u> 일에 있어서는 어떤 오류도 발견할 수 없지만 → 완결한
    d. 컴퓨터를 구입하시면 저희 회사가 직접 <u>교육시켜</u> 드립니다. → 교육해
    e. 이 지역의 민족 간 증오심은 새로운 민주주의로의 이해 과정을 위협할 뿐만 아니라 국가의 붕괴 위험을 <u>가중되고</u> 있다. → 가중하고

    a, b는 이중 피동의 오류를 범한 예인데, 실생활에서 '보이다'를 '보여지다'로 잘못 쓰는 경우가 많으니 각별한 주의를 요한다. c, d는 불필요한 사동을 사용한 예인 이 역시 실생활에서 흔히 나타나는 잘못이다. e는 불필요한 피동을 쓴 오류이다.

다음 문장의 피동, 사동 표현을 바르게 고쳐 보자.

1. 내가 이 시험에 붙었다니 믿겨지지 않는다.

2. 열려져 있는 창문으로 파리가 들어왔다.

3. 좋은 사람 있으면 소개시켜 줘.

4) 높임, 시제의 오류

a. 할머니, 가방이 아주 예쁘십니다.
b. 부장님, 집이 참 크십니다.
c. 이어서 회장님 말씀이 계시겠습니다.
d. 손님, 불판 조심하세요. 뜨거우세요.
e. 예, 식대는 3만원이십니다.
f. 안녕 친구들아! 헤어진 지 벌써 10년이 다되어 가고 있습니다.
g. 선물 보내 주셔서 감사했습니다.
h. 항상 행복하시길 바라겠습니다.

a, b는 높일 필요가 없는 대상을 높인 것이다. c의 '계시다'는 대상을 직접 높일 때만 사용한다. d, e는 요즘 들어 음식점 등에서 많이 접하는 오류인데, 손님을 존중하는 것이 지나쳐 높일 필요가 없는 '불판'과 '식대'를 높인 것이다. f는 앞 문장과 뒷 문장의 높임법이 일치하지 않는다. g처럼 표현하게 되면 과거에만 감사했다는 의미가 되고, h는 대상의 행복을 미래에 기원하겠다는 의미가 되니 잘못 표현한 것이다.

다음 문장에서 잘못된 높임 표현과 시제 표현을 바르게 고쳐 보자.

1. 아버지 친구분께서 가시는 길에 잠시 할아버님을 보자고 하십니다.

2. 과장님, 셔츠가 멋있으십니다.

3. 선생님께서는 아끼시는 고서가 많이 계시다.

4. 소감 한마디 부탁드리겠습니다.

5. 다음 주도 장마가 예상되겠습니다.

(3) 의미 중복과 중의성

1) 어휘 의미의 중복

실생활에서는 의미를 더 명확하게 전달하기 위해 동일한 의미의 어휘를 중복 사용하기도 한다. 하지만 의미가 중복된 줄을 잘 모르고 사용하는 경우가 많으니 다음의 예들을 살피면서 동일한 의미의 어휘를 중복하여 사용하지 않도록 노력하자.

6월달 첫째 수요일날에 만나자, 뇌리 속을 스치는, 늦은 만추, 이름난 명산, 죽지 않는 불사신, 배에 승선하다, 짧게 약술하다, 자리에 착석하다, 돌이켜 회고하다, 대관령 고개, 동해 바다, 약숫물, 무궁화꽃, 새신랑, 농번기철, 혹사시키다, 돈의 쓰이는 용도, 왼쪽으로 좌회전해라, 연휴가 계속되어, 이런 결과로 인해, 철수는 몰래 외출 나왔다가 부모님께 들켰다. 원고 많이 투고하세요, 대략 절반쯤은, 상장을 수여해 주다, 자매결연(姉妹結緣)을 맺다, 사고가 계속 속출하다, 과반수 이상

의, 더불어 함께 하는 기쁨, 여행 기간 동안, 그럴 수 있는 가능성, 거의 대부분의
학교, 기타 다른 것, 소위 이른바, 뜨거운 핫 이슈, 물 때문에 생기는 수인성 전염
병, 수입해서 들여오는 물건

2) 문장의 구조적 중의성

    a. 나영이는 사랑하는 친구의 오빠를 만났다.
    b. 명호는 나보다 낚시를 더 좋아한다.
    c. 나는 종두와 상일이를 만났다.
    d. 그녀가 노래를 부르는 것이 이상하다.
    e. 그는 밥을 먹고 가지 않았다.

    a는 수식어와 피수식어의 관계에서 중의성이 발생한 예이다. 나영이가 사랑하는
것이 친구인지 친구의 오빠인지 모호하다. b는 비교 구문에서 중의성이 생겼다. '내
가 낚시를 좋아하는 것보다 명호가 더 낚시를 좋아한다.', '나를 좋아하기보다 낚시
를 더 좋아한다.'의 두 가지로 해석할 수 있다. c는 '나와 종두가 함께 상일이를 만났
다.', '종두와 상일이를 내가 만났다'의 두 의미로 해석 가능하다. 병렬 구문에 의해
생기는 중의성이다. d는 의존 명사 구문에서 중의성이 생긴 예이다. '그녀가 원래
노래를 잘 부르는데 지금은 이상하게 부른다.'는 의미와 '그녀는 노래를 부르지 않
는 사람인데 노래를 부르다니 이상하다.'는 의미의 두 가지로 해석할 수 있다. e는
부정문에서 생기는 모호성 때문에 다음과 같이 여러 가지로 해석이 가능하다. ①
다른 사람이 밥을 먹고 갔다. ② 그는 국수를 먹고 갔다. ③ 그는 밥을 싸가지고
갔다. ④ 그는 밥을 먹었으나 가지 않았다. 바른 문장은 의미를 정확하게 전달할
수 있는 문장이다. 의미가 중복되거나 여러 의미로 해석할 가능성이 생기지 않도록
주의를 기울여야 한다.

(4) 어휘 · 논리의 오류

① a. 플라시도 도밍고의 첫 내한 공연이 10월 9일부터 11일까지 예술의 전당
　　해오름 극장에서 서울기획의 <u>주체</u>로 열린다.
　b. 신복편 MT
　c. <u>광고에 있어서</u> 가장 중요한 것이 이성과 감성의 조화라고 생각하며, <u>이</u>
　　<u>부분에 있어서</u> 만큼 제가 잘할 수 있는 일은 없습니다.

② a. 모든 일정은 회비에서 부담하오나, 회비만으로는 총 일정을 감당하기 어
　　려우니, 선배님들과 재학생 학우분들은 약간의 금액을 준비해 주시기 바
　　랍니다.
　b. 세계 최대의 자동차 생산국은 일본, 미국, 중국
　c. 결국 백은 대가 없이 중앙의 양단수를 얻었으니, 여기서는 단숨에 흑이
　　망해 버렸다.
　d. 휴일이면 인터넷을 뒤지며 물건을 같은 값에 싸게 살 수 있는 곳을 찾는다.

　①a는 '주최'를 '주체'로 잘못 사용한 것이다. ①b는 신입생 · 복학생 · 편입생 MT
를 줄여서 쓴 표현이다. 요즘 대학생의 말 줄이기 경향을 보여주는 예이다. 과도한
말 줄이기나 유행어 사용은 공식적인 글에서는 피해야 한다. ①c의 '~ 에 있어서'는
일본어 '~ において'를 직역한 표현으로 '있어서'를 빼고 '광고에서, 이 부분에서'로
표현해도 의미 전달에 아무 지장이 없다. ②는 논리적 오류를 범한 예이다. ②a에서
는 앞 절에서 모든 일정은 회비에서 부담한다고 하고, 뒤 절에서는 회비만으로 부족
하다고 말하는 논리의 모순을 보인다. ②b는 세계 최대의 자동차 생산국은 하나이
지 셋이 될 수 없다. ②c는 흑이 망해 버렸는데 대가가 없는 것은 논리에 맞지 않는
다. '대가를 치르지 않고 중앙의 양단수를 얻었으니'로 고쳐야 할 것이다. ②d도 같
은 값인데 싸게 산다는 것은 모순되는 표현이다.

(5) 기타 오류

    a. 나는 학교에 원서를 접수(接受)하였다.
    b. 저는 김OO 교수님께 사사(師事) 받고 있습니다.
    c. 오늘도 알찬 하루가 되기를 <u>바람니다</u>. 한 가족으로써 거듭 <u>남니다</u>.
    d. 루시를 잘 해낼 수 있는 실력의 때를 기다려 <u>열심으로</u> 트레이닝 시간을 거쳤
       고, 성숙된 모습으로 도전하게 되었습니다.
    e. 저에게 많은 도움이 되는 <u>거</u> 같아서 기분이 좋습니다. 주위 사람들<u>한테</u> 인정
       받는 사람이 <u>될려고</u> 계속 노력하고 있습니다.

a와 b는 주체와 객체를 혼동한 오류라 볼 수도 있고 어휘의 의미를 정확하게 몰라서 생긴 오류로 파악할 수 도 있다. '접수'는 학교가 하는 것이고 내가 하는 것은 '제출'이다. '사사'는 '스승으로 모시다'는 의미이므로, '저는 김OO 교수님을 사사하고 있습니다.'로 고쳐야 바르다. c는 소리 나는 대로 쓴 것으로, 이는 인터넷 채팅, 휴대전화 문자메시지 등 통신언어 사용의 영향으로 생각된다. d는 부사 '열심히'를 잘못 쓴 것이다. '열심이다, 열심인 것 같다'는 표현에서 유추하여 '열심'에 조사 '으로'를 붙여 쓴 것으로 생각하는데 '열심으로'란 말은 없다. 나머지 부분도 '루시 역을 잘 해낼 수 있는 실력을 갖추기 위해 열심히 트레이닝을 했고, 이제 성숙한 모습으로 도전하게 되었습니다.'로 고쳐야 한다. e의 '거, 한테'는 전형적인 구어체 표현이므로 '것, 에게'로 고쳐야 한다. '될려고'는 구어체일 뿐만 아니라 어법에도 맞지 않으므로 '되려고'로 고쳐야 한다. 글에는 글에 맞는 문어체 표현을 사용해야 한다. 글 속에 구어체 표현이 섞여 있으면, 미숙하고 세련되지 못하다는 인상을 주게 된다.

※ 다음은 무역회사에 지원하는 어느 대학생의 자기소개서의 일부와 그것을 수정한 글이다. 무엇을 왜 고쳤는지 살펴보자.

(처음 글)

　저의 부모님께서는 10년째 외식업에 종사하고 계십니다. 비록 3년전이기는 하지만, 저는 대학생이 되고 나서부터 식당에 나가 부모님의 일을 도와드리기 시작했습니다. 철 없을 적에는 몸이 고된 일로만 보였었는데, 직접 경험해보니 외식업도 손님과의 작은 교류라고 할 수 있을 만큼이나 까다로운 것이었습니다. 당신보다 어린 사람도 깍듯이 손님으로 모시며 자신을 굽힐 줄 알고 적당히 타협할 줄 아는 부모님의 모습을 직접 보고서, 사람과의 관계형성과 유지에 필용한 〈융통성〉을 배웠고 나중에 부모님은 단골 손님들과 친구처럼 지내게 되셨습니다. 이후, 저는 무역에서 가장 중심이 되는 교류의 장에서 필요한 사람과의 좋은 관계 유지를 제 인생의 철칙으로 삼고 있습니다.

(수정한 글)

　저의 부모님께서는 10년째 외식업에 종사하고 계십니다. 대학생이 된 후부터 저는 부모님의 일을 도와드리고 있습니다. 철없을 적에는 몸만 고된 일로만 보였었는데, 직접 경험해보니 외식업도 손님과의 작은 무역이라고 할 수 있을 만큼이나 까다로운 것이었습니다. 부모님께서는 당신보다 어린 사람도 깍듯이 모시며 자신을 굽히셨습니다. 탁자의 위치, 신발장의 높이 등 손님이 불편해 하는 것이 있으면 바로바로 개선하셨습니다. 언제나 웃는 얼굴로, 진심으로 서비스를 다하시는 부모님의 모습에 저희 가게에는 단골들이 많아졌고, 부모님은 그런 단골손님들과 사적인 가정사까지 얘기 나누는 친구 같은 주인이 되셨습니다. 그런 부모님을 보면서 저는 사람과의 관계 형성과 유지에 필요한 '진심'과 '신뢰'를 배웠습니다. 이후, 저는 무역에서도 필수 요소라 할 수 있는 '진심과 신뢰'를 바탕으로 한 '인저 네트워크 형성과 유지'를 제 인생의 철칙으로 삼고 있습니다.

※ 다음 글은 어느 학생이 작성한 자기소개서의 일부이다. 지금까지 배운 것을 참고하여 종합적으로 바르게 다듬어 보자.

　개발과 개선 없이는 퇴보한다라는 말을 들은 적이 있습니다. 저의 성격의 장점은 무엇이던지 깊이 생각하고 변화에 나갈려는 '진취적'인 사고방식 이라고 생각합니다.

저는 '제독병'이라는 직책으로 군생활 2년 간을 보내 왔습니다. 직책의 특성상 제가 속한 부대에는 작전에 필요한 물자나 장비가 많이 있는 그런 곳 이었습니다. '분대장'이라는 지휘권을 부여 받은 저는 저의 소속 소대원들과 함께 그동안 불만사항이었던 장비 정리 체계와 방법을 바꾸어 나가기 시작 했습니다. 그 결과 저의 소속 소대의 정리 방식이 효과적이라고 인정되어져, 제가 속했던 부대 전체가 제가 속했던 소대의 그 방식대로 통일 되고 후에는 전우들한테 신뢰를 얻은 저는 전우들이 투표하는 '모범분대장'으로 뽑히는 영광까지 누린 적이 있습니다.

하지만 저는 너무 자신만의 생각에 빠져 있어 타인의 입장에서는 '독선적'으로 느껴질 수도 있는 모습을 보이곤 합니다. 이에 저는 마음의 여유를 갖고, 다른 이들의 성격과 의견을 받아들이고 존중하려는 노력을 하고 있습니다.

1. 한글 맞춤법

1. 틈틈이 2. 촉촉이 3. 솔직히 4. 능히 5. 각별히 6. 간소히 7. 끔찍이 8. 나룻배 9. 나뭇가지 10. 아랫마을 11. 횟수 12. 개수 13. 머리말 14. 예삿일 15. 해돋이 16. 굽이굽이 17. 선율 18. 백분율 19. 곱빼기 20. 언덕배기 21. 걸맞은 22. 식성에 맞는 음식 23. 생각할는지 24. 하려고 25. 내로라하는 부잣집 26. 이것은 책이요, 저것은 붓이오. 27. 이따가 다시 올게. 28. 지난 여름은 몹시 덥더라. 29. 그렇게 잘 먹던 사람이 이젠 통 못 먹어. 30. 이러시면 안 돼요. 31. 그러면 안 된다. 32. 네가 나한테 이러면 안 되지. 33. 여간 거북지 않았다. 34. 살림이 넉넉지 않다. 35. 다시 생각건대 그의 잘못이다. 36. 대가는 섭섭지 않게 주겠다. 37. 남 일이라고 너무 무심치 말아라. 38. 가까워 39. 날씨가 개다. 40. 거친 들판 41. 널찍하다 42. 주는 대로 넙죽 받다. 43. 여기 웬일이니? 44. 일꾼 45. 농군 46. 조그마하다 47. 통째로 48. 통틀어 49. 여름에는 음식이 금세 상한다. 50. 공사를 연기하고자 함. 51. 거꾸로 52. 구레나룻 53. 갈치 54. 하마터면 55. 얼마나 막히기에 이리 늦었나? 56. 눈살 57. 메밀국수 58. 짜깁기 59. 추스르다 60. 이파리 61. 잔디 62. 뒤치다꺼리

2. 표준어

1. ③ 수고양이 2. ① 미장이('양복장이'는 양복 만드는 사람, '양복쟁이'는 양복 입은 사람, '갓장이'는 갓 만드는 사람, '갓쟁이'는 갓 쓴 싸람의 의미) 3. ③ 웃통 ⑥ 웃옷(윗옷은 상의(上衣)의 의미이고, 웃옷은 겉옷의 의미이다.) 4. ⑤ 까탈스럽다('까다롭다'의 잘못) 5. ⑥ 코주부 6. ① 육계장('육개장'의 잘못)

3. 외래어 표기법

1. 메시지 2. 파리 바게트 3. 피트니스 클럽 4. ② 네트워크 5. ① 콤플렉스 6. ⑤ 코메디 7. ⑤ 옐로우카드

4. 띄어쓰기

1. 다음 문장을 바르게 띄어 쓰시오.
① 띄어쓰기를 익히는 데 꼬박 두 달이 걸렸지만 아직 잘 모르겠다.
② 이 두 사람에게는 가장 행복한 날이자 기쁜 날이 될 것입니다.
③ 행복을 남긴 채 사랑이 충만한 삶이 될 수 있도록 하는 것이 필요하다.

5. 바른 문장 쓰기

〈확인 학습 1〉 다음 문장에서 빠진 성분을 보충해 보자.
① 그가 약속 장소에 도착했을 때는 벌써 행사가 끝난 뒤였다.
② 서로 의견이 강하게 대립하고 있어 단기간에 타협점을 찾을 수는 없을 것 같다.
③ 인격 수양은 몸가짐을 고치고 다듬는 데서 시작해야 한다.
④ 음악은 소리의 조화를 보여 주는 예술 장르로서 인간은 음악을 즐길 예술적 본능을 지닌다.

〈확인 학습 2〉 다음 문장을 주어와 서술어가 호응하도록 고쳐 보자.
① 제를 올리는 장소는 복지관 2층의 회의실 2호실이다.
② 이제 우리 모두가 관심을 가져야 할 점은 세계 어디를 가더라도 세계 시민으로서 공중
　 질서를 지켜야 한다는 것이다.
③ 이 조사를 통하여 우리는 장애우에 대한 인식이 변화하고, 장애우에 대한 관심이 높아지고
　 있음을 알 수 있다.
④ 환자의 인간다운 권리를 보장하고 의료사고로부터 환자를 보호하는 문제는 다른 무엇보다
　 우선되어야 한다.

〈확인 학습 3〉 다음 문장을 의미가 정확히 전달되도록 바르게 고쳐 보자.
① 이제는 소비자의 실종된 권리를 적극적으로 찾아나서야 한다.
② 우리는 이제 매년 우리나라의 이산화탄소 배출량에 관한 보고서를 작성하여 세계기후변화
　 대책위원회에 제출해야 할 의무를 지게 되었다.
③ 김수영에 대한 수많은 연구가 있으나 아직도 우리는 김수영에 대해 탐구해야 할 영역이
　 많다고 생각한다.

〈확인 학습 4〉 다음 문장에서 잘못 사용된 조사를 바르게 고쳐 보자.
① 그것은 시험에 임하는 학생의 정신 상태에 관한 문제이다.

② OO노래패는 공연에 이제까지 추구해온 재미의 측면에 사회비판적인 면을 더할 계획이다.
③ 태훈이는 지현이의 관심을 끌려고 무던히 애쓰고 있다.
④ 김 감독은 사격 선수의 첫째 조건으로 강한 집중력을 꼽았다.
⑤ 박 의원은 정체를 알 수 없는 괴한들에게 폭행을 당했다.
⑥ 미국에 승리하였다.
⑦ 중국 선수에게 패하였다.

〈**확인 학습 5**〉 다음 문장에서 잘못 사용된 어미를 바르게 고쳐 보자.
① 시인 천상병의 생애는 무척 가난한 것이었으나 그는 가난을 즐기며 살았다.
② 동건이는 연기에 최선을 다해 심사위원에게 좋은 인상을 주려고 했다.
③ 정부는 통상 마찰 회피를 위해서 수입 규제를 풀었다.
④ 루빈스타인은 뛰어난 피아노 연주자로서 활약했으나, 작곡에서는 독일 낭만파의 영향 아래 절충적인 경향을 풍겨 국민음악파로부터 맹렬한 비난을 받기도 했다.
⑤ 한국 축구 대표팀은 수비가 불안하고, 골 결정력이 부족하여(또는 수비 불안과 골 결정력 부족으로) 결국 독일 팀에 패했다.

〈**확인 학습 6**〉 다음 문장의 피동, 사동 표현을 바르게 고쳐 보자.
① 내가 이 시험에 붙었다니 믿기지(또는 믿어지지) 않는다.
② 열린(열려 있는) 창문으로 파리가 들어왔다.
③ 좋은 사람 있으면 소개해 줘.

〈**확인 학습 7**〉 다음 문장에서 잘못된 높임 표현과 시제 표현을 바르게 고쳐 보자.
① 할아버님, 아버지 친구분이 가시는 길에 잠시 할아버님을 뵙자고 하십니다.
② 과장님, 셔츠가 멋있습니다.
③ 선생님께서는 아끼시는 고서가 많이 있으시다.
④ 소감 한마디 부탁드립니다.
⑤ 다음 주도 장마가 예상됩니다.

▮ 글쓴이 소개

박인희
1969년 경기도 가평 출생
국민대 문학박사(고전문학 전공)
안양대 교양학부 전임강사
『삼국유사와 향가의 이해』(2008), 『글』(2008, 공저)

백석원
1970년 서울 출생
국민대 박사수료(국어학 전공)
국민대 강사
「'방금'과 '금방'의 의미 재고」(2006), 「현대국어 공간지각어의 의미 연구」(1998)

이승규
1972년 서울 출생
국민대 문학박사(현대문학 전공)
국민대, 안양대 강사
『김수영과 신동엽』(2008), 「김종삼 시의 현실 대응 양상」(2007)